U0851261

广西2014—2015年重点文学创作扶持项目

向火神借火

谭延桐 著

广西人民出版社

图书在版编目（CIP）数据

向火神借火 / 谭延桐著.—南宁：广西人民出版社，2016.8

广西 2014～2015 年重点文学创作扶持项目

ISBN 978-7-219-09997-1

Ⅰ.①向… Ⅱ.①谭… Ⅲ.①散文集—中国—当代 Ⅳ.①I267

中国版本图书馆CIP数据核字（2016）第 202905 号

策划编辑　吴春霞
责任编辑　林晓明
责任校对　曾蔚茹　杨　冰
印前制作　麦林书装
封面设计　广大迅风艺术
　　　　　　　林　林

出版发行	广西人民出版社
社　　址	广西南宁市桂春路 6 号
邮　　编	530028
印　　刷	广西民族印刷包装集团有限公司
开　　本	787mm×1092mm　1/16
印　　张	20.5
字　　数	350 千字
版　　次	2016 年 8 月　第 1 版
印　　次	2016 年 8 月　第 1 次印刷
书　　号	ISBN 978-7-219-09997-1/I·1897
定　　价	40.00 元

版权所有　翻印必究

自　序

那天夜里，我第一次在一个辽阔的梦里看见了那么多那么大的火：天火、地火、野火、篝火、爝火、焰火……醒来后，我就一直在琢磨……琢磨着，分析着，思悟着，我的某些思绪便和传说中的火山运动十分积极非常奋勇的奥林匹斯山、埃托纳山、利姆诺斯岛、西西里岛等许许多多的神秘之地和神秘之事迅速接通了。

有一条路，叫作“必经之路”，也迅速地通了。我的思想，在通达的“必经之路”上，稳稳地走着……

“他的身姿，很适合打铁。走路，也像火苗，一蹿一蹿的。”脑子里突然就冒出了这么一个句子，忘记是什么时候从什么书里装进我的脑袋里的了。只记得，它，说的是火神赫菲斯托斯。赫菲斯托斯是传说中的第三代神王宙斯和神后赫拉的第一个孩子，是奥林匹斯的十二主神之一，善于打造精良的器具……

就此，我的思绪，也便开始了疯长……

我们自身的生产基地上所生产的火，即自产的火，象征意义或隐喻意义上的火，从来都是十分有限的。因此，为了拥有更多的热情、激情甚至豪情，从赫菲斯托斯那儿借火，也便是十分有必要的了。反正，我觉得是十分有必要的，就像借问、借韵、借箸代筹、借水行舟等十分有必要一样。

赫菲斯托斯，一向被尊奉为锻造的庇护神。我们人类，锻造自己的生命，锻造自己的生活，锻造自己的世界，锻造自己的梦想，锻造自己的价值，锻造自己的一切，确确实实，是需要这样一位庇护神的。不是我们太脆弱，也不是我们太无能，而是，和无限的宇宙相比，我们的生命，确确实实是十分有限的。是的，有限，也可以造无限的饼，而要造无限的饼，不断地添加心力，从而走得越来越远，自然就需要更多的火，而且是优质的火。也只有赫菲斯托斯那儿，才会有更多的优质的火。有了更多的优质的火之后，黯淡，苍茫，冰冷，就是不可能的事儿了。里里外外，就是一片明亮、一片火热了。

希腊神话里说，伴随着赫菲斯托斯的每一次敲打，都会有一次地震的降临和火山的爆发……那，是怎样的一种轰轰烈烈的场面啊。我们敲打，我们锻造，自然也是为了在一种如火如荼的氛围中实现我们的内在的“革命”，从而，让我们的生命臻于粹美。

是的，赫菲斯托斯是智慧的。我们从赫菲斯托斯那儿借火，其实，就是借智慧。在大乘佛教中，最根本的当然也是最重要的特质，就是“般若”（bō rě）。“般若”，即“辨识智慧”和“终极智慧”。而要实现般若，外律、内律、调身、调息、制感、凝神、入神、合神这八个分支就须趋于合一。“合一”，便是区别于一般智慧的“高级哲学”。

虽然，我们不能像赫菲斯托斯那样为宙斯打造雷霆和铠甲，为丘比特制造弓，为赫拉克勒斯建造马车，为赫利俄斯创造日车，为厄洛斯锻造金箭和铅箭，为雅典娜铸造埃癸斯盾……但，我们至少可以像赫菲斯托斯那样自始至终都保持着非凡的热诚，或者肇端倡始，或者造微入妙。

热诚。当你的目光和“热诚”这两个字牢牢地焊接在一起的时候，我相信，你的心一定是热的，甚至是热火朝天、热气腾腾的。

赫菲斯托斯天生具有百般的操控金属的能力，能够轻而易举地冶炼出各式各样的威力无比的神器……我们，从赫菲斯托斯那儿借火，却只能冶炼我们自己，从而让我们的骨头更加结实，细胞更加活跃，灵魂更加光芒四射。

最富人情味儿的神，自然要数赫菲斯托斯了。我们从赫菲斯托斯那儿借火，一是要做最富人情味儿的人，二是要作最富人情味儿的文。情味儿，所体现的，自然也是人味儿。

芬芳的人味儿，馥郁的人味儿，卓越的人味儿，确实是应该大面积地弥漫开来的。有了更多更多的火之后，自然也就不用愁了。

目 录

CONTENTS

用文字来保护思想的现场

从结绳记事，到河图，到洛书，到伏羲文王画八卦，到甲骨文，到金文，到钟鼎文，到大篆，到小篆，到隶书，到行书，到草书，到楷书……文字，风风雨雨、曲曲折折、跌跌撞撞地一路走来了。文字是怀揣善意来帮助我们的，帮助我们记录，帮助我们铭刻，帮助我们捍卫，帮助我们调剂，帮助我们传递……这毫无疑问。文字带来的好处，实在是数不胜数。

文字，有好多用处。最大的用处，在我看来，便是用它来保护思想的现场。当文字听从了作家的某种召唤，像卫兵一样把思想的现场保护得十分完好的时候，应该说，这就是一位作家最最幸福最最荣光最最欣慰的时候了。作家，即使再穷，也有文字，文字就是作家的私人部队。何况，这支部队，只听从作家一个人的召唤和指挥。仅从这点上来说，作家的权力就是无比巨大的。可是，好的作家，既不浪费权力，也不滥用权力。权力，只是作家更好地保护自己的思想的现场的一种强有力的手段和保障。

当然，情感的现场也是需要保护的，但思想的现场永远在先。一位作家，首先要考虑的，便是用文字来保护思想的现场。如果放弃保护，人人都放弃保护，世界上自然也就不会有那么多的思想的现场了。即使有地方可去，我们也不可能领略到那么多的思想的胜景。思想，也唯有思想，才能和太阳的光辉媲美。也可以这样说，思想是另一种形式的阳光。它哺育的，是人类的心灵。

苏格拉底不写作，可是，他的思想的现场却被他的爱徒柏拉图用“对话录”的形式——“对话录”，当然也是以文字的形式再现的——完好地保存下来了；孔子也不写作，可是，他的思想的现场也被他的弟子子渊、子骞、伯牛、仲弓、子有、子贡、子路、子我、子游、子夏等及时地保存下来了，虽然并不完整……思想的现场，总要有一些文字去保护的。不保护，所谓的“借鉴”，就是残缺的，就像残缺的圆明园那样。

在文字得到唤醒之前，所有的文字其实都是无动于衷的，这点是必须清醒地认识到的。而无动于衷的文字，是肩负不起保护思想的现场的重任的。因此，在写作的时候，作家的生命本身，也便成了一根魔棒。好的作家，只要轻轻一点，文字便动起来了。当每一个文字都热情洋溢、跃跃欲试、争先恐后的时候，思想的现场也就不愁保护不了了。

“可是，我怎么就是保护不好呢?”经常会听到有人这样说。保护不好的原因，我知道并非他们不想去保护，而是，他们缺乏调遣自己的文字大部队的能力。能力这种东西，可不是说有就有的。没有个十几年的工夫，任何人都是不敢妄言自己具有真正的能力的。真正的能力，从来都是烈火焚烧、千锤百炼的结果。至于什么才是真正的能力，就让马可·奥勒留、尼采、梭罗、博尔赫斯、加西亚·马尔克斯、伊塔洛·卡尔维诺、阿尔贝·加缪、索尔仁尼琴、玛格丽特·尤瑟纳尔、帕特里克·莫迪亚诺等一一告诉你好了。

人类，的确是需要一个又一个思想的现场的。思想的现场多了，历史也好，现实也好，也便无处不风光。从这层意义上来说，好的作家，都是有资格列入“文化英雄”的名册的。

在海拔很高的地貌上安放风骨峰

仅有平静是不够的。平静，只是一种基调。真正的诗人的生命堡垒里除了必不可少的平静之外，还应该有激动，激动一闪，便是一个耀眼的火花。进而，火花形成了诗。没有激动就不可能会有真正的诗。而激动，并不是瞎激动，乱激动，盲目地激动，本不激动却硬做激动状；是自然而然的激动，瓜熟蒂落的激动，由衷的激动，真正的激动。激动存在于喜悦里，也存在于忧伤里，甚至存在于愤怒里……温暾、模糊、阴郁、不清不楚、不冷不热、不黑不白的人是做不了诗人的。硬做，也是伪诗人。但诗人的棱角从来都不在身上而在骨头里，激动也好，真性情也好，其实都是棱角的另一种变形，或曰替身。风骨，说到底便是这样形成的。诗人不能没有风骨。把自己藏得深而又深，割三刀子也割不出一滴血来的诗人，你从他们的身上也割不出风骨。

建安风骨，我们怀念它，因为那是一个有灯有光、有火有焰的年代。年代没了，真正的诗人都应该在生命的王国里再造一个年代。这个年代什么都可以缺，唯独不能缺的就是风骨。“怊怅述情，必始乎风；沉吟铺辞，莫先于骨。故辞之待骨，如体之树骸；情之含风，犹形之包气。结言端直，则文骨成焉；意气骏爽，则文风清焉……”再诵刘勰的《文心雕龙·风骨》，便觉随所生处肉眼不坏肉身不拘。这风，说白了，便是文本的原始的生命力，它是一种内在的、能浸润人感染人带动人改变人的杰出力量。有了这风，文本才会自然、鲜活而灵动。它与文本的思想和情愫有关，但绝非仅指思想和情愫。而骨，则是指文本的表现力，也就是说文本应该表现出的刚健有力。“风”是一个比较虚的概念，而“骨”则是一个比较实的概念，它直接体现在语言的运筹帷幄上。建安诗人中，曹操的对酒当歌，曹植的名都白马，王粲的登楼赋哀，陈琳的饮马长城……无不体现了建安风骨的精髓和风力。“志深而笔长，故梗概而多气”，也便成了每一位证得菩提的诗人的中心神往。诗人不能没有自己的中心神往，特别是对于高处甚至高处的高处的极度神往。取消了这样的神往，也便取消了卓然而立的可能。

如果一个诗人带着风骨来，那么，风骨便是他的最好的礼物了。如果一个诗人带着巧言令色甚至虚伪狡诈来，那么，就还是远离他吧，彻底地远离他，就像远离细菌和病毒那样。

我们人类的梦想之所以神采奕奕，都是诗人打扮的。不能给人类的梦想添砖加瓦或添加营养的诗人，你就不要称他为诗人。千万不要以为，一个人乔装打扮之后他就是一个诗人了。诗人这个门槛是最难踏进的，能踏进的无一不是上帝的选民。这些选民，无一不纯正，无一不纯粹，无一不纯净，无一不纯真。

是诗人，撬开了一个又一个秘密——我说的是真诗人。假诗人只能破坏这个世界，真诗人却能创造无数个世界。当一个人在诅咒真正的诗人的时候，无疑他就是在诅咒他自己。自己被自己咒死了，他还不知道自己究竟是怎么死的。死因不明的人太多了，这时令。他们死了，这个世界上的诗歌就活得轻松愉快了，这是多么的好。其实我们所有的努力都只是为了一个字：好。好，让我们识别吧，在巨大的识别中成为巨大的一部分。弯了的能够让它直起来，本来就直的就让它更直、无比直。我们需要直接、直观、直率、直爽的心灵，这样的心灵不用设防，这样的心灵什么时候都可以放心。这样的心灵与矮小、苍白无关，因为它是安放在海拔很高的地貌上的醒目的风骨峰。

麻雀竟然发芽了

很多的鸟儿，只要给它们个笼子，给它们些吃的喝的，它们就能委曲求全甚至欢天喜地地活下来，至少是不会绝食，更不会自杀。可是，麻雀却不同。据说，麻雀是所有鸟类中最难养得活的。它们一向热爱自然，热爱自由，热爱朴素，拒绝施舍，拒绝家养，无论你拥有多么豪华的一颗心和多么气派的一个家。别人的家，终归不是自己的家，这点，麻雀是非常明白的，好像比所有的鸟儿都明白。

这，我是见证过的。那次见证，沦肌浃髓，刻骨铭心。

那年的冬天，耐风寒的我，独自一人，像在瓦尔登湖畔漫步的美国作家亨利·戴维·梭罗那样，在北方的一片旷野上走来走去，寻找着那只受伤的麻雀——之所以知道这件事儿，是因为一个刚走出旷野的手里拿着弹弓的年轻人一边走一边对他身边的同伴这样说，那只麻雀，肯定是没死，因为我清清楚楚地看见它落在地上，又飞了起来，最终又落在了地上，落在了哪里我就不知道了——他的话随风飘进了我的耳中，我没有责备那个年轻人，这个年代的年轻人都是责备不起的。可是，仿佛被一根隐形的绳子牵着，而且越牵越紧，牵着牵着我就鬼使神差般走进了那片旷野……

那片旷野，很大，离我所在的泉城大约有三十公里。那片旷野上的草虽然集体商量好了似的枯萎了，但还是足以掩盖一只小小的麻雀的身体的。我的目光，就那样，四处搜寻着，就像搜寻着一位战场上遗落的战士的身体……终于，我还是找到了它，找得自然是相当辛苦。旷野那么大，虽说不是大海捞针，但也差不多。之前，有那么一刹那，我也是讥笑过自己的：这么冷的天，这是何苦，何苦啊？可是，转瞬，我便又端正了自己的态度。那只受伤的麻雀，身体虽然受伤了，但精神依然完好，还在一次又一次地挣扎着，扑棱着翅膀，试图飞向蓝天呢。看着看着，我就不禁有些心疼了，弯下腰去，没有犹豫，便小心翼翼地把它给捧了起来——刚开始，它也是想挣脱的，可是，没有成功。我是理解它的，因为它不知道我究竟是好人还是坏人，不知道我究竟想干什么。很显然，是它的最终的“不成功”，成就了我的最终的“成功”——最终，我把它捧回了我的车上。回到家里之后，又是给它包扎，又是给它买笼子，又是喂它……可是，无论喂它什么，它却坚决不吃，连瞥一眼也懒得瞥一眼。这，让我很是失望。我的好意，变成世界上最不值钱的东西了，一点一点地都浪费了。

至今，我也难忘它那不屑的眼神，仿佛是在告诫我：你少来这一套了，就少来好了，你以为你给了我一个精美的笼子我就得服从你啊？你以为你喂我吃的喝的我就得感谢你啊？你以为你是我的主人啊？你还我的蓝天，还我的绿地，还我的自由！那一刻，我久久地，望着它的眼神，一下子便想起了《礼记·檀弓》里的饿死也“不食嗟来之食”，以及“麻雀虽小，五脏俱全”“不为五斗米折腰”“宁为玉碎，不为瓦全”“人穷志不短”等说法。那一刻，我突然就悟了“气节”二字的分量。

它不吃不喝，就那样一直在笼子里待着。过了两天，它就不再继续扑腾了。我以为是它“觉悟”或“屈服”了呢，可是过去一看，它早已“壮烈牺牲”了。它闭紧了嘴巴，对它的死亡的事绝口不提。只给我留下了一个谜，一个巨大的谜。

气节……望着它的冰冷的尸骨，我默念着。默念中，我似乎看到了被朱熹称作“天地间，第一流人物”、被韩琦称作“大忠伟节，充塞宇宙，照耀日月。前不愧于古人，后可师于来哲”、被王安石称作“一世之师，由初迄终，名节无疵”的北宋著名文学家、思想家范仲淹……我自然是知道，它的气节，自始至终都是大写的。我自然是知道，它曾经像那只叫作“范仲淹”的活得有尊严的麻雀那样，在时间的纸上写着朴素而又高贵、谦逊而又高傲的文字。

站在阳台上，我默哀了很久。最后，在我们小区的花圃里，我安葬了它。安葬的过程中，我还一直在想，林黛玉葬花，我葬麻雀，花不能发芽，麻雀也不能发芽……可是，奇怪的是，后来，麻雀竟然发芽了，在我的心上，发芽了，并在我的心上长出了一种漂亮的飞翔的姿势。

此刻，我的心，我的心就在飞，以一种平民般也是英雄般的麻雀的姿势，在飞，扑棱棱地，飞啊……

慢慢地摇着

街头，他慢慢地摇着，就像摇着他眼前的圆滚滚的时光。看他的神情，不急不躁；看他的嘴巴，不声不响；看他的身影，不慌不忙；看他的动作，不依不饶。就那样，他不紧不慢地摇着，摇着老式爆米锅的转把，摇着摇着，也便摇出了一种非同寻常的滋味。突然，他起了身——只听，砰的一声，许多香喷喷的爆米花便从他刚才摇着的老式爆米锅里哗哗地流出来了，流进了一个袋子里。他的眼睛里，也随之流露出了许多的喜悦。就似乎，他的心情，也开了花一样。

这是我小时候见过的一个温馨的场景。多少年过去了，温馨的场景依然温馨，一点也没有褪色。

后来，我爱上了读书。当我在清代文学家、史学家赵翼的史学著作《檐曝杂记》里读到“东入吴门十万家，家家爆谷卜年华。就锅排下黄金粟，转手翻成白玉花”这样的脆香的诗句时，便不由得会心一笑。眼前，便又真真切切地浮现出小时候见过的那个“转手翻成白玉花”的颇有味道的场景。再后来，我开始对物理学感兴趣之后，自然也曾多次想起过，想起了它所蕴含的许许多多的东西。用老式爆米锅制作爆米花时，首先，是要将玉米粒倒进爆米锅里封住，然后慢慢地加热。锅里的温度在不断升高，锅里的气压也在不断增大，这样，玉米粒便处在一种高温高压的状态之下了。当温度升到一定程度的时候，玉米粒也便逐渐变软了，平日里储存在玉米粒内部的大部分水分也便变成了水蒸气。水蒸气的压强在高温之下自然是很大的，这也便逼迫着已经在变软的玉米粒不断膨胀。直到这时，玉米粒内外的压强还是一直保持着平衡的，因此玉米粒是不会在锅里突然就爆开的。可是，当锅盖突然掀开之后，玉米粒猝不及防地遭遇了常温常压，而锅里的气体也在瞬间迅速膨胀，玉米粒内外的压强差突然变大，也便导致了玉米粒内部的高压水蒸气急剧膨胀……瞬间，随着砰的一声，玉米粒便开花了。玉米粒内部的结构和性质，也便迅速地发生了变化。你看，这不是明摆着在让我复习物理学吗。其实，它既是物理学，也是哲学。封住，加热，处在一种高温高压的状态之下，等待时机，怒放，发生质变……这“爆米花哲学”，一直以来，都在默默地陪伴着我，就像我的一根制胜的魔杖。

多少年来，好像，我只在杭州的宋城见过一回，我是说见过一回摇老式爆米锅的场景。我当然知道，那是带有表演性质的，因此，场景很快就褪色了，模糊了，被忽略不计了。

多少年来，我一直在学着小时候见过的那位街头的老人的样子，在慢慢地摇着，摇着，摇着一口隐形的爆米锅……有时候，甚至能看见锅底的扑腾扑腾的火……我知道，那扑腾扑腾的火，是我的热血，是滚沸的，是倔犟的，是不屈不挠的。我摇着，摇着，摇着……热血诚聚，心无旁骛。一边摇着，一边倾听着锅里的唰啦啦的声音……那是一种奇妙的声音，像音乐，却比音乐还要美，美不胜收。摇着摇着，我便爱上了“摇着”这个非常朴素的动作。就这么一个动作，我坚持着。

终有一天，我也会像街头的那位老人那样，起身，猛地一掀锅盖——与此同时，耳边响起那声激动人心的砰的巨响……对此，我是早就有了充分的心理准备的。

一篇篇文章出来了，一本本书出来了，原来，那是我爆出来的，像爆米花一样砰的一声，又砰的一声，砰砰砰，爆出来的。

一个文字，就是一朵绽放的爆米花。为了爆出更多的香喷喷的文字，平日里，我就在时间的街头，安守着自己的寂寞，像那位至今我也不知道名字的老人那样，慢悠悠地，从容不迫地，雷打不动地，摇着，摇着，摇着……

若是没有平日里摇着的那些功夫，再急也是没有用的，也是不可能会“转手翻成白玉花”的。这个意思，我显然是早就懂得的，因此，我就既不怕苦，也不怕累，什么也不怕。

是的，我摇的不是别的，而是我的生命这口锅。无论怎么说，我的生命这口锅也是经得起一摇再摇的。活到老，摇到老，我正是这样想的。摇着，摇着，生命里的许多内涵也便芬芳四溢了。

我再次走向了那棵树

步履如风，我再次走向了那棵树。是的，那是一棵勇敢的树，坚强的树。它的勇敢和坚强，我自然是早就领略过的。领略过之后，它便在我的心上，深深地、深深地扎根了。

我是在一座土山上与它不期而遇的。遇到它的那一刻，我震惊了。就仿佛，我的生命世界里发生了十级地震一样。因为暴雨的猛烈冲刷，山洪的肆意冲击，它的脚下，已经完全地空了，空空的了。可是，它却依然用它的根须，牢牢地攫住了两边的泥土。尽管，两边的泥土也已经越来越少了，可是，它就像个战场上的视死如归的勇士那样，坚决地就是不放弃最后的希望。它越陷越深，越陷越深，眼看着，就要支撑不住了……在这万分危机的情况下，却没有一个人听到它的哀嚎。我就在想，如果神可怜它，就是让它完完全全地陷落也是好的啊。陷落了，它还可以重新选择，重新布置，选择新的土壤，布置新的天地……可是，不，仿佛预备了太多的严峻的考验的神是在考验他的最为忠实的仆人约伯似的，考验得还不够似的，并没有让它完完全全地落下去。就那样，它悬空着……悬空着，它也坚决地就是不妥协。它，怀着最大的希望，做着最大的努力。它，简直就是植物世界里的坚忍的约伯。

是的，一直一直，它都在抗争着……它的抗争的大丈夫气概，让我惊呆了！

仔细看，你仔细看哪——它的身上，没有一根枝条是枯萎的枝条，也没有一片叶子是枯黄的叶子……该怎么活，就怎么活，它显然是懂得这种十分浅显的哲学的。它的头顶上的墨绿——确实是墨绿——在我看来，既是宣告，也是宣吐。它，究竟是在向世人宣吐着什么呢？

任何时候，都不要妥协！大不了，以死相拼！连死都不怕，还怕命运的逼供吗？很显然，是它的默默的宣吐，让我，突然就明白了这些。之前，我就明白；现在，是更明白了。于是，我的所有的骨头，就都迅速地坚硬了起来，至少，是比先前更坚硬了，坚硬如钢。

再仔细看——是的，它是在奔跑……造化给它设置了那么深的壕沟，它也试图一步跨过！它的奔跑的姿势，仪态万方的风度，一下子，便凝固了，凝固成了一尊比醒目还要醒目的雕塑！

步履如飞，我再次走向了那棵树，是派我的心带着我的敬虔再次走近了它的。走近它的时候，风正在使劲地撼动着它，以标准的撼动的形式，一而再，再而三地教训着它。它却临危不惧，处乱不惊。我就不禁在想，是的，我在想，那些动不动就惊慌失措、事到临头就退缩逃避、总是贪生怕死的人，也许，应该去拜访一下它才是，看看它是怎样从容不迫，看看它是怎样大义凛然。

以勇敢的方式来对待生活，或以懦弱的方式来对待生活，其结果，是大不一样的。我之所以坚定不移地把它栽在了我的心上，很显然，是我太爱它了。自从我把它移栽到了我的心灵的版图上之后，我的心，也便变得异常勇敢了。自此以后，我也便有了一颗勇敢的心，就像苏格兰的起义领袖威廉·华莱士有了一颗勇敢的心一样。

吾观此树，吾悟此树，喟然太息曰：“嗟乎，大丈夫当如此也！”

老槐树启示录

骨头响了一下。我知道，我的骨头为什么响。随着这一声脆亮的响声，我的记忆便又着实地闪了一下，就像时间的深处有一只镁光灯醒来了，又开始了它的光辉的工作一样。

很小的时候，爷爷就对我说，而且不止一次地说，大概是元朝末年的事儿了，河北、山东、河南、甘肃等地，因天灾兵祸，造成了大量百姓死亡。黄河下游，赤地千里，渺无人烟。而山西境内，却风调雨顺。因为山西境内的人口多田地少，我们的祖上，就从山西洪洞县广济寺的一棵老槐树旁迁来山东了。也就是说啊，我们都是古槐子孙。

古槐子孙，我琢磨着。琢磨着，我便开始对“老槐树”这个意象有了一种日益繁茂的情结。每当看见老槐树，就像是看见了我的故乡一样。“故乡”的含义，在我的词典里，就总是醒目着。

那里——是的，那里有一些树。准确一些说，是那里有一些槐树。再准确一些说，是那里有一些老槐树。我深情地凝望着它们，就像凝望着一个又一个的传说——它们老了，在风雨雷电的摧残下，变得东倒西歪了。每一棵老槐树，都让我禁不住想起了“沧桑”二字。“沧桑”，我咀嚼着，似乎咀嚼出了一种涩涩的味道。

仔细看，有的没了头，有的断了臂，有的弯着腰，有的驼着背，有的像是人在呐喊，有的像是骏马在奔腾……没有一棵老槐树是匍匐着的，更没有一棵老槐树是哭泣着的。久久地，我望着它们，嗅着它们的芬芳，不禁就又想起了《西游记》第七回里的那句“桑田沧海任更差，他自无惊无讶”。我自然是知道，那是一种风度，内在的风度。老槐树的内在风度，没法不让我把它们和加缪笔下的西西弗斯、海明威笔下的桑提亚哥、歌德笔下的浮士德等密切地联系起来。它们之间，实在是有着一种无法割裂的秘密联系。

听说，在几十年前，这里曾发生过一场地震，虽然震级不是很大，但毕竟也有一些房子妥协了。老槐树们没有妥协，它们在大地的痉挛中依然站着，尽管，有的站姿已经不像以前那样优美了。一直以来，它们是在一个泥泞的梦里艰难地跋涉吗？它们是在一种坎坷的现实中默默地走动吗？它们伤心吗？它们迷惘吗？它们无奈吗？没有人回答我。四周，静悄悄的，除了我，一个人也没有。我抚摸着它们，就像抚摸着一个又一个的故事。这些故事，是一些多么坚硬而芬芳的故事啊。我已经不止一次地来这里了，可我啃不动那些坚硬而芬芳的故事。这便给了我再来的理由。是的，我要再来，直到，从这些坚硬而芬芳的故事里咀嚼出更多的东西。不可能只是涩味儿，这是不可能的，我想。

我站在它们中间，就像站在我自己的影子中间一样。这时候，我在它们中间呼吸的已经不仅仅是空气了。是的，我呼吸的，更多的是它们的气息。它们中的每一个，都是有着独特的气息的。仅那些气息，就已经足够我受用终生的了。我自然不是为了受用才来的，我没有那么功利。我是为了读懂它们的光辉的启示录才来的。有时候，我也把它们当成一首又一首的诗歌来读，它们都是组诗里的坚硬的意象，我从不怀疑。当然了，有时候，我也把它们当成一首又一首的老歌来听，无论怎么听也听不够。面对着它们，我的每个细胞都是积极的，踊跃的，热情洋溢的，激情澎湃的，甚至是豪情万丈的。总之，我从不怀疑它们的老马嘶风和老当益壮。

可我怀疑我自己，怀疑我自己能不能像它们那样躲过一场地震，如果地震突然降临的话。这种怀疑，就这样，一直伴随着我。直到法国哲学家笛卡儿的怀疑哲学在我身上发挥得淋漓尽致，并且，还在继续发挥。

我是多么希望遇到一个人，当然最好是有耳朵也有听觉、有心脏也有心灵、有知识也有洞识的人，对他或她讲讲这些啊。可是，没有一个人。只有我自己，和我自己的影子。我突然想起了美国作家威廉·福克纳的《喧哗与骚动》中的“光滑而明亮的影子”——不不，我的影子，是有棱角的。要不，我的影子，也不会戳破大面积的苍茫。

还戳破了许多的谎言。还戳破了许多的荒诞。还戳破了许多的愚蠢。还戳破了许多的伪命题。还戳破了许多的聒噪。还戳破了许多的自以为是。还戳破了许多的强词夺理。还戳破了许多的无耻。该戳破的，都被我坚定不移地戳破了。可是，我并不自豪，就像老槐树戳破了一个又一个的寒冬和命运的所谓的考验却并不自豪一样。自豪这种东西，从来都是非常廉价的。像老槐树那样，英心不退，英风不衰，该做什么，不该做什么，我自然是知道的，深深知道。

是的，每次去，我的相机都是非常忙碌的，我的相机里留下了它们的风度，以及永恒。我坚信，那是一种永恒。你看啊——别看那些老槐树东倒西歪的，像是一副喝醉了的样子，甚至像是一副不堪一击的样子，可是，无论你有多大的力气、多大的本事，也是不可能把它们推倒的。至于，活过它们，那就更是根本不可能的了。

这样想着，时间的列车呼啸一声，我便又回到了我温暖的精神的故乡。故乡广大，人间小啊。

围着山楂树转了三圈

我不想让山楂树孤独，不是这个原因。那年，我突然就站在了山楂树的身旁，没有原因。若硬是要贴标签一样地贴上一个堂皇的原因，这不是我干的事儿。反正，生命中的很多事儿并不是一定要有一个什么原因的，这样说肯定也是没有什么错的。

而事实上，山楂树并不孤独，所有的山楂树都不孤独。如果我硬是说它孤独，也不会有人信，连我自己都不信。

围着山楂树转了三圈，我依然不敢轻言我看清了山楂树。“这话未确，且莫轻言”，当我面对着那棵山楂树的时候，清初诗人、戏曲家孔尚任的《桃花扇·辞院》里的这句话一直都在提醒着我。就像放录音，一遍一遍地，每一遍我都听得非常清楚。

认识，是要有个过程的。这话我自然是早就知道的。因此，我才转了一圈，又一圈，又一圈。当然了，还会继续转下去，我热爱“转圈”这事儿，就像卫星围着恒星转圈。

目前的情况大体上是这样的：我只知道，山楂树的形态特征大体上是这样的——落叶乔木。个头很高。树皮比较粗糙。颜色是暗灰色或者灰褐色的。会开白色的花，花瓣呈倒卵形，或近圆形。花期在五月到六月。果实近球形，或梨形，深红色，有浅色斑点。果期在九月到十月。很朴素吧？我却喜欢它的朴素，乡野之民一样的朴素。朴素的，都是有资格做朋友的。

我只知道，山楂树的习性大体上是这样的：耐阴。耐寒。耐干燥。耐贫瘠。在排水良好、比较湿润的微酸性砂质土壤中生长最好。根系发达。树冠整齐。抗洪涝能力超强。花果鲜美可爱。在田旁也好，在宅院也好，有它，就是一道风景。我们都是热爱风景的人，它，自然也在我们的热爱之中。

我只知道，山楂树所给人类贡献的山楂按其味道划分，可分为酸和甜两种。酸口山楂，又分为歪把红、大金星、大绵球和普通山楂等几个品种。歪把红，顾名思义，就是在其果柄处略有凸起，看起来有些歪把。歪把红比普通山楂要大一些，因此做冰糖葫芦大多用它。大金星，顾名思义，就是单果上有小点，看上去像金星星。大金星比歪把红要大一些，但特别酸。大绵球，个头最大，成熟之后软绵绵的，酸度适中。牙口不好的，看来，喜欢的就是它了。普通山楂，是山楂中最早的一个品种，个头比较小，果肉比较硬，适合入药，因此山楂罐大多用它。甜口山楂，外表是粉红色的，个头比较小，表面比较光滑，吃起来略有甜味。其中，酸口山楂最为普遍。我就爱吃这种。那种酸酸的感觉，也实在是一种好感觉。它酸得不让人厌烦，只让人喜欢。至于为什么会喜欢，这就要问胃了。可惜，胃总是习惯了沉默，只管默默地做事儿。

我只知道，山楂树所给人类贡献的山楂，含有糖类、蛋白质、脂肪、维生素 C、胡萝卜素、淀粉、苹果酸、枸橼酸、钙和铁等物质，具有降血脂、降血压、降胆固醇、强心、抗心律不齐、增加冠脉血流量、改善血流循环、增强心脏活力、兴奋中枢神经系统、软化血管、防治动脉硬化、增强机体的免疫力、防衰老等作用。同时，它也是健脾开胃、消食化滞、活血化瘀的良药。特别是，对胸膈脾满、疝气、血淤、闭经等症有很好的疗效。山楂里所包含的黄酮类化合物牡荆素，是一种抗癌作用较强的药物，它对癌细胞在体内生长、增殖和转移均有一定的抑制作用。说山楂是一位良医，大概不会很勉强吧？

远在两千多年前就已经有了关于山楂树的记载。山楂树主要生活在中国、朝鲜和俄罗斯。在中国，它生活得最好。因此就有人说，它是中国的特色树种。反正，即使不是中国的特色树种，它也是非常有特色的。如果，人能像山楂树那样富有特色，就也算是一种骄傲了。

我只知道，山楂树是在风中长大的。它在微风中、狂风中、寒风中、热风中，都唱过歌。它的歌就像它的果实一样，是红的、亮的、有味道的。它所唱过的每一首歌，都是有人喜欢的。要不，我也不会被它的歌声吸引了去，并对它津津乐道、念念不忘。

在山楂树旁边待着，我就觉得心里很踏实。到处都有风，心里很踏实就很好。何况，要甜的有甜的，要酸的有酸的，就看自己的选择了。酸酸甜甜的，人生，还不就是这么回事儿吗。

围着山楂树转了三圈，十年就过去了。十年里，我的眼前燃起过数不胜数的灯笼——山楂的名字，也叫灯笼，我就是这么想的。至少，是它照亮了我，或者说是照亮了我的生活。

因此，我就给山楂树画了一幅肖像，尽管画得不是很好。那幅肖像，贴在我的心上了。每天，我都能看到它。每当看到它，即使是在茫茫夜色里，我的时辰就也是亮的。生活气息，就会铺天盖地。一切，就都是圆的，像圆圆的山楂那样。

不卑不亢的狗

若不是别人有言在先，说实话，我是很难将那只雪白的狗和“英雄”二字的含义密切地联系在一起的。因为，那只白狗，乍一看去，实在是太普通了——个子小不说，且长着一张娃娃脸，且眼神一点也不凌厉，似乎任何一只狗看上去比它都要有风度，有气魄。

可是，我错了。那只白狗，它的确就是一个英雄。证明它是一个英雄的事儿有很多，我随便拣来几件就可以了，就很能说明问题的实质了。

有一次，有只恶狗耀武扬威地打它身边路过，它连眼皮也懒得抬一下，依旧是一副悠然自得的样子，在路边，在梦中，旁若无人地踱着它的步。可能是那只恶狗觉得它好欺负吧，还没等它明白过来，便猛扑上来，开始咬，开始吠……这时候，人不犯我我不犯人的精神便立马从它的身体里醒过来并蹿出来了，还没等那只恶狗彻底反应过来，它便已经毫不客气地开始反攻了。那只恶狗一看，原来，它并不好惹，撒腿便跑……恶狗在前面像狂风一样跑，它就在后面像疾风一样追，直到一口气追出了至少五里路。那场面，像极了两个长跑运动员在竞技。后来，那只恶狗就再也不敢从它所居住的周边路过了。不得不从一两里外的地方路过的时候，也是东张西望的，小心翼翼的，甚至是双腿打着战，再也不敢有半点造次。

还有一次，它跟主人一起去一座大山里游玩，玩着玩着，便与一头野猪不期而遇。它原本不知道那就是野猪，只知道那头野猪块头比它要大。反正，大也不怕，大无畏精神它是从不缺乏的。因此，当那头野猪开始冒犯它的时候，它连想也没想，便闪电一样追上去了……结果，在和野猪进行了一番激烈的较量之后，它赢了。主人意外地收获了一头野猪，自然是很高兴。因此，后来主人吃剩的——我是说他们在大山里的战利品——都给了它，它一点也不嫌弃。对吃的，它向来是要求极低的，甚至根本就没有什么要求。

这是最近一次了，是去年的事儿了。主人怕它在家里寂寞，便带着它去逛街，逛着逛着，主人一不小心就遇到了麻烦——一个剃着阴阳头的年轻人对着主人莫名其妙地大吼："你你你，你眼睛瞎了吗?"主人说："我听不懂你在说什么，能说明白点吗?"阴阳头说："你碍着爷爷我的事了！还嘴硬？活腻歪了是不是?"一边说着，一边便挥出了他的霸气的拳头……就在他的丑陋的拳头快要落在主人的脸上时，正悠然地走在前面的白狗像一阵旋风一样掉转头来，向着阴阳头的腿狠狠地咬去……趁阴阳头蹲在地上哎哟之际，主人和白狗已经消失得无影无踪了。一路上，主人不停地表扬他的狗："你惩罚了那个坏家伙，好样的！好样的啊，你!"狗只管听着，却并不骄傲。因为在它看来，它只是做了它该做的。捍卫主人，呵护主人，是它该做的。

它是一只有尊严、有原则、有理性的狗，从不乱咬。"咬"这个动作，它向来都是非常节约的。不到万不得已，绝不浪费，一点一滴也不浪费。

它是一只有爱心、不惜命、不重利的狗，曾在河里救过一个溺水的小孩，在湖里救过两只溺水的小兔和三只溺水的小猫……别人留下了赏金，它的主人没要，它自然也没要。钱这种东西，在它眼中等同于废纸。

而今，它老了。老了，也从不碍事，只是静静地蹲在或趴在一隅，打着盹，或想着它的绵绵的心事儿。它活得简单，但它毕竟也有心事儿。它的心事是什么，我们不得而知。

在一旁，我就像读一本光辉书那样，久久地、饶有兴味地读着它……读着，读着，忽地，我便想起了明清之际的思想家、文学家、史学家、教育家朱之瑜在其《答小宅生顺书十九首》里说过的“圣贤自有中正之道，不亢不卑，不骄不谄，何得如此也”……它也便顺理成章地变成我眼中的一尊醒目的雕塑。这尊雕塑，这尊任何一位雕塑家都塑不出的披戴着光芒的雕塑，虽然看上去并不宏伟，却很高大。

问号保持着它一贯的鬈发

1

这样一个梦悄悄走近了我：风用一个有五官有表情的盘子，把洁净、柔软、甜美的月光端给了我……我像饿了很久似的，吞咽着……最后，把盘子也一块儿吞下了，把夜色也一块儿吞下了……这时候，醒了，我。是风把我摇醒的。白天站在我的眼前，对我说，多亏了你啊，要不，我也不会这么快就诞生，多亏了你，是真的。我像不认识白天似的，看了它很久，很久很久。其实，我跟白天已经见过无数次了，应该算是老相识了，可我还是觉得它很陌生，很陌生很陌生。

四周，都是陌生的，我没有办法来改变。早就有这层认识了。一个人的力量，说大也大，说小也小，这没有办法。

只觉得，体内胀胀的，可我还是很饿，很饿很饿。以至于，我的眼前飘起了星星，数不完的星星，飘啊飘的。我闲着无事，不得不用“星星”来造句——人闲着的时候，就会不自觉地找些事情来做，哪怕这些事情毫无意义——蜂拥而入的星星，成群结队的星星，熙熙攘攘的星星，漫天飞舞的星星，灾荒一样的星星……然后，就把这些句子一口气唱出来。在想，唱歌也是可以帮助消化的。唱着，唱着，嗓子就哑了。其实，我才唱了一半，最多也只是一半。一首歌，就这样半途而废了。

这是怎么回事？

没有人回答我。

这是怎么回事儿？山谷里的回声在问我，似乎答案全在我的肚子里。可我的肚子里只有月光，只有盘子，只有夜色，没有答案，一个答案也没有，这是事实，我不能扔下这个坚硬的事实不管。该管的，还是要管的。

这是怎么回事儿？沿路过来一队人，朝我一起问，似乎是在审讯一个罪犯。我知道我“犯罪”了，在梦里。可他们为什么不在梦里这样问我，偏偏要等我醒了之后才这样问我？奇怪了，他们。可我没说他们奇怪了，只说我的梦奇怪了。我本不愿做那个梦的，这是实话，可睡着睡着，就和那个梦撞个满怀了。和什么梦相遇，和什么人相遇，我们哪里能说了算啊，全是上帝在说了算。他想怎么说就怎么说，有时候是正儿八经地说，有时候是戏说，有时候是胡说、瞎说、乱说……这也是事实，我们什么时候说了算过？

吃月光是吃不饱的。吃盘子也是吃不饱的。吃夜色就更是吃不饱。后来，我才终于明白了这个义谛（注：佛教语，犹真谛）。可是，明白了也只是我自己明白，别人是不明白的。

2

像孙大圣那样，一个跟头，我就从梦的中央翻到了梦的界外。才发现，界外，也全是梦，形形色色的梦，奇形怪状的梦。才想起来，鲁迅先生为什么在他的《野草》里写了那么多的梦。

向右看——齐！向左看——齐！稍息！立正！齐步——走！……跟上！跟上！一二一、一二一、一二一……

楼下有人在喊。我知道，是又有一个人病了，或者说是疯了。这个世界，每天都有人病，每天都有人疯，我已经见惯不怪。是的，我见惯不怪。

奇怪的是，我往楼下一看，就他一个人，在那里正步走，走得很齐整——他自己就是一支队伍？

谁知道呢。

3

可以给你远的透镜。可以。戏剧请求，是，或许不是。不像这个被毁坏的春天，或整张未完成的图片。整个剧情，它的能量，也仅限于此。看起来，是日子在滚动，其实是里边的太阳和月亮在滚动。租赁我的手，来计算滚动的速度和风度。好快啊，请摄像机注意，拍摄，跟上它的速度，跟不上也要争取跟上。跟上，跟上，跟上。较难，也要这样做。跟上，必须。继续突出这个“远的透镜”。已经是来之不易。从这里拍过去，悄悄地，别弄出声来。拍别的，然后拍你，准确地说是拍你的后面。前述，准确地，拍完，再拍秋天的后面，我是说后面，记住，是后面。已经尽可能地达到准确了，不行，还要再准确，求个最准确，求个十分准确。或许，噢，你看，你看啊，是不满意的风在起作用，作用大着呢。看起来，那秋天的肝脏，倒是很富有。叶子是非常不满意的，和风一样。知道满意的人从来就少，总是很少。知道，即使是满意的人，也要横渡这些部分，他们非常不满意“in 宇宙”这戏剧，但要满意眼前的这戏剧。这戏剧……每人，排行读，太模棱，而且不断地模棱。辨认后，就决定，改变，画面以外的声音，也就是画外音，特别是远的镜头。这样好让你清楚地看一些，可能的你。并且，这些微弱的，模糊的，不可认知的，这样，可能就跟随在你的后面。戏剧标题也要改，必须改：微弱的不可认知。观众减少，尽可能地少时，还会再减少，这是肯定的。不要再延迟活人的许多时刻了，不要了，不要了……停，就拍到这里。这里，你记下，这个准确的时刻，用秒表，一定用秒表。

导演，这是什么意思？

4

谁知道呢……

这些字呈不同模样出现在各式各样的书里，搁在梦里，那个无形的书架里。这个人抽出一本，那个人抽出一本，左手和右手各抽出一本……眼看着，就越来越少了。都变成了怎么拉也拉不直的问号，纵使有十匹烈马。并不是马的力气越来越小了，不是这样的。并不是拴在问号上的绳子不结实，不是这样的。也不是昨天和今天的联结不结实，不是这样的。

5

梦深不可测。

因此就诞生了谭延桐的那句名言：写作的过程，既是做梦的过程，也是释梦的过程。

写

我要写这么一篇：……于是，我就回来了。不假思索地，就回来了。因为，也只有回来了，我才能更好地安顿我的心，安排我的写。别的地方都是漏风撒气的，这里，不。这里，既是我的文场也是我的道场，既有我的磁场也有我的气场。

这里，是我的家。世界上，只有家里最温暖。也只有在一个最为温暖的地方，才能写最为温暖的文字。特别是，在这样的一个寒风侵肌的季节里，我们格外需要饱含着温暖之气的文字。也只有这样的文字，才会养生百木，才是养生之道。寄生于世，养生之道，自然是不能不讲的。

于是，我就七拐八拐，回来了。

回来的路上，冷风围住了我，可是，最终，我还是挣脱了。这些年，我是积攒了不少的挣脱的力量的。身子一抖，我就把所有的冷风都抖掉了。因此，我是轻轻松松地回来的。回来了之后，我就……是的，我就开始进行写的这一连串的动作了。这一连串的动作，既关乎我的心灵运动，也关乎我的思想运动。内在的运动，之于每一个人，都是必需的。没错，它是生命中的必需品。有了它，才会不断地移动群山。

写，从宀从舄，置物也。也就是说，它的本义，是移置，或放置。把心里的移置出来，然后，放置在我经常放置的版图上，就这么简单。就这么简单的一种行为，我却一向视之为大行为。这样的大行为的贯穿，使许许多多的零散的时光，顿然不再零散了。不再零散，才是好的。它的好，有无数。冲着它的好走去，才会有好声好气和好言好语。东汉初期史学家、被誉为"地方志鼻祖"的袁康在他的《越绝书·外传记吴王占梦》曾经这样说过："悲哉，夫好船者溺，好骑者堕，君子各以所好为祸……"我觉得，是不一定的。看问题，我是从来都不像袁康那么绝对化的。好船者溺，好骑者堕，是有的；好船者不溺，好骑者不堕，也是有的。这样的，那样的，从来都是有的。因噎废食，那是得不偿失的。

于是，我写……写，总是连带着我的血肉。因此，每一个有温度的字，都是从我的身上撕下来的肉。这些肉，都是心头肉——心头肉啊！

《周礼·稻人》曰，"以浍写水"；《礼记·曲礼上》曰，"御食于君，君赐余，器之溉者不写，其余皆写"；《诗·邶风·泉水》曰，"驾言出游，以写我忧"；《淮南子·本经》曰，"雷震之声，可以放钟写也"；陆云《失题》曰，"何以含忍，寄之此诗；何以写思，记之斯辞"……在写的过程中，我体会着。"写者，传已器中，乃食之也。"突然，我就通了。通了的我，一片通明。

原来，我所写出的每一个字，都是一盏灯。我的世界亮了，与它们有关。因此，每当写作的时候，我就是行走在光明之中的。这样的行走，美其名曰：带光行走。是的，写作，说穿了，还不就是带光行走吗。也只有带光行走，才会带金佩紫。

地上的省略号变成了空中的感叹号

1

就算，我们把它竖起了，它也还会倒下。就算，它倒下了，我们也会继续把它竖起。我们不是西西弗斯，但我们看不惯它年少轻狂，我们看不惯它自作主张，我们看不惯它自由散漫，我们看不惯它吊儿郎当。为了让它出息个人（作为人来塑造，是个好办法。毕竟，这样离人道主义相对要近一些），为了让它不至于被众多的疯狂的脚践踏来践踏去，我们不能无动于衷、麻木不仁。就这么简单，再也简单不过。至于那些复杂，是别人想复杂了，有不少人的脑子就是专门用来制造复杂的。复杂化，从来都不难；简单化，才难。现代人最大的毛病，就是太复杂了，原本非常简单的也非要搞得比复杂还要复杂，就好像，非复杂就非深奥，这是一种幼稚病。

咋了？要反抗？它有反抗的精神就不至于像现在这样躺在地上烂醉如泥了，它早已失去了反抗的能力。不信，你让它反抗反抗看。即使它的生命里依然残存着反抗的能力，反抗，也应该是找对时候的，现在还不是时候。时候不到，无济于事。

用我们的生命做支架，这容易吗？为了它，我们做起了坚硬的支架……也许，以后它就明白了。它暂时不明白，我们也必须明白。明白学，其实是一门人人都用得着的学问，我们要热爱并精通这学问，从而颠覆郑板桥的那个著名说法“难得糊涂”。度，我们要有，该糊涂的时候就糊涂，该明白的时候就明白，不能一味地糊涂，更不能糊涂到底。

听说，想当年，它也是站着的，可不知为什么，它突然就倒下了，再也懒得站立了。世间的谜，可也真是不少。我们不是来猜谜的，什么原因我们不管。这个世界上的原因太多了，我们管不过来。上帝都管不过来，我们哪里管得过来？

谁没有原因？谁亮出自己的原因不是千理万理的？

它徒有一把匕首，都生锈了。它徒有一个家，都荒凉了。我们要帮帮它。尽管，在我们最最困难的时候，它并没有帮过我们什么。情意，最好是对开的列车，如果不是，这也不要紧，我们只管开就是了，我们的情意从来都是有方向有速度的。轰的一声，震天动地，情意的列车就呼啸而去了。

呜——咣当，咣当，咣当……你听！

2

不相关的话题，也不是关于它，略。该略就略。在这儿，我们必须节省些，至少要节省我们的语言。不为别的，只为，语言连带着我们的心脏，心脏的信息是不能说散发就散发的，随处散发，就像散发传单那样，这不好，谁都知道这不好，很不好。既然不好，我们就不去做。我们坚决不去做，魔鬼拿着老虎钳也没有用。胆小的，不是我们，从来都不是我们。说过了，我们明白。

对，略。生命的哲学就是，该略就略。“略”字，是各自的生命田亩，自己管好。它不肥沃不是当要的，它不荒凉才是当要的。

3

最终，我们还是把它给竖起来了。尽管，直到现在，它还摇摇晃晃的，一副很不服气的样子。它必须站着。道路可以不站着，河流可以不站着，但它，必须站着，因为它一出生就没有道路和河流的福气。福气这东西，从来都不是争来的。你看，月亮就不争太阳的福气，野菊花就不争君子兰的福气。英国诗人兰德早就说了，不争。“我和谁都不争，和谁我都不屑去争。我热爱大自然，其次就是艺术。我双手烤着，生命之火取暖。火萎了，我也准备走了。”兰德就是这么告诉我们的。尽管她的基于“事实”与“常识”的理性曾长期受到装腔作势的学院派的蔑视，但这种蔑视显然是出于无言以对的畏惧。有些人一畏惧，就会歪理丛生，卑鄙迭出，从来都是这样。

挥一挥手，就现在，我们该走了，就像夏天该走了一样。至于什么时候回来，再说。总之，我们是要回来的，就像节日总归会回来一样。

4

它。你随便叫它什么吧，或者叫它“未来的一首诗”，或者叫它“未来的一首歌”……随便叫它什么吧。都不重要，这些。要紧的是，你的发声，是不是非常准确。求个准确，在有些事儿上我们必须这样。

5

它。你说是他也行，说是她也行。远远地看去，就像是写在空中的一个感叹号。早就该是这样的。

眼看着，它在风中跃跃欲试。可以不招展，但必须醒目，醒目给迷途的人做参考。大概，它已经懂了。你看，它已经举起目光来了。那目光，慢慢地，就会变成一道闪电。

过几年，我们不妨回头看看，无论我们有多么忙。去赴大唐盛宴，带着它，如果它愿意的话，如果我们不会再失望的话。至于它的体重，你称就是了，但你的心必须是一杆秤。

终于轮到我来说『疯癫』了

你在说“疯癫”，他也在说“疯癫”，我在听……现在，你们都说完了，终于轮到我来说“疯癫”了。

哦，疯癫……我自然是理解生命的“疯癫”的，特别是青春的“疯癫”，因为在我看来，没有“疯癫”过的生命，一概是不真实的生命，不立体的生命，不鲜活的生命，不丰富的生命，没有燃烧过的生命，缺乏异质的生命。也只有燃烧过了，并且燃烧透了，才会有一段激情的岁月。没有激情的岁月，显然是非常遗憾的，是大写的遗憾，醒目的遗憾。

很多人都注意到了这样一个现象：凡是生命力旺盛创造力也强盛的人，多多少少都带有一点“疯癫”，这是因为，完全是因为，在理性的基石之上——我要特别强调，是在理性的基石之上，不是在感性的条件之下——他们的生命始终都在燃烧。燃烧，换一个说法，就是“疯癫”。仔细看，没有哪一个火焰是不“疯癫”的，特别是那些熊熊燃烧、激情澎湃、豪情万丈、轰轰烈烈的火焰。生命，其实也应该是火焰，至少生命的灵魂应该是火焰。也只有有火有焰的生命，才会给人以奔放以明亮以温暖以通透的感觉。有火无焰或无火无焰的生命，永远都是望尘莫及的。他们也只能半死不活地活着，有气无力地活着。而这样地活着，在我看来，和木头无异。木木的人生，很不提倡。

世界很冷，而燃烧的生命可以温暖整个世界。你不能不承认，也只有他们，才是我们这个世界的救恩，或提拔。冷落了他们，人类也就只好过冷日子了。冷日子给人的感受，自然到处都是荒凉的、冷漠的、冷飕飕的、冷冰冰的。这样的世界，不值得任何一个人去留恋。

有一个火苗，你别捂灭它
就像捂灭你的黑夜。让它像花儿那样
盛开，你就会闻到独特的芬芳
在旷野里，或象征意义的莽原上
你能跑，就跑吧，就像一匹野狼，或猛虎
或狮子那样，跑，跑个够
为了好不容易到来的新鲜的阳光
或月光。总之，它们是新鲜的时光

只要活着，就应该尽量真实地活着。真实的生命里，又怎么可能会没有“疯癫”？如果永远都只是一个状态的，那就可疑了。我们有权利去怀疑他们：伪装得很好。总之，他们绝对不是真性情，从他们的队列里找不出一个豪爽之士和壮阔之士。

我们是多么怀念祢衡。东汉文学家、“建安七子”之首孔融是这样评价这位东汉末年的名士、文学家祢衡的：“吾友祢衡，字正平，其才十倍于我。此人宜在帝左右，不但可备行人而已。我当荐之天子。”于是，孔融便奏书献帝，奏书上是这么写的：“臣闻洪水横流，帝思俾乂；旁求四方，以招贤俊。昔世宗继统，将弘基业；畴咨熙载，群士响臻。陛下睿圣，纂承基绪，遭遇厄运，劳谦日昃；惟岳降神，异人并出。窃见处士平原祢衡，年二十四，字正平，淑质贞亮，英才卓荦。初涉艺文，升堂睹奥；目所一见，辄诵于口，耳所暂闻，不忘于心；性与道合，思若有神；弘羊潜计，安世默识，以衡准之，诚不足怪。忠果正直，志怀霜雪；见善若惊，疾恶如仇；任座抗行，史鱼厉节，殆无以过也。鸷鸟累百，不如一鹗；使衡立朝，必有可观。飞辩骋辞，溢气坌涌；解疑释结，临敌有余。昔贾谊求试属国，诡系单于；终军欲以长缨，牵制劲越：弱冠慷慨，前代美之。近日路粹、严象，亦用异才，擢拜台郎。衡宜与为比。如得龙跃天衢，振翼云汉，扬声紫微，垂光虹蜺，足以昭近署之多士，增四门之穆穆。钧天广乐，必有奇丽之观；帝室皇居，必蓄非常之宝。若衡等辈，不可多得……”汉献帝看了孔融的奏书后，便批转曹操。曹操在相府召见了祢衡，双方行过见面礼后，曹操却坚决不请祢衡入座，只任其站着。受辱的祢衡也便只好以“疯癫”相待了：“天地如此辽阔，为何不见一贤能之人？”曹操叱曰：“我手下有数十人，都是当世英雄，你岂能无礼，口出狂言，说无贤能之人？”祢衡笑曰：“曹公门下之人，我略有所闻，荀攸可使看坟守墓，程昱可使关门闭户，郭嘉可使白词念赋，张辽可使击鼓鸣金，许褚可使牧牛放马，乐进可使取状读诏，李典可使传书送檄，吕虔可使磨刀铸剑，满宠可使饮酒食糟，于禁可使负版筑墙，徐晃可使屠猪杀狗……其余皆是衣架、饭囊、酒桶、肉袋罢了！”曹操闻言，大怒，责问祢衡：“你有何能耐？胆敢如此戏弄我的门人！”听到这儿，祢衡“疯癫”加剧：“本人天文地理无一不通，三教九流无所不晓，上可以致君为尧舜，下可以配德于孔颜……岂能与你等俗人共论乎！”此时踞在一旁的张辽剑已擎出，欲斩祢衡，曹操便阻拦说：“我这正缺一鼓吏，你祢衡一定可胜任此职。”祢衡明知是羞辱，却并不推辞，只是长啸一声，风卷而去。曹操的手下大惑不解，曹操捋须笑曰：“此人素有虚名，远近能闻。今日若是杀掉了他，天下人必责我不能容人。”几天后，曹操大宴宾客，命鼓吏着鼓衣至席前击鼓，以助酒兴。轮到祢衡时，只见祢衡穿一旧衣，演奏的是当时颇有影响的《渔阳三挝》——既悲且壮，如嘲如讽，渊渊有金石声。在场的宾客闻之，莫不慷慨流涕。廷吏愤斥：“何不更衣？”祢衡便站在祭祖的庭堂之上，脱下旧衣，裸体而立，浑身尽露，致使众宾客纷纷掩面。曹操辱祢衡，也遭祢衡辱，自是恼羞成怒：“庙堂之上，何太无礼？”祢衡竟说：“我裸露父母给我的身体，只是想显示自己的清白啊！”说着，便疯癫大起，“不识贤愚，是眼浊也；不读诗书，是口浊也；不纳忠言，是耳浊也；不通古今，是身浊也；不容诸侯，是腹浊也；常怀篡逆，是心浊也！我祢衡乃天下名士，你却让我做一鼓吏，这就像是阳货轻仲尼，臧仓毁孟子！”当时在座的孔融胆战心惊，便向曹操一再求情。曹操则指着祢衡说：“令你往荆州为使，如刘表来降，便任用你作公卿。”祢衡疯癫不退，拒绝前往。曹操便令人备好三匹马，并令二人挟祢衡而去。东门外送行那天。祢衡下马入见，众人皆端坐视若不见，祢衡便疯癫再现，放声大哭。有人问：“为何哭？”祢衡说：“行于死柩之中，如何不哭？”

众人皆曰："我等是死尸，你便是无头狂鬼！"祢衡反诘道："我乃汉朝之臣，不作曹瞒之党，安得无头？"继之，又辱众人曰，"只可谓之蜾虫！"

这天，江夏太守黄祖宴请祢衡，两人皆醉。黄祖问祢衡："你在许都有何等人物？"祢衡说："大儿孔文举，小儿杨德祖。除此二人，别无人物。"黄祖便问："他们二人，比我何如？"祢衡疯癫愈烈："你好似庙中之神，虽受祭祀，却从来无灵验啊！"黄祖脸色立马难看，好在有酒色遮掩："你把我当成土木偶人了！"从此，黄祖便怀恨在心。曹操不愿负杀士之名，但最终，还是借黄祖这把刀，把年仅二十六岁的祢衡给杀了。祢衡的"疯癫"，却从此长留人间。

祢衡的代表作，当属《鹦鹉赋》："惟西域之灵鸟兮，挺自然之奇姿。体金精之妙质兮，合火德之明辉。性辩慧而能言兮，才聪明以识机。故其嬉游高峻，栖跱幽深。飞不妄集，翔必择林。绀趾丹嘴，绿衣翠衿。采采丽容，咬咬好音。虽同族于羽毛，固殊智而异心。配鸾皇而等美，焉比德于众禽！……"赋中的"奇姿""妙质""明辉""殊智"等，显然是在自比。在那样一个乱世，群雄逐鹿、杀人如同儿戏的氛围中，游走于庙堂之上就如同游走在刀刃之上的黑暗年代，祢衡的"疯癫"，实属无奈，而且是对尊严的捍卫，并非他真的不懂事。

我们是多么怀念济公。济公佯狂，且济。济，说白了，便是济世情怀。要不，他也不会扶危济困，除暴安良，彰善瘅恶；更不会打抱不平，息人之净，救人之命。济公骨子里其实是个相当理智的人，且学识渊博。透过他的十卷本《镌峰语录》，以及收录在《净慈寺志》《台山梵响》中的诗作，我们就可以清晰地看出他的"疯癫"之下究竟藏着怎样的情怀——他性狂而疏，介而洁，不同凡响；他衣衫不整，却心地高净；他徜徉山水，自得其乐，游履所至，挥毫泼墨，文词隽永。"一身破烂行天下，除恶惩奸辨是非"，他的写照也。活佛，无愧也。因此我就常说，喜活佛，不喜泥佛。

我们是多么怀念阮籍，因为他曾经"疯癫"过；我们是多么怀念李白，因为他也曾经"疯癫"过；我们是多么怀念尼采，因为他简直就是一道疯癫的闪电；我们是多么怀念凡·高，因为他简直就是一场疯癫的大风……我们是多么怀念那些曾经"疯癫"过的人啊，正是他们，用他们的热血给我们人类烹制出了各种各样的精神美味，说是人类的最为丰富的营养，也无不可。

像他们那样，把蝇营狗苟和鸡鸣狗盗留给别人，只把桀骜不驯和狂傲不羁留给自己，又何妨？

像他们那样不是为了名垂青史，而是为了活出个人样儿。我们是人，当然就要有人样儿。有人样儿，这是一个基础。有人样儿，就离不开生命的张扬和个性的释放。

如果你现在已经七老八十了，坐在阳光里，却从记忆的海洋里打捞不出一条“疯癫”的鱼儿，那你算是失败了。如果你正年轻，即使别人看着“疯癫”很不顺眼，你也应该该“疯癫”时就“疯癫”，不能一味地按部就班，不能一味地循规蹈矩，像是一个被阉割了的人似的。这是你的权利，任何人都剥夺不了的生命的权利。如果，被你自己剥夺了，过僵化的日子，就怪不得别人了。半生不熟的日子，有些人喜欢，那永远都是没有办法的事。但我总觉得，人和人是不同的，高质量的生命就应该有高质量的“疯癫”。“疯癫”，是一种颠覆，是一种推翻，是一种革命，是一种解构，是一种反拨，是一种反动，是一种匡正，是一种修复……总之，它是一种活力，是一种蓬勃，是一种昂扬。

没有活力的生命，不高高昂起自己的心灵的头颅的生命，又怎能创造伟大的奇迹?

也许，你并不喜欢奇迹，只喜欢过平凡的日子，可是，即使是平凡的日子，也是应该平凡之中见奇崛的啊。

不该疯癫时，你就别疯癫了，还是老老实实、安安静静地待着吧，因为，疯癫，从来都是需要资本的，先把资本备好了备足了再说。这资本，实在是离不开理性的观照。理性的光辉照耀下的疯癫，才是真正的疯癫，有价值的疯癫，可爱的疯癫。徒具形式的疯癫，就算了，就别再让它来给生命抹黑了。

疯癫，是一种大豪情，要会花才行。不会花，它就浪费了，或者说是花错了地方了，就像把钱花在了赌博上。大豪情，就当用在生命的大抒发上。

疯癫，从来都是一种原始的生命状态，独特的美学形态，世人谓之：狂狷之美。

并不是每个窗口都能看到船

有船，风度翩翩地过来了。是径直地过来的，从容地过来的，自信地过来的。那般风采，让我禁不住想起了古代的仙人。仙人出来闲游，不为别的，只为闲游，在闲游中让悠然更加悠然，让超然更加超然。

我饶有兴趣地望着它，并时不时地望一望我的内心……尽管我不坐——最多让我的目光去坐一坐吧——但我还是很高兴的。我不知道我为什么会高兴，短暂的时间里我想不清楚这件事儿，但我的确是很高兴，高兴得就像个纯真的孩子。风吹起了我的心，此刻我的心就像一面呼啦啦飘的旗帜。也许，你不信，我会突然就这么高兴，但我真的很高兴，我高兴啊。毕竟，有船，真真切切地过来了。尽管，它是一条普通的船；也尽管，船上并没有载来我期待中的阳光。但我默默地在想，只要有船，水就会有工作。从目前的情况来看，我眼前的这片水，是再也不会失业了。水改善了它自己的生活，无论如何，这都是让人高兴的。是的，我已经留住了这高兴的含义。

上面说的，是我从 14 楼的教室的窗口看到的，想到的。推开了窗，却没有推开“我自己”……我知道，我还有另外一些窗口，比如文学的窗口，音乐的窗口，哲学的窗口，美学的窗口……自然，我还会通过这一扇又一扇窗口看到更多，想到更多。因为，在时间的水上，总会有一些隐形的船，来来往往。时间这片水，是永远都不会失业的。如果连时间这片水也失业了，我想，我们的生命的船只自然也就搁浅了。一切都搁浅了，世界自然也就僵滞了，不再像水那样自然、鲜活、灵动和荡漾了。

也正是为了生命的船只不再搁浅，我才一次又一次站在一扇又一扇的窗口前的。每当站在这些窗口前，我便会感受到一阵又一阵的清风扑面而来，就仿佛，那些清风是一直都在秘密中行驶的船只载来的恩惠和奖赏一样。当然了，连“我”，也是船儿载来的，这我知道。只是，至今我也不明白那艘船的真实的名字。这便促使着我，开始了“命名”的重要工作。我的所有的工作，其实都是给万物重新命名。

将思绪远远地撒出去，我便看到了古希腊装载橄榄油的货船、圣玛格丽塔号、泰坦尼克号、齐柏林伯爵号等人类历史上的一次又一次沉船事件……

古希腊那艘主要用来运载橄榄油的货船，一向被行家称为“不间断的货车”。它对于当时的区域性贸易往来至关重要。希腊文明，有很多，都是它忙忙碌碌的结果。当考古学家在爱琴海 200 英尺深的海底打捞上那艘英雄般的货船的残骸时，既看到了数百个双耳细颈椭圆土罐的残渣，似乎也闻到了美酒和橄榄油的气息……可是，它就那么沉没了，于公元前 350 年沉没了。英雄也是会沉没的，直到这时候，人们才知。

1622 年，一支由 28 艘西班牙船只组成的大型舰队，满载着从新大陆掠去的黄金、白银、铜币以及其他财物浩浩荡荡地经过佛罗里达海峡时，遇到了前所未有的飓风……致使其中的至少 6 艘船只当场沉没，价值数百万美元的宝藏，眨眼之间便变成了大海家的财富。不是自己的财富，终究不是自己的，直到这时候，人们才知。

泰坦尼克号是一艘远洋客轮，在 1912 年的初次航行中便撞在了冰山上，短短几个小时内便沉没于北大西洋……坚信不沉的泰坦尼克号也会沉没，这便默默地提醒着众人：任何时候都不要忘了，就在世界的某个暗角，也许就隐藏着你的生命的克星，它是专门用来打击你的所谓的自信的。

齐柏林伯爵号是一艘神秘的德国航母。这艘航母于 1938 年建造完成。由于“二战”时期希特勒一再地削砍德国的海军经费，导致这艘航母并未真实地参与当时的军事行动。1947 年，德国战败之后，苏联接管了齐柏林伯爵号，并将之作为射击靶子来用，最终，这艘具有传奇色彩的德国航母神秘地沉没，至今也没有人能够精确地知道它沉没的准确位置。没有立下过战功的船，无论它的名声怎样显赫，沉没了，也就沉没了。

17 世纪苏格兰海盗威廉·基德遗弃的格达号商船……18 世纪法国海盗爱德华·蒂奇遗弃的安妮女王复仇号海盗旗舰……18 世纪英国舰长约翰·鲍尔钦遗弃的胜利号军舰……1907 年 10 月 11 日在美国苏必利尔湖面 460 英尺以下发现的塞浦路斯号矿砂船……船的命运，自然也是人的命运。至少，船的命运和人的命运紧密相连。我的目光，不可能偏离人的命运。人的命运，永远都是我的生命之笔所探索的主要对象，自然也是永恒对象。

看得见的海吃多少船也吃不饱，看不见的时间的海就更是。我们是早就应该知道这些的。更应该知道的，当然还是：并不是每个窗口都能看到船，也并不是每艘船都会从我们的窗口经过，无论是运阳光的船还是运夜色的船，无论是运福的船还是运祸的船。看得到也好，看不到也好；路过也好，不路过也好，反正，生命是不能没有窗口的。这窗口，不仅用来观察，更用来思索。

有船，风度翩翩地过来了。它似乎是在默默地对我们说：活着的时候，尽管风度翩翩地活着就是了，不管是在阳光里还是在夜色里，也不管是福是祸。

众生明细账

我们每一个人的生命簿上，都明明白白地写着一笔一笔的明细账。其中的人生长短或生命数量这一笔，很显然，是这一笔一笔的明细账中的非常重要的一笔。这非常重要的一笔，自然是约束着我们的生命形势、生命情况、生命风貌和生命价值的。

都说，岁月悠悠，人生漫漫……可是，人生，真的很漫长吗？有人们说的那么漫长吗？不，绝不，只有三万来天！如果按照我们中国人的平均寿命 72 岁来算的话，还不到三万天呢。那我们就乐观一些，积极一些，把我们中国人的平均寿命提高到 80 岁，即假设是 80 岁，按照这个数目来算，充其量，也还没到三万天吧？再怎么算，也只是近三万天吧？没错吧？

好，那就让我们来看看这近三万天的具体的分配或花销或支出情况吧——

一般人的睡眠，是三分之一——有的还有午睡的习惯，我就不包括在内了——减去这三分之一呢，毫无疑问，还剩两万来天。从学龄前到大学本科——且不说硕博连读了——20 多年的时间，用来积累知识，奠定人生的根基，不能参与创业，不能呵护自己的生命产业；老了的时候呢，即使身体不出现这样或那样的一些故障，也是心有余而力不足，同样不能参与创业，同样不能呵护自己的生命产业——到了老境，说句老实话吧，能够健健康康、平平安安地活着，就已经算是谢天谢地了——前前后后加起来，也足足有一万来天了吧？当然要减去。最后，还剩一万来天吧？可是，大学毕业之后呢，参加了工作之后呢？对于绝大多数人来说，八小时是要贡献给单位的啊，在自己的工作岗位上做牛做马的啊，不能做自己的任何想做的事情的啊，再减去。同时减去上下班花在路上的或长或短的时间。还有呢，就是花在一日三餐上的时间，花在穿衣、刷牙、洗脸、洗澡、逛街、购物、旅游、应酬、去洗手间、看电视、看电影、打电话、接电话、遐想、发呆等上面的时间……琐琐碎碎、杂七杂八的，全都加起来，又是一万来天了吧？减去之后，真正用于自己的时间，也就是能够充分地体现自己的生命价值的时间，究竟还剩多少？满打满算的话，是几千天，还是几百天，还是几十天？

众生明细账，这么一算，紧迫感有了吧？又怎么可能会没有紧迫感呢？还敢整天恍恍惚惚、心不在焉吗？

因此，和任何人扯闲篇，都是扯不起的；拖自己的后腿，也是无异于犯罪。因此，就有人说，要抓紧活，尽量地活得精彩。这“抓紧活”“活得精彩”的理念，说穿了，还不就是最为合理地安排好自己的点点滴滴的光阴从而让每一寸光阴都有一寸光阴的价值吗。人这一生，生命的价值，自然是高于一切。和天比高的，只有生命的价值，没有别的。纵使，把自己的名声弄得像苍蝇、蚊子、老鼠、臭虫、蟑螂等那样臭名昭著，没有价值，也是无济于事的。

人生，转瞬即逝，不能总是活在糊涂账上。当我们的生命有了明细之后，体现出了一定的价值之后，自然，也就死而无憾了。最最可怕的就是，如美国作家梭罗所说，一生都在糊涂和绝望中生活着，当一个人快要进入坟墓的时候，才发现，自己的歌还没有唱出来。

我常常地想到三国曹魏时的著名思想家、文学家、音乐家、“竹林七贤”的精神领袖嵇康——嵇康只活了 39 岁，却在玄学、文学、音乐、绘画、书法等许多方面做出了那么多……因此，王夫之曾赞之为“嵇康死而清议绝”。我常常地想到西汉初年著名政论家、文学家贾谊——贾谊只活了 33 岁，却在散文和辞赋两方面都留下了那么多……因此，鲁迅曾称之为“西汉鸿文”。我常常地想到“初唐四杰”之首王勃——王勃只活了 26 岁，却把骈文推向了一时之最，给世人留下了《滕王阁序》和《送杜少府之任蜀州》等名篇……因此，《旧唐书》曾谓之为“词情英迈”。我常常地想到中唐的浪漫主义诗人，与李白、李商隐并称“唐代三李”，有“诗鬼”之称的李贺——李贺和王勃一样，同样只活了 26 岁，却给后人留下了“黑云压城城欲摧”“雄鸡一声天下白”“天若有情天亦老”等千古佳句……因此，毛先舒就曾这样说过，“大历以后，解乐府遗法者，惟李贺一人”。我常常地想到清词三大家之一纳兰性德——纳兰性德只活了 30 岁，却在中国文学史上留下了光彩夺目的一笔……因此，况周颐就曾誉之为“国初第一词手”。我常常地想到“民国四大才女”之一石评梅——石评梅只活了 26 岁，却创作了大量的诗歌、散文、小说、剧本、评论、游记……因此，庐隐曾这样评价：石评梅的作品是她的巨大的思考时空的真实记录。我常常地想到中国新音乐的先驱聂耳——聂耳只活了 23 岁，却创作了《义勇军进行曲》《卖报歌》《金蛇狂舞》等声振林木的曲子……因此，就一向被称作“天才音乐家”和“国之歌者”……还有西方的莱蒙托夫、裴多菲、济慈、雪莱、拜伦、席勒、叶塞宁、马雅可夫斯基、爱伦·坡、兰波、罗伯特·彭斯、夏洛蒂·勃朗特、艾米莉·勃朗特、安妮·勃朗特、卡夫卡、莫扎特等，很显然，造化所分配给他们的时间都是少于平均数的，有的才几千天，可是，他们的歌，不仅唱了出来，而且传之弥远。

时间，确实是紧迫的，有去无回的。一秒一秒地过去了，也便永远不再了。警钟在耳畔响起了，我们唯一要做的，就是耳视目听，而不是闭目塞听。也只有完成了生命的大觉醒，才会迈向生命的大圆满。

塘上的事儿

塘，很大。啰唆一点，说是很大很大，也行，都是符合实际的。反正，我是没法具体地来形容那个塘究竟有多大的，只能笼统地来说。只因，它不是一个一般意义上的塘，而是……脚步带动着我，慢慢地就走近了它；思绪托举着我，马上就想起了南朝诗人谢灵运的那句“池塘生春草，园柳变鸣禽”。

塘，很大，该看见的我却依然能看见。因此，我一眼便看见了塘边的那尊醒目的雕塑。近得不能再近了，我才信心百倍地确认，其实，那并不是一尊冷冰冰的雕塑，而是一位活生生的老人。可是，乍一看去，他也的确太像一尊雕塑了。我之所以认定他不是雕塑，完全是因为，他的头发，他的衣角，一飘一飘的，一鼓一鼓的，一不小心就向我泄露了这个秘密。

尽管他明显地忽视了我的存在——看来，他也不是故意的——我却无论如何也做不到忽视他的存在。因此，我的嘴巴就情不自禁地动了起来，甚至还有点踊跃：“老人家，您在这儿，一动不动的，干什么呢?”他一激灵，可能是没有想到他的身边突然就多了一个活物吧。然后，他缓缓地抬起头来——一点好奇心和积极性也没有——表情不怎么丰富地对我说：“哦，我在垂钓，不见我在垂钓吗?”我纳闷了，禁不住又问：“真新鲜，没鱼竿，没钓饵，没鱼塘，啥也没有哇。”仿佛，他有些不高兴了，但没有表现出来，丝毫也没有表现出来。但从他沉默着迟迟就是不回答我这一件事儿上，我已经猜出了，或者说是我已经感觉出了，他大概以为我是个白痴，什么都不懂的白痴。好在，大概是出于礼貌吧，他终于还是开口说话了，语气依然平缓，就像舞曲中的慢四：“我的身就是鱼竿，我的心就是钓饵，时间就是个大鱼塘。”听到这儿，有点不识好歹的我趁热打铁，继续问，大有打破砂锅问到底之势：“那您，钓着了吗?”他并没有马上就回答我，只是换了一个姿势，并且马上就固定了那个姿势，仿佛是在用那个固定的姿势向我表明什么似的。也可能是，怕我仍然懵懂，或者说是在困惑里越陷越深吧，他埋着头，话语却突然扬了起来，就像一根无形的鞭子，抽打着我的心：“这不是正在钓吗。有信心，有耐心，不灰心，不死心，总有一天，我会钓着的。”他一连串说了这么多，连珠炮似的，一点也不嫌麻烦，把我一下子就给镇住了。我不敢再问了，因为我明显感觉他有点古怪，也免得有点古怪的他认为我很不识趣，并且狠狠地把我打入冷宫。可是，谢天谢地，老人的那番话，却令我咀嚼了再咀嚼，就像嘴里突然就多了一粒钙片似的。

没经他的批准，我便开始默默地陪伴着他，一分钟，又一分钟……突然想到，既然他一个人来到这里，肯定是有他鲜为人知的想法的，肯定是不喜欢被人打搅的，也就是说我的“陪伴”肯定是多余的。想到了这儿，我的脸马上便红了，就像红灯笼。我便马上后退了几步，退到我的内心里了。

在我的内心，我开始悄无声息地学着老人的样子，换了一个姿势，并且甩出了我的长长的钓线……

池塘不仅生春草，还生故事，我突然就醒悟了。塘上的故事，和春草一样，都是绿油油的，葳蕤的，我突然就明白了。就像是换了一个人的我，钓着，钓着，心情突然便绿了，绿得奇异，绿得有点很不像话。

荒野上的精魂

那是一片荒野。荒野里，只有不多的几棵憔悴的树和一幢临时搭建的貌不惊人的小房子。若不是因为它的出现，那片没有任何奇特之处的荒野，在我看来，是完全可以忽略不计的。

也幸亏，有了它。它，便是我所要聚焦的荒野上的精魂：大象。

我曾经不止一次地聚焦于平民一样的大象，比如性情暴躁的非洲象，比如温驯憨厚的亚洲象，再比如身高体壮的猛犸象……而这次我所要聚焦的大象依然是平民，却是如此与众不同。看上去，它，已经不仅仅是一头温文尔雅、雍容大度、风度翩翩的大象了，不仅仅是。它，你看呢，它，正在荒野上像一阵轻风一样悠然地走着，走着走着，一块不知被什么人丢在地上的垃圾便赫然出现在了它的眼前。于是，一向有精神洁癖的它，便止住了自己的步伐，捡起了那块本不该出现的垃圾，并且，走了一段路，找到了一个垃圾桶，小心翼翼地丢了进去。丢进去之后，垃圾桶旁边的两团废纸便又明目张胆地闯入了它的眼帘，仿佛是在向它宣战或挑战似的，它丝毫也没有犹豫，便又用它柔韧的长鼻子又是缠又是卷地一一捡拾了起来。一边捡，一边还在喃喃自语：这里，不是你们的家，你们还是回家去吧。不回家，怎么行呢，怎么行呢。大概是没有卷稳吧，或者说是怕一不小心就掉在了地上吧，你看它，你看它啊，先是用它的左脚扶了扶，接着又用它的右脚扶了扶，终于算是卷稳了，便再次将垃圾小心翼翼地丢进了垃圾桶里。那股认真劲儿，让人没法不动容。荒野上，再也没有了刺眼的东西。事做完了，它也便默默地走开了。从它走开的样子来看，它是很高兴的，就像一个孩子做了一件好事之后很高兴一样。荒野上没有一个人，很显然，它做这些，并不是为了表演给人类看，完全是听从了内心的召唤。表演现象，早已是司空见惯了，它的所作所为，丝毫也不带有任何表演的性质和色彩。

是荒野上的监控摄像头把我所描述的这一切悄悄地如实地告诉我们的。是的，因为有了它的出现，那片荒野便顿然不再荒凉了，不仅有了色彩，并且有了意味。没错，它在哪里出现，哪里就是一道温暖的风景。

是发生在什么地方的事儿，已经没有那么重要了。重要的，它是一件真事。这件真事，连日来，一直都在纠缠着我，让我耿耿于怀，让我念念不忘。

我在想，对比之下，很多人就不如它了；还在想，它所捡起的，自然不仅仅是一些垃圾，还有人们随手丢弃的比红碧玺还要贵重的美德；继续在想，荒野可以荒凉，荒原可以荒凉，荒地可以荒凉，荒滩可以荒凉，荒郊可以荒凉，荒漠可以荒凉，但人的内心不可以荒凉；止不住地想，我没法不想，如果有“感动世界的大象”这样的一顶冠冕的话，自然是应该戴在它的头上的……想着想着，那头大象的形象，也便顿然高大了起来。当我写下“向荒野上的精魂致敬”这九个字时，我自然是全心全意、真心实意的。

做羊还是做狼

那是一只善良的羊，非常善良。和所有的羊一样，宁愿伤害自己，也不愿伤害别的动物。它站在任何一个地方，都是一道风景，那是善良的风景。

是的，它绝对不是一只披着羊皮的狼。

可是，有一天，曾被我喻为“行走的白云”和“奔跑的童话”的它，不小心就误入了狼群……它以为世界上所有的动物都和它一样善良呢，因此，也就没加提防，任何提防都没有。它用善良的目光望着那些陌生的动物，望着，望着……还没等它完全明白过来，狼群就像风暴一样开始围攻它了……它自然是寡不敌众……它先是被撕咬得遍体鳞伤，接着，接着……不用我说你也知道后果是怎样的了——是的，它被活活地咬死了，撕烂了，吃掉了。呈现在人们眼前的，是一个比惨烈还要惨烈的场面：血，染红了大地，大地从来没有那么红过，是刺目的那种红，揪心的那种红，暴雨无论怎么冲刷也冲刷不掉的那种红。

之前，它还是活蹦乱跳的，一眨眼，就不是了，再也不是了，再也不是原来的汉白玉一样的风景了。有人说它该死，它连生气或愤怒的机会也没有了。死了就死了，就连谈起它的人也很少。我是谈起过的，可是，有人说我是假慈悲。本来就悲，那一刻，我就更悲了。可是，我的悲，没地方放，只能永远地放在我的心里，或放在我的文字里。

我是多么想知道：如果是你，你究竟是做羊，还是做狼？

很显然，做羊的命运，就是被欺负，被凌辱，甚至被吃；做狼，就意味着狼眼鼠眉，狼贪鼠窃，狼狈为奸，狼心狗肺。

也可能你会做出这样一个选择：既不做羊也不做狼。可是，如果命运硬是逼你从中选一呢？

那天上课，就这个问题，我曾问过我的几个学生——罗伟琦是这样说的："与其狼心狗肺地活着，还不如干脆死去。"梁书豪是这样说的："我要有实力，有强力，弱小者的命运从来都是悲惨的，无论弱小者有多么善良。"黄杨是这样说的："因为我是'羊'，命定的，因此我坐不改姓，行不改名。"农秋皓是这样说的："我既不愿失去狼的活力，也不愿失去羊的善良，因此我是狼身羊心。"刘可是这样说的："从狼的身上我看到了一种血性，也就是刚强果断、勇敢无畏的性格，我欣赏这样的性格。"梁好是这样说的："羊和狼的问题，延伸一下，便是善和恶的问题。近善远恶，是我唯一的选择。"……我说，我亲爱的孩子们，你们说得都很好。

继而，学生们问我，我说，我就知道你们会问我，让你们想象不到的是，我坚定不移地选择了做狼，做一匹凌厉的狼。我的凌厉，是对着我的一向遵循着弱肉强食的原则的同类去的，也许，我不能以蛮制蛮，以暴制暴，以邪制邪，以恶制恶，但我会努力，拼尽性命去抗争。至于别人的选择，哪个愿意去"献祭"，死得不明不白，我也是不反对的。

说完了，我就给我的学生们讲起了秘鲁作家马利奥·巴尔加斯·略萨的《城市与狗》……《城市与狗》是略萨根据自己少年时代在军校学习时的亲身经历写成的。"城市"，并非指一般意义上的城市，而是指整个秘鲁社会；"狗"，也非一般意义上的狗，而是指所有军校学员。《城市与狗》用了大量的篇幅写了"课堂捣蛋""打架斗殴""金钱交易""赌博""嫖娼"等丑恶行为，这和狼的行为是差不多的。而最具震撼力的，则是像羊一样善良的底层人的艰难的生存处境，仿佛，他们都是待宰的羊。《城市与狗》的亮点在于，它塑造了一个名叫阿尔贝托的"中间人物"。这个人物，不卑不亢，从不欺负弱小，也不容忍自己被强者欺负。在捍卫尊严和个人的合法化权益方面，他做着宁死不屈的斗争，坚决不放弃自己的抗争，也就是不妥协……他时而生活在社会的上层，住在豪华的住宅区；时而与来自社会底层的黑人和混血种族学员住在同一个宿舍……他既看到了上层社会的伪善、欺诈和糜烂不堪的生活，也了解了贫苦阶层的悲惨处境。这两个极端，他都不能接受，因此他就宁愿躲在自己的文学天地里，逃避着“狗咬狗”的生活。这样，他就渐渐地培养出了这样一种能力：建造自己的文学城池，从而去抵挡“城市”的大面积的喧嚣和“狗”的大数额的狂吠……很显然，阿尔贝托便是略萨的化身，正义的化身。

说实话，我是很欣赏阿尔贝托和略萨这样的文学世界里的狼的。他们是有原则的狼，有良心的狼，让人感动的狼。毫无疑问，我也是这样的一匹精神化了的狼，豪情万丈的狼，意气风发的狼。被恶者吃掉，我是坚决不干的，坚决不干。

人对狼的坏印象，大概是因为它吃人。其实呢，静心想想，上帝既然创造了它，它总要活下去的。要活下去，就得有活下去的条件，而活下去的条件中，不忍饥受饿显然是第一条件。人这种动物，不是什么都吃吗，连同类都吃，还比不上狼呢。狼是从来都不吃同类的，不仅不吃同类，还相当团结，团结的程度是人这种动物无论如何也没法比的。

至于狼的嗅觉灵敏、听觉发达、身影矫健、表里如一、目标专一、锲而不舍等，即使我不说，也是人人都明白的。更何况，乍一看去，狼相当英俊，个个都是英气勃勃、英英玉立、英姿飒爽，没有一个是畏畏缩缩、窝窝囊囊的。

记得有个老总曾经这样说过，想做羊，想坐在躺椅上享受人生的，请卷铺盖儿走人！只有那些具备了狼的奋不顾身的进攻精神的，才可以跟我一起上战场！

因此，我就总觉得，也只有做狼，才能在时间的战场上做最好的自己，并且像雕塑那样屹立不倒！

动物性和人性应该是双管齐下

“动物性”，是的，我又提到了金光闪闪的“动物性”。怕被人误解，因此，我便格外慎重地加了双引号。这个双引号，是我给“动物性”穿上的防弹衣。这下，我便略为有些安心了。

是的，说“动物性”是要格外小心的——不，既然我是在说“动物性”，我干吗要小心翼翼，像做贼似的？一小心，“动物性”就趁机溜掉了——“动物性”，和自然性、生命性、凌厉性直接挂钩。因此，只有“人性”却没有“动物性”，是远远不够的。只有“人性”却没有“动物性”的生命，一概都是蔫儿吧唧的，毫无活力、魅力和创造力可言的。如果说“人性”是心灵的代言人，那么“动物性”就是身体的代言人。两个代言人都在场，生命的局面才会大开大合、波澜壮阔。

见惯了那些只有“人性”却没有“动物性”的人，他们自始至终都像是被人打了一顿似的，眼睛里没有神采，浑身都没有神采。和他们在一起，就像是和一些木头在一起，安全倒是很安全了，却很没意思，一点意思也没有。木头尚且能够燃烧，他们却怎么也燃烧不起来，不仅没有一点激情，就连一点热情也没有。要想拽着他们的胳膊像风那样冲向一片旷野，或冲向一座高山，那是很难的。说不定，胳膊拽断了，他们的心也依然在原处。很没意思，如果你遇到了他们。从他们的生命里，是不可能翻找出“果敢”“勇敢”“雄敢”“骁敢”“慓敢”之类的意义的。可是，他们的势力，却很大。那可是无数人一起默而识之形成的一股强大的势力啊，那可是一道隐形的铜墙铁壁啊。

于是，我便蛰伏了起来，开始自个儿研究狼。向狼学习，也便成了一个在有些人看来十分怪异的爱好。在这个爱好的引领下，活了，越来越多的血，越来越多的细胞，越来越多的梦幻。还不就是求个美好的“活了”吗。活了，“动物性”才会回归，并且和“人性”一起，双管齐下。

文韬武略，也便成了一种渴望。走着，渴望着，便见曙色了。那片高远的曙色里，鸢飞，鱼跃。看着，听着，想着，都是好的。咔嚓，咔嚓，那是骨头里的声音，很响亮的声音。音乐可以没有，但不能没有这样的声音。

说着说着，便从遥远的宋代，传来了著名书画鉴赏家和画史评论家郭若虚录在他的《图画见闻志·故事拾遗》一书里的声音：“唐张璪员外画山水松石名重于世。尤于画松特出意象，能手握双管一时齐下，一为生枝，一为枯干，势凌风雨，气傲烟霞。”手握双管一时齐下，一为“人性”，一为“动物性”，势凌风雨，气傲烟霞……我默念着。似是上了瘾，几十年了，我都在默念着，像是在默念着一个灵验的魔咒。

所有的雨都是云变的

雨，我确认了，再次确认了，这是一场雨。它不是上天的眼泪，而是一场雨，再也普通不过的冬天的雨。雨，不急不躁地下着……一副瞅准了谁就准备像捆罪犯似的用雨丝结结实实地把谁捆绑起来的架势。这架势，我见惯了，并不觉得有什么新鲜，依然毫无防备地走在路上，走得像雨一样不慌不忙。因为没有雨伞陪伴，更没有雨衣随行，便边走边想，是不是走得快些？因为走得快些被雨淋的机会就会少一些，被雨淋的面积就会小一些，被雨淋的程度就会低一些……总之，可以尽可能地保持一个干爽的自己。不干爽了就会有发霉的可能，甚至有被另一只手拿走的危险……想着想着，我便加快了脚步。雨越来越努力，我的脚步也越来越努力，努力地摆脱着雨丝的纠缠。

一想到纠缠，思绪便又泛滥了，缭乱了，飞飞扬扬的，像是内心溅起的大大小小的雨花。人这一生，难免会遇到各种各样的纠缠，唯一的办法就是，摆脱纠缠，想尽一切办法。也只有彻底摆脱了纠缠的人，才会最终和自己相遇，并成为一个超然的人。人和人不一样，摆脱的方式自然也不尽相同。我的摆脱的方式从来都是，只管往前走，径直地走，目不斜视地走，义无反顾地走。忽略了路边的风景，忽略了也就忽略了，反正人这一生总会有许多的东西注定要忽略的，反正忽略了路边的风景也还会有内心的风景以及由内心的风景所衍生出来的历史的风景、梦幻的风景、词里的风景，等等。

快走，快走……像被一根无形的鞭子抽打着，我越来越紧地拧紧了我的步伐。但转念一想，我为什么要这样急匆匆的，像是心甘情愿地要给鞭子做奴隶？这不是我的性格，不是。想到了这儿，我便又慢了下来，这时候我看见，影子和我正在打架，打得难解难分——影子说，你就那么怕雨吗？怕雨那为什么还不带雨伞？雨淋湿了你的头发淋湿了你的衣服难道还能淋湿你的骨头淋湿你的思绪吗？全身都淋湿了又会怎么样？你就那么胆小吗？还勇士呢，做勇士手下的败将还差不多！我苦笑，说，若是真的胆小我就带上我可靠的雨伞了，这个世界上很多雨伞都不可靠，可我的雨伞一向都很可靠……我没有接着往下说，因为影子肯定知道，我自己就是一把很结实的雨伞。任何雨伞都落荒而逃了，我的雨伞依然也会还在，并且身行雨中寸帛不湿。这个意思，和雨联合，马上就把我笑声中的苦涩调和了。

“你在那想把你冲走的雨水中飘浮，但你还是要坚持，昂首屹立，等待那即将来临的无穷无尽的阳光的照耀……”西方现代主义文学的鼻祖卡夫卡的话就像一串雨珠，落到了我的心上。只有我自己知道，此刻我的心正在咀嚼着什么。只有我自己知道，我消化的，最终会变成什么。

不知不觉便来到了一个非常热闹的地方。这个世界，永远都会有热闹的地方，每一个热闹的地方都与我无关。不用我嘱咐，我的脚步也会倔强起来……我一直认为，它倔强得有理。也正是因为它的倔强，我留下的影子才不至于像很多的影子那样歪歪斜斜。或热热闹闹，或冷冷清清，只有我自己知道，我的脚步和哪一首乐曲始终押着韵。

所有的雨都是云变的，毫无疑问。我知道我眼前的这场雨究竟是什么样的云变的。一朵云不见了，一场雨诞生了。还会有更多的雨，自然也还会有更多的穿过雨的身影，我是其中的一个。我这其中的一个，即使哪天蒸发了，变成了一朵云，也会慢慢地形成雨一样的影响力，影响着我曾经深爱的大地。所有的云，最终都是要贴近大地的，无论它做云的时候怎样地汪洋辟阖，仪态万方。

“片云头上黑”，如果真的是这样，那么，肯定的，“应是雨催诗”。我们不能没有诗这样上好的人格养料。

他点燃了一场又一场大火 而自己却被冻得浑身发抖

他是一个喜剧演员。很多人都说，他是一个天生的、人人都喜欢的喜剧演员。我不止一次地见过他在台上的风采，因此，对这话，我信。只要，他一走上台——他总是像一阵旋风一样走上台，不，是刮上台，舞台上的道具就会被他刮得摇摇晃晃，至少是不再安分——他就会立马变成另外一个人：每一个细胞里都藏着笑，而且是那种品相非常好质量非常高的笑，随便一抖落，就会变成别人花不完的捧腹大笑。别人笑得东倒西歪的时候，他还嫌不够，就继续抖落，恨不能让座椅也陪着观众一起兴奋，一起活跃，一起激动，一起东倒西歪，一起忘乎所以。反正我是听到了稀里哗啦甚至汹涌澎湃、排山倒海的声响，每一个声响都无比真实，真实得完全可以对得起“真实”这个词的最本原最本质的含义。反正我是看到了大人和孩子一起开心一起燃烧的样子的，每一个样子都如雕塑般醒目，让我刻骨铭心，就似乎，那场景是一把劳动模范一样的刀子，随便一挖，就能挖出许多的火红和难忘来。

他在台上是红辣椒。他永远是辣得让人们流泪的红辣椒中的红辣椒，这该多好，我不禁在想。或者说，他能够把地球也作他的一个大舞台，这该多好，我越想越远……可是想得再多，再远，我也不愿想到他是一个苦瓜，只是闻味儿就会感到苦的苦瓜。苦瓜可以买到，但他不可以买到，无论是花多少钱，因为他是J市的喜剧符号，无价之宝。

我怎么会把他和苦瓜联系在一起？

我纳闷。

第一次看他演出的时候我坚决不信，我是说不信舞台上的那个人就是他；第二次看他演出的时候我仍然不信，还对他说你看你们的节目单又印错了你们的工作可真不够细致啊……他只是微微一笑，看我的目光，就像是在看一位刚刚诞生的喜剧演员。我说如果真的是你那你干吗台上台下判若两人？干吗在我面前总是一副苦行僧的模样？是你的悲苦没处卖了非要卖给我？他仍然微微一笑，我看得很清楚，似是嬉笑，却是苦笑。那笑，令我琢磨，像是在琢磨一个深邃的谜。如果说每个人都是一个谜，那么，他无疑就是谜中之谜。

我说是不是一个喜剧演员本来就是这样，走上台就把苦笑翻译成嬉笑，走下台就把嬉笑翻译成苦笑？或者说，笑声本来就是大家的，难以道出的孤苦却是自己的？

他还是那个德行，微微一笑，这让我越看越不明白，就像在看道士画符，如堕五里雾中。突然就想到，夏天里的冬天，就是他那个样子。禁不住，我在心里给他画了一幅漫画，半边脸在笑，半边脸在哭。

老K啊……我叫着他的名字，似是在叫着一个遥远的梦的名字。我无论如何也做不到，大声地叫，哪怕是他的耳朵暂时在忙着，忙着接待别的声音，比如接待他空幻中的那个舞台上的花枝招展的乐音。

老谭啊……显然他没有忽略我沉着有力的呼唤，因为这句“老谭啊”是我的“老K啊”的回音。直到这时候我才猛然发现，他和许多人一样，是一面永远也让人琢磨不透的海拔并不高的回音壁。尽管并不高，我却怎么也攀不上去，虽然我准备好了足够的攀的勇气。

老K啊……这竟成了我的一句呓语。不知时间，会把这句呓语翻译成什么样子。

疼痛在空袭

交代过闹钟一定要按时叫醒我，并且，我也把信任全部给了它的。可是……我估计，一向老实巴交、忠心耿耿的它并没有消极怠工，只是我太累、睡得太沉，没有及时听到它的呼喊。这也便导致了：当我自觉地摆脱了短暂的午睡之后，离我上课的时间也就只有十来分钟了。好在路程不远，顺利的话也就只有六七分钟的路。于是，我马上就进入了战备状态：穿衣，洗脸，出发……我的风一样的捷安特山地车一转眼就吞掉了一半多的路程。突然，一辆仓皇的电动车像是一个不速之客，猛地出现在了我的眼前……我只好紧急刹车！否则的话，那辆不按交通规则来的电动车有可能就完了！于是，我就倒霉了，我整个身体便像惊险的武打片中的飞人那样狂飙了出去……幸好，我的脑袋安然无恙，在我背上的新买的电脑也安然无恙！

顿然，一阵剧痛，从两只手腕那儿电流一样袭来……那辆斜刺过来的电动车的主人，迟疑了一下，便贼一样跨上了她的电动车，一阵黑旋风一样逃走了。我没有怪她，只是在心里狠狠地责备着我自己。尽管，一多半的责任，在于她。

事件是猛扑过来的，疼痛也是猛扑过来的，都是猛扑过来的，就像恶狼一样！

不久，我便忍着剧痛，出现在我的学生的面前。一直以来，我都是一个极其顽强的人。两个小时的课，终于结束了。按照惯例，我没有回家，依旧在教室里一边看作业一边等候着晚上的那个班的学生的到来。疼痛，越来越积极，当然也越来越明目张胆。于是，我就决定下楼，去买点应急的药。正要锁门时，已经有学生来了。因为腿也痛，何况也不知到哪儿去买，没走多远，我便又折回了教室。在上晚课之前，我一直在咀嚼着出自北宋宰相、太子太师吕蒙正《破窑赋》里的“天有不测风云，人有旦夕祸福”……我的便携式电脑不久前被盗了，而今……可也实在是祸不单行啊！

晚课期间，疼痛一直在扩张、肆虐，就像八国联军在逼我丧失生命力的主权一样，我的表情自然也便没法像往常那样自然。见此，吉姝凝的爸爸、潘瑞灿的妈妈等便纷纷拥上了讲台，劝我，谭老师，课就不要再上了，赶紧去医院拍片……我说，没事，我还能坚持。心里在想，战士，哪有不受伤的？学生们大老远地跑来了，不能坚持我也是一定要坚持的。家长们见劝不动我，也便纷纷散去了。不一会儿，潘瑞灿的妈妈便抱着一大包雪糕从教室外面风风火火地走来了，并且将雪糕垫在了我已经一动也不能动的右臂下面……

我坐着，继续上课……这时候，我只有坐着上课了。动一点，都会激活更多的痛。“一发不可牵，牵之动全身”，确实像清代思想家、文学家龚自珍在他的《自春徂秋偶有所感触》一诗里所说的这样。

两个小时的课，从来没有这么艰难过。课后，吉姝凝的爸爸、潘瑞灿和潘瑞灿的妈妈把我送到了广西中医学院第一附属医院急诊。拍片、等结果期间，吉姝凝的爸爸、潘瑞灿的妈妈以及不久就赶到了的黄诗淇和黄诗淇的外婆一直都在跑前跑后。那时候，我内心的感动已经彻底压倒了我骨头里的疼痛。

结果终于出来了：右臂粉碎性骨折，且有一块骨头脱落；左腕骨头挫伤……

这天是 2015 年 3 月 21 日，因为是周六，加上是深夜，不能马上就做手术，也就只好先打了石膏，开了四盒止痛片。

第二天，我的学生黄杨的妈妈得知了我的情况，非常热心地建议我去广西骨伤医院接受手术。去之前，骨二科的李鼎斌主任已经把 57 号床给我预留好了。只是，也许是其中的一位病友实在是太痛的原因吧，不仅执意要整夜地开着电视，而且把音量开到了最大；空调也要开着，而且把温度调到了最低，而且是正对着我的方向猛烈地吹。疼痛，是可以让一个人做出一些常人难以理解的事来的。因此，包括那位病友整夜地叫喊的时候，我也一直忍着。蚊子的乘虚而入，四面出击，我就更是忍着。“挺住意味着一切!”奥地利诗人里尔克早就嘱咐过我。

我的另一位病友，则在那儿一直像练台词一样很认真地练着：“我最怕的就是疼了！我最怕的就是疼了！唉，我最怕的，最怕、最怕的，就是、就是疼了啊！哎呀！疼啊！……”看他紧锁的眉头，我知道他说的并不虚夸，也没有丝毫的话剧演员那样的矫情。

整个病房里，就似乎只有我一个人不怕疼。我艰难地起身，伫立窗前，望着马路上那些或是轻盈如燕或是迅猛如虎的身影，陷入了久久的沉思……

手术前的整整三个夜晚，我几乎一点睡眠也没沾上边，起来，坐着，躺下，不断地调整着自己的姿势，似乎没有一个姿势是完全适合我的。我的手、我的胳膊，仿佛是租来的，或者借来的，总之是不属于我的。我陷入了深深的苦境，至少是困境，无力自拔。只好一遍遍地复习着“痛不欲生”“生不如死”“度日如年”等说法的最为具体最为真切的内涵。

带去了五本书，读读，停停，读读，停停……读得相当艰难！我希望每一本书都像海绵，能够吸去我的些许疼痛，事实上，并没有，一点也没有。可我依然读一会儿，再读一会儿……借此来转移我的注意力，稀释浓烈的疼痛。

让我感到欣慰的是，我的手术十分顺利。这要感谢亲自为我做手术并且时常送来温暖的李鼎斌主任等人。他们的责任心和仁心，无疑是我收藏在心底的和煦的阳光。

这时候的我，是的，是相当无奈的。我像是被捆绑在了病床上，望着悬挂在我左上方的输液：泡泡们聚合，再聚合，三个或四个或五个或六个聚合在一起，便商量好了似的一起去瓶壁那边玩去了。我的疼痛，也在聚合，只是感觉不出有任何一点疼痛自愿到一边去。它们在我的骨头里，闹啊，闹啊，闹啊，闹翻了天。它们不是孙悟空，却胜似大闹天宫的孙悟空。它们的面积虽然不是很大，穿透力和影响力却非常大，相当大，超出了我的想象。由骨肉痛和睡眠严重不足所带来的头痛、牙痛等，也同样超出了我的想象。

疼痛究竟是怎么回事儿，疼痛究竟是种什么东西，疼痛究竟有没有意义……我就像一位“疼痛哲学家”，在越来越深入地思索着，思索着……并且，从我思索的现场中，左一下右一下地胡乱捡拾着——

呼吸、脉搏、血压、体温和疼痛，是生命的五大体征，或指征。也就是说，有疼痛，就证明我还活着。啊，我还活着，我还活着呢。有的人死了，比如前不久乘坐“德国之翼”罹难的一百五十人……我，我还活着。

疼痛，是最直接的。不用人教，便可以真真切切地感受得到。一个人的疼痛也好，一个民族的疼痛也好，都是在所难免的。命运强加给自己或民族的任何疼痛，都是令人十分难堪的。

疼痛就像强盗，当我们无论如何也制止不了它的横行无忌时，我们也就只好忍着。实在忍受不了时，无论如何也忍受不了时，坚决忍受不了时，也就只好放弃，放弃这个世界，放弃自己的全部。

无论是美的、丑的、富的、穷的……只要是健康的，远离了所有的疼痛的，便是好的。在疼痛面前，国王和乞丐，从来都是平等的。

疼痛过，生命的嗓音才会更加低沉，更加浑厚。

反唏嘘，坚决地站在唏嘘的对立面上，一直以来，都是我的一个生命主张。因此，我就只有思索，没有唏嘘。我不唏嘘，也没有兴趣去唏嘘。让唏嘘见鬼去吧。我不见鬼，也懒得见鬼，让唏嘘见鬼去吧。

在生活中，我的话语是隐藏了我的生命中太多的疼痛的，但在这里，当我跟着我的文字一个劲儿地往前走或往前冲的时候，我却无法如何也无法继续再隐藏了。原来，我的骨头里，隐藏了那么多的疼痛，全是货真价实的疼痛。原来，就连我们自己也不一定完全了解我们的身体的情况，比如，我们的身体里究竟还隐藏着多少疼痛。

没有痛过的人说痛，总是隔靴搔痒，无论怎么说，也都是隔着一层的。

想着，想着，我便再次想起了那些因为难以忍受疼痛的践踏最终放弃了自己的生命的诗人、作家、思想家和哲学家……在他们看来，自杀，只不过是和我们眼前的这个世界彻底解除了婚约，和自己的肉体彻底割断了联系，并且永远也不可能再复原，无论自己有多么后悔。“当生活突然变得又痛苦又让人厌倦的时候，死亡就会前来哄你睡去，一睡不醒。”美国作家杰克·伦敦曾经这样说过。“你明白，人的一生，既不是人们想象的那么好，也不是人们想象的那么坏。”很显然，法国作家莫泊桑比杰克·伦敦要稍微积极一些。我也要积极一些才行，我没有理由不积极。

……

是的，整整一周，我都在与疼痛斡旋、对垒、作战，并且一再地在思索着……疼痛，就像揳进了我的骨头的一枚钢钉，我终于算是把它给拔出来了。活着，便是斗着。斗着，本身便是一种意义。这是我在早年写下的一句话，岁月的浪涛并没有把它从我的心上彻底冲刷掉。

一周，转眼就过去了——不，不是转眼就过去了，而是，像是过了几年那么久长——疼痛，却依然在空袭……我却无论如何也看不见疼痛的身影，我却无论如何也看不见疼痛的形状，我却无论如何也看不见疼痛的颜色，我却无论如何也摸不透疼痛的脾气……这也便注定了，我无处藏身。可是，疼痛的昭示，我是看得清清楚楚的：疼痛就像一块土壤，土壤里总会埋着一些希望的种子。

有朋友及我的学生不断地去看我，我强颜欢笑，说，没事，人这一生，总是要受些磨炼的。出了这个医院，本先生就又是一条好汉。

这回我不想弄个题目来碍事儿

突然就不想。不是又想又不想，是真的不想。主意来了的时候，挡也挡不住。理由很简单，万事万物本来就没有题目，所有题目都是人类一厢情愿附加的。比如农历八月十五的月亮人们叫它中秋月，平时的月亮人们叫它冰轮、玉轮、桂魄、婵娟、顾菟、玉蟾、玉弓、玉桂、玉盘、玉钩、玉镜、冰镜、素娥、玉羊、广寒宫……因此……但我绝对不会用“无题”这类的泛滥成灾的、公众粮票似的无德无能的所谓的“题目”，这类题目只能纵容命名者的惰性、惯性、庸性和死性。说穿了，就是在往最没出息里挤，硬是逼着心灵和妖怪去攀亲，硬是逼着艺术和死神去通奸，硬是逼着梯形去做正方形……

因此。

我就看见了——有人在造梯子，有人在拆梯子……还有人——在砍梯子、烧梯子……有人忘了，梯子一旦造成了，拆也罢，砍也罢，烧也罢，它就永远都是梯子，至少在很多人的心里是。很多善良的人总是在心里给梯子留一个明亮的位置，无论心里有多拥挤。这样的人，他们还有另外一个名字：人梯。

梯子是有骨头的。梯子是向上的。梯子是允许人们一步一步往上走的。如果可能的话，它还会一直一直，向上，再向上，直插云霄。它不是人梯，却和人梯一样可靠。因为，它也有灵魂，它的先祖把年轮都送给了它，它也有饱满的运动着的灵魂。它的灵魂，并不比人的灵魂要低贱，至少是这样。何况，有些人根本就没有灵魂。

梯子有灵魂，也有腿。它的两条很挺拔很壮实的腿，一迈，就能迈过去，比如迈到古代去，迈到未来去，迈到神话里去，迈到传说里去，迈到寓言里去，迈到雅各的梦里去……别人看不见的时候其实它也在迈，迈得很稳健，迈得很坚定，因为它知道，也只有这样，才能迈上一种高度。“天梯”“云梯”“悬梯”等说法，它一直不太认可，因为它的目的并不是要迈到天上去。天空，被污染了，它比谁都清楚。

“雅各出了别是巴，向哈兰走去。到了一个地方，因为太阳落了，就在那里住宿，便拾起那地方的一块石头枕在头下，在那里躺卧睡了。梦见一个梯子立在地上，梯子的头顶着天，有神的使者在梯子上，上去下来……”雅各梦它，也没能得到它。准确地说，是只在梦中得到了它。由此可见，很多东西当然也包括梯子我们只能在梦中得到它。在现实中得到的，充其量只是它的形，甚至连形都不是，什么都不是。得到的，只是人们残缺不全支离破碎的想象。

你瞧，这个世界就是有趣，有人对准了梯子……梯子倒了，他们自然也倒了。从一出生，他们就被放在了一架无形的梯子上，也许他们是太忙了，没有注意到，或者说是忘了。人类的视力和记性都不大好，有的人只有眼睛却没有视力，有的人只有德性却没有记性。人啊，这种动物，就是不缺毛病，越是要命的毛病人类就越是不缺。

哗啦……哗啦……每天都有这样的声音，但不是梯子的声音。梯子的声音不是这样的声音，绝对不是。

上上下下，都在忙碌，我看到。但这绝对不是梯子导致的，绝对不是。

梯子带来的希望和绝望，在有些人看来，一样的多。

甲说，要了；乙说，算了；丙说，无所谓了……于是，梯子让有些人激动让有些人生津，也让有些人麻木让有些人生厌，甚至让有些人生气、生病……梯子，就背上了各种各样的名号：软梯，滑梯……但这些名号，没有一个可以做梯子的题目。

把我掷向蓝天

表针，不动声色地，又剪碎了一天。

慢慢封存在记忆里的，是些时光的碎片。看着那些碎片，我思绪纷然。我不能勒令那些表针停下它们的或像漫步一样或像奔跑一样的脚步，尽管，这对于我来说十分简单。相反，我是恨不能帮着那些表针把苍茫和夜色剪得碎一些再碎一些的，从而让每一个碎片都成为碎片中的碎片。我是恨不能让自己也变成一个坚定不移、义无反顾、死不回头的表针的，反正，该剪就剪，绝不留一点情面。我是恨不能每一棵树都变成一个勇敢的表针的，该直指蔚蓝时就直指蔚蓝，该直指闪电时就直指闪电。

看着那些风度翩翩的表针，就像看着我的仪态万方的思想，匆匆，又过了一天。这一天，和所有的日子一样有早晨有上午有中午有下午有黄昏有傍晚有夜间。这一天，和所有的昼夜一样有现实有梦幻有驻足有期盼。这一天，我陪表针走了很远，又似乎，仍在原点。

远方在哪里，原点又在哪里，没有答案。所有答案，都只不过是一些参考答案，信也由己，不信也由己，全由己愿，全在己念。“自己”，这是一种老哲学了，可是，它依然金光闪闪。

因此，我走也超然，不走也超然。因此，我坐也悠然，站也悠然。因此，我有也淡然，无也淡然。

表针剪碎了一天，又一天，剪不碎我的欢颜，剪不断我的视线，剪不掉我的心灵时间。

隔得很远，我也总能听见数不胜数的海浪在拍打着坚硬的海岸……是的，我就是那坚硬的海岸，没人能够将我移开，没人能够将我踩烂，没人能够将我斩断。我就是我的世界，我就是我的语言，我就是我的传说，我就是我的寓言，我就是我的时间，我就是我的冠冕。

此刻，我再次把我的目光抛向窗外，同时，也把我掷向了蓝天……我只管，看着我有力的翻卷，让翻卷代替疲倦，让翻卷代替睡眠……只有我自己知道，这是一种全面的修剪，全面的运转。

种在月光里的悬铃木

预报的是，南宁这儿连续三天下雨，果然是。希望它不准，好和中秋月晤面，却又准了。困在美国诗人罗伯特·弗洛斯特的散文《浪漫的落差》里，暂时挣脱开来，把目光扔向窗外，落在任何一个地方都激不起一点响声，所有的响声都是天地间那挂宏伟的瀑布激起的……不禁就又想起了李白的名作《望庐山瀑布》，英国作家罗伯特·骚赛的杰作《瀑布》，以及我的那首气势恢宏、气象万千的《大瀑布：天空和大地的伤口》……别处的人们此刻正在赏月，我只能赏雨，听雨的协奏，感受雨的气息……天上的中秋月被雨水冲走了，而我梦乡里的那枚明月却依然还在。还是那样盈盈的、柔柔的、脉脉的，与我长久地对视。正是这长久的对视，缔结了我生命中的结实的光辉。此刻，我就在使用着这些光辉，检阅着一张又一张的脸。虽非月儿的皎洁的脸，却也是会发光的圆润的脸。一张脸是历史，一张脸是哲学，一张脸是美学，一张脸是玄学，一张脸是艺术……好多的脸，镜子一样折射着不同的内涵。

月非月。脸非脸。而我，依然是我。我是种在月光里的一棵树。帮我起名字的父母，以为我是法桐，后来我认真地纠正说，我是悬铃木，从欧美诗人的诗里移栽过来的飒飒作响的悬铃木。就这样，我成了悬铃木，悬挂在一个传说中的悬铃木。姓梦名幻的月光，照着这悬铃木，如同照着她的每一个明亮的孩子。原来，我一直没有离开过那个明亮的家族。只有我自己知道，那是一个高贵而迷人的家族。世界上所有的童话——我私自把它改成了“桐话”——都是从那个高贵而迷人的家族里诞生的。

你看，我的光芒的孩子，我是说我的那些有灯有光的文字。好多人只看见了灯的形状，却忽略了光的质地。我知道，一旦离开了光，他们的眼睛就全出了问题。更多的时候，不是他们看见，而是光看见，因为他们的眼睛里没有内置器，或者说是，没有灵魂。我还是不怪他们，只怪雨，怪雨冲走或冲淡了他们的忠诚和本质。当雨停了的时候，我自然还会再看他们，看他们还是不是原来的他们。若是一点没有变，大概，我就彻底失望了。总有失望的时候，这我知道，我唯一能做的，就是从失望中提炼不失望，或者叫希望，或者叫热望，怎也离不开那个“望”字，就像此刻我在望月，望我梦乡里的月。

辛弃疾把月称作“玉兔”，并有诗为证：“著意登楼瞻玉兔，何人张幕遮银阙”；屈原把月称作“夜光”，也有诗为证：“夜光何德，死则又育”；陆游把月称作“冰轮”，同样有诗为证：“玉钩定谁挂，冰轮了无辙”；李贺把月称作“玉轮”，更有诗为证：“玉轮轧露湿团光，鸾佩相逢桂香陌”；苏轼把月称作“桂魄”和“婵娟”，显然也有诗为证：“桂魄飞来光射处，冷浸一天秋碧”“但愿人长久，千里共婵娟”；李白把月称作“顾菟”，自然也有诗为证：“阳鸟未出谷，顾菟半藏身”；方干把月称作“玉蟾”，少不了也有诗为证：“凉宵烟霭外，三五玉蟾秋”……玉弓、玉桂、玉盘、玉钩、玉镜、冰镜、素娥、玉羊、广寒宫等，不必说，也是送给月的雅号。月，自古以来，是多么受人重视。于是，月纷纷乘风而去，去了诗里的去了诗里，去了歌里的去了歌里，去了梦里的去了梦里……

“明月未出群山高，瑞光千丈生白毫”；“满月飞明镜，归心折大刀”；“海上生明月，天涯共此时”；“明月几时有，把酒问青天”；“昔年八月十五夜，曲江池畔杏园边。今年八月十五夜，湓浦沙头水馆前。西北望乡何处是，东南见月几回圆”……字字生辉，辉映着我此时忽明忽暗的思绪。

继续望月，望面容模糊、伤痕累累的月——

可不是吗，桂树被乌云砍了，嫦娥嫁给了蟾蜍……好久了，却没有人知道。他们只知道他们眼下的一些事儿，称不上是事儿的事儿。而我，就是在琢磨这些事儿，一个热爱思想的人是不可能不琢磨这些事儿的。我的生命的年轮就是这么琢磨多的，我的一根又一根骨头就是这么琢磨硬的，我的一滴又一滴血液就是这么琢磨纯的，我铺向远方的路就是这么琢磨宽的……对于这一切，就总有光和影在纠缠，它们纠缠成了一对时而貌合时而神离的夫妻。

我不能止住我眼前的这些雨，就像不能止住我的思想的雨一样。雨，越下越大，有许多东西都被冲走了。或许，有些东西注定要被冲走，没有被冲走的才是好东西，就比如我梦乡里的那个拒绝被包装的纯美的大月饼：中秋月。月的临，是为了让人们看得更清楚。没有月，我也可以同样看得很清楚。

……

舍不得省略，可我还是省略了，就像昨夜我心甘情愿地省略了我的睡眠一样。即使这样，另一种月光也依然拥入……王维说，这叫“江流天地外，山色有无中”；杜甫说，这叫“星垂平野阔，月涌大江流”……我心领神会，默默无语。心里一直在想，弗洛斯特所说的“浪漫的落差”，大概就在这里了。刈除我吧，当你的心繁茂的时候；种上我吧，当你的心荒凉的时候；既不繁茂也不荒凉的时候，就让我在梦幻的月光里自自然然地长，长成我自己的样子，能够承接一切的样子。

天气不是关键词

凛冽的风，就像一群疯狂的豹子，在联袂演出。声嘶，力竭。冰在风中，他也在风中。冰不摇晃，他却在不停地摇晃。一看便知，他感染上“摇晃”这病了。

他看着那块比桑提亚哥还要坚硬十分的冰，很不顺眼。左看，右看，横看，竖看，远看，近看，反正就是很不顺眼——情绪堆积到一块儿的时候，往往就是这样的：胡乱找个“客观对应物”，就对应上了，也不管合不合适，也不管费解不费解——据说，他也并不是完全没有理由的，是那块冰阻碍了他，阻碍了他走向暖流，阻碍了他过温暖甚至热烈的好日子。其实，大家都知道，他把不该归咎的全都归咎于冰了。其实，冰是很无辜的。可是，他不管，他就是不管，他不管冰无辜不无辜。无理，就该是这个样子的了。

于是，他便千方百计，开始挑亮自己的怒火了。怒火融化不了那块冰，结果，他就怒上加怒了，先是用柴火烧，接着用沸水烫，再接着用大锤敲……冰，也只是伤了一点皮毛而已。他便愈加恨恨地，对那块冰，恨到了极点。反正，冰，莫名其妙地就成了他的最大的冤家。有些冤家是不用孕育便可以怀胎并诞生的，这，自然便是一例，而且是非常典型的一例。

冰，忍受着，忍受着他的所作所为，能忍受就忍受。冰也懂得，“存在”的含义，离不开“忍”的含义。所谓的坚持到底，其实就是看谁忍到底。忍吧，冰一再地对自己这样说。这样说的时候，不免有些酸楚。

可是，他，竟然把风的忍受看成是消极抵抗了。他的情绪，越来越不对了。

想来，想去，他就又想出了一个好办法：通过朋友的朋友的朋友的朋友的朋友的朋友的朋友的朋友的帮忙，好不容易请来了大力神赫拉克勒斯。赫拉克勒斯看在有这么多人瞧得起他的分上——很多人早就把他给忘了，不知道忘了有多少年了——一口就答应了，爽快地对他说，当然也是对他身边的所有的人这样说，这事儿好办，好办，很好办，我按照你的意思，把它扔到你永远也看不见的地方就是了。说着，赫拉克勒斯便轻而易举地搬起了那块冰——怪不得他烧不毁烫不死敲不烂呢，有好几吨重呢——转了有七八圈，人们都看晕了；然后，就像掷铁饼那样猛地一掷，那块冰，便在眨眼之间，呼啸而去了……而且，还卷起了一阵飓风，是很标准的飓风。人们都看呆了。

他的朋友，以及朋友的朋友，以及朋友的朋友的朋友，以及朋友的朋友的朋友的朋友……都一起见证了这个只有在神话里才能看到的很不一般的场面。冰消失的那一瞬，他们的掌声也便纷纷露面了。实在是，掌声雷动，经久不息。一般人，是很难见识到这种场面的。

冰落地的地方，肯定是南极了。白茫茫的一片，并且荒无人烟，一看就是南极，不会是别的地方。

南极。场景一下子就转移到南极了。

这下好啦，就等着冻死吧，它，那个冷心肠的，那个装模作样的，那个道貌岸然的，那个该死的……他不无得意地这样想着。就是不冻死，也会冻得它很难受很难受，难受一辈子，生不如死。他又想，越想就越得意，就像节日骤至一般。想着想着，他就哼起了谣曲，也不知道是哪来的那些歌词，就和狼嚎差不多。

事儿是解决了，可是，并不彻底，“豹子”依然席卷而来，席卷而去，仿佛一头也没有减少。毕竟，没有那么不可理喻的冰碍他的事儿了，他这样想着，想着……也便有了不少的欣慰。在他看来，这是一个收获欣慰的季节。他比任何人，收获得都要多。

一年年地想着。是的，他想着。看来，他的脑子是没被冻坏。

可是……这是多少年之后的事情了，他千辛万苦地来到了南极……本是想看看他的冤家的尸骨的，可是，没有想到的是，万万没有想到的是，那块冰，却越活越年轻越活越精神越活越奔放了——他自然是认得那块冰的，因为冰的身上有他当年留下的醒目的痕迹。虽然，那些痕迹早已有些模糊了，但冰的模样和体形他还是大体上认得的——顿然，他就愣在了那里，像被人施了定身术一样，与冰对峙着，很久。倒是，冰不计前嫌，大大方方地望着他，开始说话了，自然是说给他听的：感谢你啊，感谢你当年付出了那么多那么多的努力，让我过上了长生不老的神仙生活。若是，我还在你们那个地方待着，就是你不和我作对，夏天也会和我作对，命运也会和我作对，我自然是早没命了，至少，是不会有今天，有今天这样的幸福日子。因此，我要感谢你，没有理由不感谢你，感谢你啊我的处心积虑的远道而来的朋友。

听到这，他的肺快要气炸了。反正，鼓鼓的，鼓得很厉害，一句话也说不出来。他只管忙着生气了，就仿佛，他是南极的一个不请自来的气筒。

加上天气的原因，一气，一冻，而且还不是一般的气和冻，最终，他就死在了南极。

冰，长叹一声，再没说什么，继续保持着它惯有的沉默，像地雷一样保持着沉默。冰已经习惯了，没有什么是冰不能习惯的。

显现出了你的内在的法喜

悦月，那天晚上，我讲“进而思维”，由“进而思维”进一步讲到了德国漫画家洛里奥特的一组叫作《摩登家庭》的“进而漫画”，接着又讲到了中华武术中的一些“进而动作”，以及电视连续剧《水浒传》插曲《风中月》中的“进而乐句”……课间休息时，你微笑着走出了教室，很认真地对我说，《风中月》的旋律，非常契合你的心愿……我就说，那我，存给你吧。一听说，我要存给你，你就又笑了。

你的笑，顿然，让我想起了“拈花微笑”……

你知道的，“拈花微笑”是两千五百多年前的一个秘密。那个秘密，当时在场的人之中只有迦叶一人用心接过了。用心接过之后，包含着“不立文字”“以心印心”“教外别传”等妙义的禅宗也便悄然开始了。佛祖所拈、所传的，自然不仅仅是一朵看得见的金婆罗花，还有看不见的金婆罗花，它象征着至为祥和、宁静、安闲、美妙的心境。这种心境，纯净无染，淡然豁达，无欲无贪，无拘无束，坦然自得，超脱一切，不可撼动，与世长存。这样的心境，自然是一种大境，只能用心去领悟，不需任何的言语来助推。只有迦叶一人微微一笑，也就是说，只有迦叶一人显现出了内在的法喜。这样的备受禅宗推崇的“衣钵境界”，至少是折射了这样的两层义谛的：一是参悟者对禅理有了进一步的甚至非常透彻的思悟和解悟；二是闻语法要，辄心领神会，并且腹心相照、声气相通、彼此默契、互为印证。

那天晚上，那么多的在场的人，只有你一个人和我谈起了《风中月》……我自然是知道，除了“风中月”和“蒋悦月”月月相映的因头，更重要的因头，是你显现出了你的内在的法喜。

你爱音乐，这我是早就知道的。可是，爱音乐的人不胜枚举，当看不见的金婆罗花显现出了它的内在的芬芳的时候马上就显现出了内在的法喜的音乐迷醉者却寥寥无几。越是寥寥无几，你的内在的法喜就越是弥足珍贵啊。

那天晚上，我只和你说了一句，就让你回教室了。因为，在我看来，在拥有一流的慧根的你面前，一句，就已经足够了。你回了教室之后，没发现，你的手已经被占满了吗：我的那朵一直握在手中的隐形的金婆罗花，已经正式授予你了。

《风中月》，你肯定会听，一个人默默地听，甚至听好多遍，这是毫无疑问的。《风中月》的歌词只有两个字：啦，啊……但又不止这两个字，你肯定也是知道的。“风中月”，时而清晰，时而模糊，是一朵若隐若现的象征意义上的金婆罗花，你就更是知道的。在你的内在的法喜的安排之下，你会知道得更多，越来越多，这，自然也是肯定的，千真万确、毋庸置疑的。

于是，我就又看见了你的舞蹈的风姿——你和你的内在的法喜，正在翩翩起舞……翩翩起舞的过程中，你的笑脸，正在闪闪发光……

蓦地，我就又想起了你的那篇在我的记忆里增添了一束光的《做最好的自己》……悦月，我的爱徒，那天晚上，我所强调了又强调的“进而”，它既是一种思维，也是一种哲学，在它的陪伴下，你内在的法喜呈几何级数在增长的时候，你，无疑就是最好的自己了。

那天晚上，下课后，回家的路上，我分明看见了一轮欣悦的明月，或禅悦的朗月。月，不立文字，直澈心源。

这样

从小，我就认定了“这样”。我感谢我的这个认定。我感谢我的这个光辉的认定自始至终都在陪伴着我。认定了一样，也就该铁了心了，是的，我是铁了心的。造化不是没有瞅准机会摁过我的头，可是，最终，我还是抬起头来了，并且越抬越高。我不习惯一双隐形的手像是没事儿干似的动不动就摁住我的头，我的头必须是自由的。纵使所有的人都在逃避自由，我也坚定不移地和自由在一起。

我的头经常像向日葵那样转动，追寻着光亮，因为我喜欢这样。我喜欢这样，谁也拿我没有办法。即使是在阴天的时候，甚至电闪雷鸣、风雨大作的时候，那些光亮也依然在我的内宇宙里，或荡漾着，或流淌着。我在，它就在，毫不含糊。时间是含糊过的，它不含糊，坚决不含糊。这，和我的性格是极为一致的。

这样，我也便有了一个明亮的方向，并且有了一个很重的重心。

这样，一个个词语便接二连三地亮了起来。它们的明亮，正好带来了我的文章的明亮——人生，说到底，还不就是一篇文章吗——按照这样的心愿，我把我的文章拧得亮一些，再亮一些，我是这么做过的，我承认我这么做过，并且经常地这么做，当然还会继续这么做。知道吗，我是太喜欢光亮了。不能不说，我是为光亮而生的。因此，就这样了。当我说“就这样了”的时候，我是决绝的，决绝得像个战士。

不这样，也会有人看着很不顺眼，反正就是很不顺眼，这我是知道的。因此，我才打过这样一系列自认为很精辟的比方：你迈左腿，就会有人说你是“左派”。你迈右腿，就会有人说你是“右派”。你原地踏步走，又动又不动，以徘徊为生，就会有人说你是“动摇派”。你站着不动，僵了一般甚至死了一般的，就会有人说你是“顽固派”。你快跑，心想，躲着他们算了……就会有人说你是“激进派”。你说，那我就跟在众人后面走吧，众人走到哪我就跟到哪，步步紧跟，绝不掉队……马上就会有人说你是“保守派”。你心里又想，这不行，那不行，可也真是人间地狱啊，那我干脆爬到一棵高高的树上待着算了……马上就会有人说你“高高在上，脱离群众”，是“高傲派”。你说，这个世界可也实在是太恐怖了，总该有一样是可行的吧，那就干脆挖个地洞把自己藏起来得了……马上就会有人说你是“阴暗派”；你懒得活了，觉得在这样一个荒诞的世界里活着也没多大意思，找来一根绳子正准备套住自己的脖子……就又有人说了，说你是“颓废派”，并且进而质问你：哪点对不起你了？至此，你便彻底地哑口无言了！

因此，我就说吗，人生无非四字：选择，承担。选择之后就义无反顾地去承担。别管那么多了，管你也管不过来。

这样，我看着“这样”是好的。你看着不好也没有用。你看着不好，所有的人都看着不好，我也这样了。横竖，就这样了。天翻地覆，就这样了。

我有很多“就这样了”的同道：加西亚·马尔克斯、普鲁斯特、纳丁·戈迪默、伯纳德·马拉默德、凯瑟琳·安·波特、拉里·麦克默特里、安东尼·伯吉斯、博尔赫斯、梭罗、费尔南多·佩索阿、约瑟夫·布罗茨基、菲利浦·拉金、切斯瓦夫·米沃什……我是不孤单的。

不孤单，也不贫穷，就这样了。

记得有一次法国思想家、哲学家、文学家伏尔泰应邀去指导巴黎的一帮著名舞蹈家排练，见一个娇气的女舞蹈家总是自作主张，伏尔泰便走了过去，说：“亲爱的，要这样，必须要这样！”听到这里，那个女舞蹈家甩出了一串怨言：“如果都按你说的那样去做，我干脆变成魔鬼算了！”听到这里，伏尔泰有些激动地说："亲爱的，你说得太好了，实在是太好了，要成就一番伟大的事业，就非要具有魔鬼附体的本领不可！对，要这样！必须要这样！"说完，便继续耐心地指导了起来……伏尔泰的指导，无非三字：要这样！

要这样啊！必须要这样啊！

这样，慢慢地，我便和我相遇了。这样，我便把一束光芒披在了我的身上。这样，我便有了"这样"的含义。这样的含义，要多宽广就有多宽广。

我在火车上说花儿的时候思绪一再地被打断

1. 咣当，咣当……

花儿啊，那么多。每一种都有自己的不同于别的花儿的姿势、仪态、容颜、表情、气质、香味和生气。它们既纯真又无邪，它们是植物世界里的神。

看着那些花儿，我就不禁想，如果我们的作品一味地单调、机械、呆滞、僵硬、乏味、苍白和世故，就会连花儿也不如。其结果就是，读作品还不如看花儿。这样想着，不自觉地，我便把花儿引为我的良师了。自然，鲜活、灵动，有花有香，仪态万方……都是花儿教给我的。自然，不仅仅是这些。它们的一举一动，都暗合着禅示。或者说，它们的存在本身，便是一部厚厚的启示录。

2. 咣当，咣当……

花中有梦，花中有诗，花中有画，花中有音乐，花中有故事，花中有戏剧，花中有童话，花中有神话，花中有传说，花中有一切。正所谓，一花一世界。

因此，来到了花的世界，我便是一个十足的富豪了。不是土豪，是富豪。这样的富足，足以增添幸福这部“辞海”的厚度。

3. 咣当，咣当……

花儿，开无数次。第一次，是它的最美也是最芬芳的绽放。

很多人一生都在睡梦中，并没有仔细地观赏过它的绽放，这是遗憾的。很多人只有镶嵌在脸上的眼珠却没有长在心上的眼睛，因而忽略了它的最为独特的芬芳，同样是遗憾的。由于种种原因，鲜有人知，它的“发言权”的重要，自然也是遗憾的。

它只有一个名字：花儿。然而，叫错了它的名字的，却有很多。叫错了它的名字的，大多都是功利的。一和功利沾上了边，时间也就出现了裂痕。这样的裂痕，很难弥补。放进去多少精力，也如泥牛入海。

不功利的，像读一首诗那样去读它的，究竟还有多少?

旷野的气息，梦的气息，歌的气息，童话的气息，传说的气息……都是它带来的，我一直都是这么认为的。而且，我还认为，如果没有了它的绽放，天地必然黯淡，幸福必然枯萎，就连通往远方的道路肯定也是弯弯曲曲的。我们的世界最终会困顿到一个什么程度，也就不堪设想。

它连带着空气的清新，这个，你就不用怀疑了。完全可以把“怀疑”这样东西省下，用在别的地方了。

它“自私”，它“苛刻”，它“挑剔”，这就对了。不“自私”不“苛刻”不“挑剔”，就不是它了。它有性格，总之是好的。抹杀了它的性格，也就抹杀了它的美好，这是肯定的。还有一样，也是肯定的，逼它说话，它就不可能会说出好听的话。它的所有的话语，都应该是在耐心的启发之下完成的。

一缕一缕的芬芳飘来的时候，或者大面积地弥漫开来的时候，用心捧住，这是唯一的好办法。任它飘散，不懂得珍藏，最终就会留下大数额的遗憾。我已经反反复复地说过“遗憾”这个意思了，说，自然是为了不让遗憾靠近，不让遗憾扩散，不让遗憾粘贴在我们的心上。

花儿，是应该挨着光芒的。不是光芒，它不明亮，它也懒得明亮。

4. 咣当，咣当……

我看见了花儿的舞蹈，我听见了花儿的絮语……花儿，花儿……似一声魔咒，是灵验的魔咒。不信，你试试。试试，很可能就会像我一样，坐上了另一列火车，并且呼啸而去……另一列火车生出了翅膀，思想也生出了翅膀，而且都是坚硬的翅膀。这时候，一切，都势不可当。

规矩诚设

家里有两个洗手间，主卧室旁边一个，厨房背后一个，女儿便在厨房背后的那个洗手间的白瓷砖上用红颜色的笔写了一个小小的“女”字——可能是怕写得太大了影响整体的美观吧，一定是这样的。女儿是一个很讲究的人，我知道——怕我不注意，或粗心大意忽略了，还专门在“女”字的上面又画了一个小小的红三角——那个“女”字很可爱，乍一看去，像是在争当世界上最可爱的女子似的；那个红三角也很英俊，猛地一瞧，像是在争当世界上最英俊的红三角似的——也不知道女儿是在什么时候什么情况下写上去画上去的，反正在我对情况一无所知的情况下便一头扎进去了，像是一阵风。因为它离我的书房最近，我不想舍近求远。进去了，我才猛然发现，是我不小心误入“女洗手间”了。于是，赶紧出来，并在心里道歉。女儿定的规矩我没有理由不遵守，就像我定的规矩女儿没有理由不遵守一样。大家彼此遵守，才会形成一个有秩序的氛围。我们看得见的是一个大氛围，我们自己是一个小氛围，大氛围和小氛围相互配合着，自然就构成了一个美好的满意的氛围，这是肯定的。

按照周易的说法，我是应该痛下决心把主卧室的洗手间改成衣帽间的，可是，不好改，房梁结构动不得，不好改就只有劳驾“化煞工具”了。我，就是这个家庭里的“化煞工具”。拿走了我这个“化煞工具”，家里自然就会出现倾斜，最后倾斜到“坎坎相遇”那里去。

其实，家里只有一个洗手间就够我用的了，可仅有一个规矩显然是不够我用的，因此我就希望我的女儿在心情好的时候再次出台一个可爱的规矩。可爱的规矩越多，我这个做爸爸的就越高兴，因为我可以被女儿塑造成一个有规有矩的爸爸。退一万步讲，即使女儿的规矩并没有那么合理，也肯定没有要害我的意思。而有些人硬硬地塞给我的规矩，却是害人的，把我置于死地的。这个，我自然是分得清楚的。因此，有些规矩白送也不要，有些规矩即使再昂贵我们也得要，只因为，前者是可恶的规矩，后者是可爱的规矩。可爱的规矩，是不可能会“欺以方圆”的。

提到了“欺以方圆”，荀子就开始发话了：“规矩诚设矣，则不可欺以方圆。”我在心里对答：信夫，规矩乃方圆之母。可爱的规矩是绝对不会让人陷入“循规蹈矩”和“规行矩步”的泥淖的，别的，就更不会。

冰箱上布展

倍儿上学去了。看着倍儿贴在冰箱上的她自己的三幅画，我禁不住笑出了声来。这是会心的笑，由衷的笑，幸福的笑。家里出了个热爱线条和色彩的人物，我没有理由不感到明亮和温暖。

在餐厅里，一边吃着午餐一边欣赏着倍儿的画，既有味觉上的享受也有视觉上的享受，这样的日子肯定就是有滋有味的日子了。这样的有滋有味的日子，是我的女儿给的。我的女儿本身就是上帝的恩赐，如此说来，我的有滋有味的日子便是恩赐中的恩赐了。

我说过，倍儿，将来你画画，爸爸来配诗。倍儿满口答应，好呀。事情，就这么定了。有诗有画的日子，才是好日子。我和倍儿不能没有这样的好日子。其实女儿不知道，她本身就是我的一幅画。她没着意，就已经把自己张贴在我的心上了。这幅画，在我的心里一直一直闪着光，胜过日月的光，五彩灯和七彩灯的光。我的心里专门为倍儿设了一个展厅，只有我自己知道，这个展厅究竟有多么气派。

冰箱是冷的，而倍儿的画却是暖的，暖暖的，就像刚刚从冰箱里取出马上又热过了的保质的暖暖的牛奶。暖牛奶只能用嘴喝，而倍儿的画却能用心品。很显然，倍儿的画是给值得品的人来品的，或者说是给有艺术的心灵的人来品的，包括我在内。艺术的心灵，倍儿从小就看重，从小就驰求。那些缺乏艺术之心的人，倍儿已经懂得轻蔑了。17、18 世纪欧洲贵族之子的眼光和心灵，显然，倍儿已经具备了。倍儿不可能会和这个极端世俗的世界打成一片，在我的谆谆教导之下。她是超越的，超越的含义早已遍布了她的整个意识。世界，你俗吧，你恶吧，我冷眼旁观，她的眼睛似乎是在对我说，而且不止一次地说。我喜欢听倍儿的纤尘不染的眼睛这样说。倍儿是我的“传世之作”，我的“传世之作”是必须经得起任何的推敲的，这没有商量。

任何艺术，都必须“包括我在内”，无论是冰箱上的艺术还是暖壶上的艺术还是热土上的艺术。这“包括我在内”，既是艺术哲学也是艺术美学。我愿，哲学和美学深入倍儿的心，从而，让倍儿的心成为一门大学问。我呢，则负责做祝福这门学问的人。我是倍儿的爸爸，也是倍儿的朋友，更是倍儿的知音。我这个爸爸加朋友加知音，既是一个收藏家，收藏倍儿的幸福；也是一个发明家，发明我祝福的特种火箭，给倍儿。

西皮唱腔

我就像滚滚洪流里的一滴水，彼时，还在随着车流不断地向前涌动着；此时，便已被悄悄地溅到岸上来了。这个岸，自然是时间的岸。准确地说，便是 2015 年 11 月 21 日晚。岸上，有我的众多的巴洛克公主和巴洛克王子在等着我，等着我和他们一起在写作的碧湖里荡漾。

“谭老师——”

一声无比响亮的呼声，突然，从露台那边不可阻挡地传来，就像一个巨浪突然打来了一样。尽管，我是提前了半个小时到的，但还是有不少学生先我而到了。我循声望去，只见，韦彦辰从露台那儿露出了一张向日葵似的光芒四射的笑脸，笑脸上自然是写满了显而易见的欣欣向荣的具体的内涵的。被韦彦辰的明亮的笑脸一照耀，我便猛然想起，她的刚才的那声“谭老师”，其实不是喊出来的，而是唱出来的——是的，不是喊腔，而是唱腔，而且是高亢热烈，慷慨淋漓，明快活泼，长于抒情、叙事、说理、状物的西皮唱腔——因为，也只有西皮唱腔，才会那么婉转悠扬，荡气回肠。禁不住，我笑了。我说，辰辰啊，要是你再次去国家大剧院演出，我看，都可以不用话筒了。听到这儿，韦彦辰嘿嘿一笑，再次现出了她独有的带些戏剧感的笑容。在我的印象中，韦彦辰的几乎所有的笑，都是俏皮的笑，自然的底子，戏剧的颜色。至少，在那一刻，绝对是。

那眼起板落的唱腔，就那样，久久地，在我的头顶上盘旋着，就像一只欢舞的喜鹊。

把自己的声音发出来，一直以来，我都是这样提倡的。很显然，韦彦辰是做到了。要不，她的声音，也不会着着实实地给人一种掀翻楼顶、响遏行云的感觉。

我的钥匙在教室门的锁孔里转动着，我的思绪也在时间的锁孔里转动着……一阵勤勤恳恳的转动之后，韦彦辰已经在教室的第一排坐定了。我的思绪，却依然在转动，在忙活，因为那旋律跳进、曲调跌宕、节奏轻快的唱腔依然在搅动着我四周的空气。没错，那时候的空气，绝对是沸沸扬扬的，至少是不像平时那么安分的。

我自然是说过的，生命的嗓音，应该是洪亮的。因为，也只有洪亮的生命嗓音，才能震撼人心，并且传之弥远。想着想着，我便再次会心地一笑，就似乎，转瞬之间我就知道了韦彦辰的许多的秘密一样。事实上，我也确实是知道了，知道了韦彦辰何以在写作、声乐、古筝、舞蹈、书法、主持、模特、讲故事等许多方面都落实得那么到位并且有声有色的秘密了。生命中，既要有宝贝，也要有秘密。韦彦辰的宝贝便是她所热爱的艺术，韦彦辰的秘密便是她的嘹亮的生命嗓音。哦，你看，一下子，我就全知道了。知道了之后，我就在心里悄悄地说，这个叫作韦彦辰的小鬼或小妖，多少年后，当她站在了讲台上，无论是多大的讲台，是根本就用不着麦克风的，只因，她的生命本身便是一个优质的发声器，同时也是一个优质的麦克风。我确信，是这样的。这也便注定了，韦彦辰的天空是越来越辽阔的，韦彦辰的世界是越来越缤纷的。

思绪，被那一声典型化的西皮唱腔带动着，突然，我的眼前便浮现了韦彦辰在国家大剧院、南宁国际民歌艺术节的舞台上的醒目的形象……想着想着，我便把韦彦辰的那声余音绕梁、三日不绝的西皮唱腔收藏在我生命的唱段里了。这个唱段，刚劲挺拔，奔放横逸。

如果从调式、调性、旋律结构、艺术风格等方面进行详细分析，就不免有些冗繁了。化冗繁为简单，自然也便明了了：像韦彦辰那样去定弦，并且拥有自己的独特的唱腔，那么，每个人，都是可以在世界的大舞台上尽显风姿的。

离童话最近的人就总有雀跃的理由

课间。教室外的露台上。风轻轻地吹着，吹着她俩的头发，也吹着她俩的脸庞……她俩的脸上的嬉笑，以及纯真，自然也被风吹着，吹着吹着，便吹到我的心里来了。我的远望，以及我的正在往远处缠绕着的思绪，至此，已经全部中断了。

只见，她俩中的一个，在铁栏杆上面的狭窄的平面上，小心翼翼地摆下了一个比她们的小巴掌还要小一些的透明的小盒子，小盒子里放着一些造型各异的橡皮糖：红的，黄的，绿的……她俩，你一块，我一块，捏在了手里，然后又送进了嘴里，再然后便津津有味地嚼了起来……嚼，也不是老老实实地嚼，而是调皮着嚼……表情和动作，明显地都使用了夸张的手法。就仿佛，她俩不是在嚼橡皮糖，而是在嚼各自的梦……她俩的梦是什么味道的，我自然是不知道，但我知道，那肯定是一种好味道，不同寻常的味道。那样的味道，是很难形容的。

你拣出一块，我拣出一块，她俩继续咀嚼着，我继续欣赏着……小盒子里的橡皮糖越来越少了，而我眼前的童话却越来越多了，那是一些绚丽的童话，晶莹的童话，芬芳的童话，香甜的童话。吃得多了，嚼得久了，她俩也便离童话越来越近了，她俩雀跃的理由自然也便越来越多了。她俩雀跃着，她俩雀跃着的时候，童话自然也在雀跃着。似乎，我的心，也在雀跃着。

她俩，一个叫杨诗蕴，一个叫刘千秋月，都是我的学生。看着她俩是那么融洽，像蒲松龄笔下的婴宁那样，孜孜憨笑，似全无心肝，我便忍不住地说："你俩，出生之前肯定就是好朋友了。"听到这儿，杨诗蕴用她的典型的羔羊一样的眼睛望着我，刘千秋月也用她的典型的狐狸一样的眼睛望着我，望了那么两三秒钟之后，就都怕怠慢了我似的，开始抢答："是呀，我妈，跟她妈，也都是好朋友。"哦，我懂了，友情，原来也是可以遗传的。想着想着，我的思绪便再次抛锚了……如果，多少年后，她俩都一把年纪了，白发苍苍了，还能像我眼前的场景这样：摆下一个透明的小盒子，小盒子里放着一些造型各异的橡皮糖：红的，黄的，绿的……你一块，我一块，就着彼此的笑语，就着彼此的友谊，嚼得津津有味……那该有多好啊！

就在我想着的当，她俩已经在进行另一轮的比赛了：你不让我我不让你地开始往上跳……我的思想，自然也在往上跳……我只希望，她俩跳得高一些，再高一些，最好是能够跳到星星的高度上去，在没有任何意外的情况下。跳啊，跳啊，跳啊，就像两朵腾空的浪花，她俩。童话，也在她俩的心中，跳啊，跳啊，跳啊，不知疲倦，我分明已经看见了。

好像，我看见了很多，很多很多。尽管，有很多都是隐藏着的。离童话最近的人就总有雀跃的理由，这个意思，肯定是明明白白的，隐藏不住的。

有氧拉丁

活泼的拉丁，淘气的拉丁，奔放的拉丁，热辣的拉丁，激情的拉丁，野性的拉丁，澎湃的拉丁，浪漫的拉丁，明快的拉丁，趣味的拉丁，抖动的拉丁，生动的拉丁，性感的拉丁，挑逗的拉丁，自由的拉丁，释放的拉丁，多元的拉丁，有氧的拉丁，如火如荼的拉丁，轰轰烈烈的拉丁，意气风发的拉丁，欣欣向荣的拉丁，风情万种的拉丁……你爱上了它，转眼，已是五年。

灵活而富有弹性的形体、极具表现力的装束、开放的心态，这征服拉丁的三大武器，你一样也不缺；扇形位、影子位、方形步、曲棍步、踏辗步、绳辫步、斗篷步、右分展步、桑巴旁步、交剪垫步、切分突刺步、土耳其毛巾步、右陀螺转、左陀螺转、美式疾转、开式扭胯转、闭式扭胯转、套索转、连步摇摆、并退摇摆、古巴摇摆、倒步抛掷……这演绎拉丁的舞步，你样样精通。你，真名叫侯心怡，艺名叫侯拉丁。

甩出去，甩出去，甩出去，把身上的不对劲的东西，一点不剩地全都甩出去！甩着，甩着，甩着，你便变成了一个狂野的侯心怡！你是那么热情，你是那么自信，一边甩着，一边笑着，让你的每一滴血液全都沸腾了起来！也许，你早就已经明白了：近三万天，就是用来沸腾的！也只有沸腾了，才会煮熟你的幸福，从而让你的幸福散发出独特的味儿！

富有张力的生命诗篇，无疑，正是这样来的。流动的音符、跳动的音符、欢腾的音符，无疑，也正是这样来的。你一舞起来，广阔的拉丁美洲便舞起来了，单纯而带有独特表情的印第安因素便舞起来了，一种全新的妩媚和崭新的时尚便舞起来了，一个谜便舞起来了。恰恰、伦巴、桑巴、牛仔、斗牛……我也便一一在复习着，回味着，沉浸着。我无法侧目，面对着你的滚烫的舞姿。

你滚烫的舞姿，烫死了埋伏在时间深处的一片又一片的苍茫。

你，还将继续：十年，二十年，三十年，四十年，五十年，六十年……你爱它多久，你就美多久，你就燃烧多久！在大地的舞台上，你注定是自己的灯光，你注定是自己的艺术，你注定叮当作响，你注定像一束正午的阳光那样外射晶光、内含生气！那时候，你的存在、你的舞姿，也便更加让人心旷神怡了！

融进了愿心的话语
都是有稀释作用的

那一刻，我的神魂迅速出逃。很显然，是受了严重的惊吓。久久地，我的神魂才终于又回到了我的生命中来。从一种巨大的惊愕和震撼中，把自己的神魂给蛮横地拽回来。拽回来的神魂，虽然蓬头垢面、乱七八糟的，但最终还是高度集中了起来，集中在了黄舒怡的身上。

情境大体上是这样的：2013 年 8 月 8 日下午 4 点 35 分左右，我给我的学生上完了一个小时的课后，正独自一人在走廊里吞云吐雾……不一会儿，黄舒怡便像一阵微风一样悠然地从教室里飘了出来，和正在走廊里边踱步边吸烟边思索的我在教室门口相遇。话匣，是黄舒怡先打开的。话题，是从我和黄舒怡共同热爱的周易开始说起的。说着说着，黄舒怡便说出了她的一个真切的想法：去神秘的百慕大……我顿然一愣。脑子里马上便出现了许多的认知的碎片：位于北美洲。北大西洋西部。距美国南卡罗来纳州九百多公里。魔鬼三角。那个神秘的区域内有一种强大的大气激光在作祟。凡是进入那个激光作用场的人要么死亡要么受到“第四维”即时间隧道的制约。飞机、轮船、生命经常地被莫名其妙地吞噬……总之，是情况异常，不是一般的危险。去了那里，无疑就是去捐送自己的生命了。

怎么会是这样？

也可能是黄舒怡从我的神情中看出了我的显而易见的担心了吧，接着，便又说，去了，我就回不来了。明摆着，这是在加强我的担心吗。既然黄舒怡知道最终的结果会是怎样的，那为什么，还要……直到这时，我还将信将疑，以为她是在说着玩儿，因此我也就没有往最严重里去说，只是象征性地笑了笑，继而戏说，去时告诉我一声啊，我去给你当保镖。黄舒怡没有接我的话，像是进入了她的很深的神往……不一会儿，便又说，我喜欢神秘事物……这时，我便忍不住说道，你爸妈是会很伤心的啊。黄舒怡很认真地说，我不会让他们知道。

是的，我的思想马上就决堤了。不决堤，这是根本不可能的。

我久久地望着黄舒怡……这还是我第一次这么近距离地望着黄舒怡……不得不承认，这是一个相当婉丽的女孩，婉丽得与众不同。她的眼睛，那是眼睛中的眼睛，像梦幻，不，应该说是梦幻中的梦幻。她笑起来，很粲然，让人感觉空气中总是弥漫着一股独特的芬芳。她的嘴唇，透着坚定，那是一种比坚定还要坚定的坚定……一想到坚定，我的话语便开始努力地试图形成某种坚硬的屏障了……甚至，想马上挡在她的前面，唯恐她突然就从这个世界上消失了似的。

“那你，打算什么时候去？”我小心翼翼地试探着，就像探雷。

“最多，过两年。”黄舒怡总是那么平静，和我的紧张形成了鲜明的对比。

我急了。接下来，也不知道我究竟都说了些什么。

听说融进了愿心的话语都是有稀释作用的。好在，接下来，黄舒怡终于动摇了些许，又对我说了这么一句：那我，就读完了博士再去，反正是要去……接下来，我的脑子里就全是一个婉丽的女博士在百慕大的遭遇了……我的话语断裂的那一瞬，正好有一些学生走了过来，黄舒怡便说，老师，我回教室了。我说，我还有话要说呢。

我说，人生的含义，自然是离不开探险的含义的，可是，那个魔鬼一样的百慕大，从来都是不讲情面的啊，它其实就是死神的象征啊。去那里探险，无疑就是去拜会一个死神并投身到死神的怀抱里啊。为死神殉葬，这，也太……太不可思议、太恐怖了吧？

我说，既然你有这样的不凡的勇气，你是完全可以去另一个“百慕大”

的啊，比如“精神的百慕大”“文化的百慕大”“思想的百慕大”……去那样的一些“百慕大”探险，意义，其实是一样的啊。

我说，不瞒你说，有时候我也曾经产生过你这样的念头：独自一人去探险……死，就死在路上，而且默默地死，反正我这人从来都是不缺乏豪迈之心和大无畏精神的。可是，最终，还是责任，拽住了我。责任，重于泰山啊。

我说，死神从来都是不缺伴侣的，你以为你是他的唯一啊？死，是一门艺术，何不让只有一次的死更艺术一些呢？如果中国真的少了一位美丽的女博士、女教授、女科学家……不少的心，是会碎的啊。

我说，你的性格中有柔美的一面，和美的一面，也有壮美的一面，壮烈的一面，每一面都是好的。因此，我就在想啊，美好的四面都具备了，幸福的八面应该也就不用愁了吧。

我乱七八糟地说着，只有我一个人在说，说个不停，并且思绪翻滚。黄舒怡没有说话，只是静静地听。

我在想，黄舒怡如果读完了博士，也就是二十七八岁，二十七八岁正是一个女孩怒放的年龄啊。在这样的一个年龄，就把自己的生命交给了狰狞的百慕大，这……也实在是太残忍了。因此，我就忍不住又说，不用那么急的，也许……黄舒怡马上就悟出了我接下来要说什么，仿佛是在替我说，也许，拖来拖去，最终我就改变了主意了。我说，反正是，不用那么急的。你改变了主意，才是我想要看到的结果呢。这最后一句，因为心情起伏的缘故，我没有及时说出，只在我心里说出了。黄舒怡很有智慧，她肯定是会懂得我没有说出的任何一个意思的。

马上就又上课了，上课之前的几分钟，我讲到了黄舒怡——当然是没有具体地讲，因为那是她的秘密。她出于信任对我和盘托出了，我自然是要为她保守这个一般人都不敢向迩的秘密的——我只是这样说了一句：一个人的内宇宙无比浩瀚，而里面的每一个闪光的想法或意念都应该是一颗璀璨的“星辰”……说完，我便把目光投向了黄舒怡，只见，黄舒怡的脸上正流淌着一般的女孩的脸上所没有的笑容。那笑容，是典型的润丽的笑容，我只懂形式，参不透内容。是的，那是一些多么温润的笑容啊。可越是温润，我就越是……是的，我就越是充满了怜惜。

“春深欲落谁怜惜，白侍郎来折一枝。”突然就想起了白居易的这句诗。白侍郎，就是白居易了，因为他曾做过刑部侍郎官。我关心的自然不是白侍郎，而是黄舒怡。我的思绪尽管有些乱了但还是能比较清晰地看出我究竟是在想什么的，是的我是在想，是应该有一个白侍郎那样的人来“折一枝”的，从而把婉丽的精灵一样的黄舒怡给留住。如果是这样，黄舒怡去百慕大的执念，也许就会被一个温暖的生命给彻底融化了。我希望是这样的，我希望有一个能够改变她的神。总之，我是不希望魔鬼一样的百慕大娶了童话一样的黄舒怡的，黄舒怡也不应该是百慕大的新娘。说穿了，诡秘而又险恶的百慕大不配，它不配拿走黄舒怡的全部。

晚上同样有课。晚课后回家的路上，我还一直在想……也许，符号一样不断涌入的岁月里，黄舒怡一旦长成了一个更加妍丽的大女孩，尝到了人生的最为甘美的部分之后，就突然改变了自己的想法。至少，我是这样祈愿的。我祈愿。黄舒怡，实在是没有任何一个理由不留在广阔而又明亮的幸福里。

听说融进了愿心的话语都是有稀释作用的，我也希望是这样的。瞬间，我的“希望号”快车，便呼啸而去了……“呜”一声，又“呜”一声，“呜”个不停。

气贯长虹的动作

光有善良和智慧，却无胆气和豪气，无济于事，特别是对于一个有抱负的男人来说。

——题记

我的前世，是一个英雄。至少，有着英雄的遗血。要不，我也不会在今生如此迷恋"弯弓射大雕"，并为此，骨头咔咔作响，血液猎猎燃烧，目光炯炯有神，气色沛沛生辉……连我呼出的气体也是灼热的，能把夜色灼伤……我把我作为一张强有力的巨弓，拉开，再拉开，再拉开……然后一次次地射向天边……天边，是我的遥远，我的遥远的地平线，我的遥远的神话湾。我迷恋，这样一个带着力度的顶天立地、气壮山河、势吞万里的动作，是如此，迷恋，就像风车迷恋激情澎湃的大风，柴草迷恋豪情万丈的大火。我久久地，迷恋，以至于迷恋如海，一望无涯。

弯弓……射……大雕……几十年过去了，我依然，弯弓……射……大雕……就像西西弗斯一生都在做往山上推巨石那样一个动作……坚定，且坚忍，即使是，唇上咬出了滚滚的殷殷的血。气宇轩昂，卓绝超群，气盖一世，所向披靡，勇冠三军，那是突出的我。我，倍感苍凉，那是雕已尽灭，蝇虫蔓生……哦，我生错了时代。好在，我内心有一个时代，泱泱大风贯穿到底的时代。在这样一个时代里，我孔武有力，抬眼穿墙。

是的，不是你见过的那些大雕，是蝇虫，是叆叇……我一次又一次地将蝇虫射落，将叆叇射落，好让彩虹拥有更多的生存的空间。我竟迷恋上了，这样一桩雄壮的事业。是的，这是我死不回头的壮丽的事业。我获得了前所未有的膂力，就是永不止息地，弯弓射大雕这样一个浑然而耀眼的动作赋予的。一个动作，就足够了，上帝赋予的“万物的灵长”的这近三万天。

近三万天，你能干什么?

你找不到我的时候就去时间的旷野里找吧，肯定，我正在时间的旷野里——弯弓——射大雕——也许，我正叱咤风云，也许我正卷土重来……总之，我正尽显英雄本色，或再显英雄身手……别说威震天下，你只说震撼人心，也就行了。说与不说，其实我都不会放在心上，甚至没有时间去听。我没有时间。我的全部的时间，都用在完成我的动作这一样事情上面了。这一样，就足够我忙的。放心，我不会把你的梦想也射落，不会把你的歌声也射落，不会把你的笑容也射落，不会把你的日月也射落。我只射不该在天上待着的大影子和小影子，只射空中不该有的尘埃和魔咒。瞧，我又开弓了——我不能不开弓——我活着，是必须开弓的——

“我生本是大英雄，生如沧海死如虹!”

赫拉克勒斯从希腊神话里走来，对我说：你是对的！男人的生命，就应该充分地，体现着力量！项羽从秦朝走来，对我说：“力拔山兮气盖世……”刘邦从西汉走来，对我说：“大风起兮云飞扬……”我的不存闲言的耳朵，这时候终于派上了用场。我的耳朵，又把这话递给了我的正在认真工作的心——你看，我的心灵的力量——

排山倒海，摧枯拉朽——不做这事，我做什么?

想象的凭借与自我疏通

想象，凡是不乏想象力的人，都知道它是怎么回事。可想象，也是有高级想象和低级想象之分的。高级想象开始热情洋溢地工作的前提，是必须有一个影像——哪怕它是极其模糊的——影像的质量越好，清晰度越高，想象的品位自然也就越不平凡。当然了，只要想象启动起来了，也便不再仰仗影像而开始自动工作了。可是，这并不说明，影像从此就再也没有了任何意义。影像的意义，从来都是独立的。尽管，更多的时候，影像并不知道它的独立的意义究竟有多么重大。

它的独立的意义是什么？很显然，这是令人捉摸不透的。好像，也必须是捉摸不透的，它才对得起它的无限的张力。正是这个无限的“张力”，使它不断地在增值。想象，也因此而奔放了起来：在大海上骑鲸，在天空中骑鹤，无时无刻不在拉着时间奔跑……被现实贴上的“不可能”的标签，也便纷纷被撕了去。没有什么是不可能的，在想象的世界里，特别是在高级想象的世界里。

想象的奔放，无论怎么说，也是一种对现实的补充。它的补充，自然是狠的。至少，是与含蓄、蕴藉、婉转等没有任何的关系的。这是由高级想象的性质所决定的。高级想象，就类似发射炮，可以把人的一切都在瞬间全部地发射出去。此等状态，既着天，也着地，如同庄子一般，随意游逛，任意徜徉，恣意逍遥。

是的，想象是花不完的，是可以大肆挥霍的。在挥霍的过程中，它的生命得以不断释放，它的个性得以不断张扬，它的品质得以不断提升。这时候的它，是仙，也只能是仙。

的确，很荣美。可是，这样的荣美，是以解构了一切为前提的，是以掀翻了一座大山为先声的。平时所积攒的力量，这时候，是必须全部用上的。

我和俩孩子一起咀嚼

我坐在公交车的后面，眯着眼，闭着嘴，在逃避着一种气味。突然，气味就明显地有所改变了。原来，是俩孩子拿着一些食品风风火火地上车了，并且，就站在我的前面。她俩遮挡了我的视线，我不仅不怪她俩，还很感谢她俩。有时候，我的确是不需要看见别的什么东西的。

因为她俩嘻嘻哈哈的，实在是太有趣，我的眼睛就被彻底惊醒了。又实在是没有别的可看，于是，我的目光，就暂且停留在她俩上面了。

离我最近的这个，是个十来岁的孩子。上身穿着雪白的校服，因而显得更加明净。她的明亮的眼睛一闪一闪的，她的贪吃的嘴巴一动一动的。她的表情很调皮，她的手很忙。像是要速战速决，赶着去火车站或机场似的。那个忙啊，我没法形容。

也可能是，她饿了吧？中午没吃东西，或者是吃得很少？若是不饿，怎有那劲儿啊。想着想着，我便有些可怜她了。饿不起啊，孩子，特别是你这年龄的孩子。身体不及时地添些“燃料”，哪来的能量啊？

和她一起在忙的，看来是她的一个同学，年龄仿佛。只是个子稍稍矮了些，孩子气却丝毫不矮。两个人，你一根，我一根，比赛似的，从食品袋里揪出一根根薯条一样的东西，一个大嚼，另一个也大嚼，嚼得腮帮鼓鼓，口齿泛滥——那手，天哪，那手，可是刚刚拈了钞票的啊，而且还扶了栏杆，竟然也不嫌脏。吃完一根，还顺便舔了一下手指，仿佛手指也是一种美食似的——长长的东西吃完了，便又忙忙活活地打开了另一个袋子，是透明的食品袋，又是比赛似的，挑着吃了起来……那两张嘴啊，忙得，实在是不亦乐乎。顿然，我便想起了“狂欢”这两个字，没错，那是她俩的嘴巴在狂欢。

我久久地望着她俩……好在，她俩旁若无人，始终都没有注意到我的存在。

个子矮的那个，摇晃了一下，嘻嘻着，要下车了——看来不是住在一个地方啊。这也正常，我在想——个子高些、表情很调皮的那个就使劲地挥舞着手中的小棍子，像是一位著名的指挥家在指挥着什么，说：“永别啦永别啦永别啦……”另一个一边风风火火地下车一边说：“呜呜，我还没死呢。”很调皮的那个，就笑，是那种止不住的坏坏的笑。个子矮的那个下车后回眸一笑，然后摆摆手。车上的那个就说：“笑什么，我们是两个世界的人啦。”车下的那个还没反应过来，车就猛地一下启动了。车上的小鬼，一边笑着，一边就继续着她的“事业”，大口大口地嚼了起来。

她在咀嚼她的食物，我在咀嚼她的时光。我不知道她咀嚼出了什么味儿，她也不知道我咀嚼出了什么味儿。

直到，她下车了，我还在咀嚼。我也不知道我咀嚼出的究竟是什么味儿，反正，是一种味儿。

她下车了，可是，她留在车上的气味，却并没有下车。这不，我的文字就把她的气味给保存下来了。突然就想起了一部由德国、法国和西班牙人合拍的电影《香水》中的拥有灵敏的嗅觉、爱好收集所有物体的气味的巴黎天才让·巴蒂斯塔·格雷诺耶……他的简陋的语言远远不能提供足够的空间，装下不断进入他的生命的每一种气味的命名，于是，有一天，气味就成了他的全部的语汇，而且是认识世界和把握世界的最独特的语汇，同时也成了他的进行伟大创造的秘密音符。气味的最终消散，对他来说，意味着完全的虚空。终有一天，他忽然发现，自己身上竟然没有一丝一毫的气味，他只不过是一个虚空，一个携带着无数种气味的虚空，毫无意义的虚空，虚空的虚空。

于是，他便踏上了去格拉斯的旅途。

我的旅途自然不是去格拉斯，也不想像格雷诺耶那样用“香水”去征服世界。我有我自己的旅途，我永远都在我自己的旅途上。我所咀嚼的，说到底，便是我自己的旅途。旅途上的任何一种气味，都不可能把我赶走。

照耀

那个孩子究竟是怎么出现的，我现在已经记不清了。的确，是记不清了。不是我不想记不清，而是太多的事儿一直在脑海中捣乱。想想也是，反正，时间是一个隐形的大舞台，总是有离开的，也有到来的，我们也就很难记得那么多了。但确确实实，我是记住了那个孩子的身影的。

那个孩子，很小很小，是个小孩子。那个孩子，就像一株燃烧的向日葵那样，在阳光下尽情地闪烁着，闪啊闪啊，便猛地闪了我的眼睛一下。对，还有我的心，也闪了我的心一下。我的眼睛和我的心一起，便开始像歌词追踪着旋律那样追踪着那个孩子了。那个孩子，我至今也不知道她的名字。不过，这并不重要，我认为这并不重要，那个孩子叫什么这真的并不重要。重要的是，她是一个用她的生命在培育着纯真的童话的孩子。或者说，她本身就是一个遗落在大地上的童话。

——孩子，知道我为什么叫你“孩子”吗？因为，你就是个孩子啊，而且，还是个从水晶里跑出来的孩子。

——孩子，我们从来就不缺乏“大人”，包括那些还没长大就已经老态龙钟的四五岁的“大人”……我们缺孩子，树一样、花一样的孩子。因为，也只有这样的孩子，才能够镶嵌到人类的幸福之中。这些，你现在还不懂，但总有一天你会懂的。你肯定会懂，因为你有一颗能够装下一切的心。

——孩子，你只管笑你的，让你的笑声在风中流淌，想淌成什么样就淌成什么样……

是的，那个孩子，是一个对得起纯真并且完全可以作为纯真的代名词的孩子。她的纯净的笑脸，一下子便照亮了我。那一刻，我的心亮了，我的骨头亮了，我整个儿地都亮了，世界也亮了。那一刻，我在一种十分广袤的纯净中，被一只无形的手一下子就拽住了，怎么出也出不来了——我自然是知道，这是幸福的——那一刻，遐想，自然也欢欢欣欣地跑来了，它是属于我的，我一个人的。不费多少工夫，我便想到了“为光明和澄澈发言”的希腊诗人奥德修斯·埃里蒂斯，也想到了在瓦尔登湖畔垂钓一夜星辉的美国作家亨利·戴维·梭罗，更想到了在心里养着紫罗兰般的童话的西班牙诗人费德里科·加西亚·洛尔迦……那一刻，很少有过，因为我们的身边更多的是毛玻璃一样不透明的脸庞，铁一样生锈的脸庞，夜色一样混沌的脸庞，那一刻，实在是太少太少了。少的，自然便是珍贵的。

孩子，我还记得，你突然跌倒了，可是，你马上就又爬起来了……那么一个利利落落的动作，就让我知道了，未来的漫长的岁月里，你一定是好样的。相信我的判断，你是好样的。

自始至终，我都没有去打搅过她，如果欣赏并不算打搅的话。人活着，可不是相互打搅的。可这并不影响，我用我心灵的相机，把她给拍下来了。而今，她的身影明显有些模糊了，可她的水洗过一样的笑脸，却依然纯净着，照耀着我，并且洗濯着我。

家是地球的中心

“回家多好啊!”

这是美国哲学家威廉·詹姆斯临终时所说的最后一句话。1907 年，威廉辞去了哈佛大学的教职，开始了他计划中的欧洲之旅。所到之处，都会有“欢迎伟大的威廉·詹姆斯教授”的欢呼声暴雨似的淋到他充满智慧的头上。可是，再了不起的荣誉也替代不了家。他太想家了。当三年后终于乘上回美国的轮船时，他已是疲惫不堪。就在轮船快要到达终点时，他一下子瘫倒在了座椅中，瘫倒在了一个越来越明亮的梦想中，从此再也没有起来。他终于算是把自己给领到接近家的地方了。家，终于定格在他最后的时光里了。

家，这个不是天堂却胜似天堂的地方，谁又不魂牵梦绕呢?

我似乎又一次听到了那位阔人的哭泣。他在野外徘徊，泪水涟涟，风怎么也抹不去他脸上的斑斑泪痕……有一位打那里走过的人问他：这位先生啊，你怎么就不知道回家呢?他感慨万端地说：家?我有家吗?我的家在哪里呢?我虽然有着漂亮的房子，可房子是家吗？……那位路人一下子怔住了。

同样，我也怔住了。是啊，荣誉再多，财富再多，可又有什么用呢？当家是“1”的时候，荣誉越多，财富越多，后面的零无疑也就越多；可是，当家是“0”的时候呢？……真是无法想象，一个人一旦没有了家，他的幸福又将存放在哪里。没有家的灵魂，是孤独的、凄凉的，甚至是悲哀的、无望的……难道，不是吗？

我曾不止一次地目睹春节期间火车站和汽车站的热闹场面：长长的从售票大厅一直蜿蜒到车站广场或其他地方的一眼望不到头的购票队伍……他们等啊等啊，等了一整天甚至几天终于轮到他们了……票终于拿到手了。似乎一个家终于攥在了他们的手里一样，他们笑了……他们怀着无比迫切的心情，急匆匆地踏上了回家的路——车上再挤，也挤不掉他们结实的渴望。哪怕是单腿站着……对，只要车上能够容下一只脚，就能够容下他们对于家的拥抱……在外打工，钱是赚了一些，可钱再多，也不能作为足够的邮费，把整个的家从远方邮到自己身边。钱终究买不来家所能给予的一切。回到家里去，只有一种声音在他们的心里反复地播放着：回到家里去，回到家里去，回到家里去……我理解了他们。

我理解了我所热爱的凡·高发疯的真正原因——他用他的万丈豪情，在他的画布上给这个世界画下了无数精神的家，这个世界却没能给他一个聊以挡风的家。是蛮横无理的风把他折磨得发疯的啊。凡·高的幽魂至今还在呐喊，呐喊，呐喊……你听到了吗？

我理解了……家。家……究竟又是什么呢？

1995 年，台湾为了推广读诗之风，特意在台北举办了一项“公车欣赏，快乐上路”活动，即把一些精短诗作制成海报，张贴在公车车厢内，让诗歌伴随着人们或长或短的旅途。其中就有这么一首，题为《家》的小诗——

我的家就像铅笔盒。
爸爸是铅笔，出外帮人写字赚钱。
妈妈是橡皮擦，功课不对就帮我们擦掉。
爷爷是 2B 铅笔，画个小鸭给我看。
奶奶每天买菜花好多钱，就像自动铅笔每天都要吃笔芯。
我呢？
是铅笔爸爸、橡皮妈妈的小铅笔……

这是一个 11 岁的叫作苏幸的女孩子写的。在这个女孩子的眼中，家就像一个铅笔盒。哦，铅笔盒，里面装着她的童话、她的一切。多美好的事情啊。如果，拿走了这样一个“铅笔盒”，也便拿走了她心中的诗。由她心中的诗外化成的这首小诗，我们也就再也读不到了……

在你的眼中、他的眼中，家，又是什么呢？

也许，家是你最大的伤疤；也许，家是你最重的行囊；也许，家是你梦想中的梦想，牵挂中的牵挂……你又会以怎样的态度对待它呢？

空了的盒子是为你的文字预留的

熙雯，你的文字是从你出发的。也就是说，你的文字是从你的生命的核上引出的点或线，带着你的气息、你的体温、你的脉搏、你的灵敏、你的世界里的天气和地貌、你的梦幻中的线条和色彩……这也便注定了，你的文字，是切近我的魂觉的。我曾经忽视过很多的文字，也漠视过很多的文字，但我总是没法忽视更没法漠视你的文字。

你的文字，是狠狠地打上了“熙雯”的烙印的。它们有点倔强，有点不拘一格。一看，你的文字的策源地就是你，不可能会是别人。

其实，从你一起笔，你的文字就开始了它们的欢舞，舞得是那样仪态万方，舞得让人隔着时空也能强烈地感受到它们的内在的活力。这样的一些文字，自然是可以放在心灵的播放机上反复地来播放的。你看啊，熙雯，播放着，播放着，我的眼前便又出现了一个世界——那个世界里什么都有，唯独没有荒凉。在这样的一个世界里徜徉着，一不小心，就会和很多优质的欣悦相遇。因此，我就把你的文字，称作吉祥的文字。我们的确是需要一些吉祥的文字的，因为我们的处境里有着太多的不吉祥的基因和喧响。

说实话，我是曾经期待过类似的勇敢的文字的，没有想到，我的期待并没有落空。倒是，有那么一个盒子，突然就空了，空了的盒子是为你的文字预留的。你的文字，一下子就把我预留的盒子全都占满了。满满当当的，就像宇宙里的神秘的时间。

你的文字的到来，不只是带来了一个春天里的春天。你的文字，一拧开，就会有你的血液在哗哗啦啦地淌，直到，冲出了越来越多的想象不到的图案。每一个图案，都承载着神机，洋溢着神韵。

有些文字是没有支撑的，你的文字不是；有些文字是没有方向的，你的文字不是；有些文字是没有力量的，你的文字不是；有些文字是没有营养的，你的文字不是……你的文字，拐来拐去，最终，就拐到了一个比广阔还要广阔的世界里。你的文字，是那个世界里的罕见的“侵略者”。“侵略”二字，从一开始就带着力量，也就是说，也就是说啊，你的文字是有着某种神秘的热功当量的。拿这样的热功当量去对付苍茫，苍茫就注定是会失魂落魄的。这样一说，你自然也就明白了，我为什么要拿你的文字做光。哗啦一下，光便泼下来了，不用问，那是你的文字在行动。

你的文字，是行动者。很显然，是你的文字的行动，在支配着整个季节的行进。你看，你看哪，季节的行进，是多么的有条不紊。

你有两张嘴在说话，而且是同声。同声所形成的和声效果，是奇妙的。

你在你的文字背后真实地存在着，这我当然是知道的。也正是你的真实的存在，构成了“熙雯艺术”的几何学。而这样的几何学，是需要“研究”的。研究得越是透彻，就越是接近你的本原。因此，我也便开始了研究。我有我的独特的研究方式，每一种方式都与迂腐的“老学究”没有任何的关系。

时机是宇宙中的隐形人

“时机”释义：具有时间性的客观条件，或机会。

“时机”习性：时隐时现。但绝大多数情况下，它都是一个隐形人。

当一个个体生命——必须是行进中的个体生命，即使身体不在行进中心灵也应该在行进中——暂时甚至永远都不被人赏识的时候，要相信，是时机未到。时机，从来都不是商场里的现货，去一趟就可以马上捡到自己的生命的篮子里。我们在静候着时机的时候，其实时机也在静候着我们，不得相遇，或是彼此尚未走近，或是相互早已擦肩而过，种种情况都数不胜数。

无论是何种情况，我们都渴望着时机，就像花儿在渴望着春天，金蝉在渴望着夏天，果实在渴望着秋天，雪花在渴望着冬天，这无疑。也正是由于这样的渴望，我们的生活才注入了无限生机。我们渴望着，等待着，创造着……时机就像一阵风一样，莅临了。这个时候的我们，要学会辨认才行，要仔细看看究竟哪些时机是我们心仪的时机才行。不能少了这样一个环节。是我们心仪的，就抓住，紧紧地抓住，坚决不放。有时候，即使我们不放，它也会自行逃脱，这就另当别论了，就需要这样想，逃脱就逃脱了吧，不是我们的就让它去。洒脱些，这时候必须要，这样做。

人的认知从来都是有局限的，时机也是。时机不认我们的时候，我们也没必要去哀求。等它的认知饱满了，丰盈了，成熟了，它自然就会回心转意了。拗着它的脾气，就是不回心不转意，也任它去。“超然”这样一件武器，该用的时候就用上。

孔子的学说是到了汉武帝时代，也就是“罢黜百家，独尊儒术”的时代，时机才终于到来的。他活着的时候，特别是周游列国的时候，就和一个流浪汉无二致，往好处说也只不过是一个高级流浪汉而已。可见，时机也是立场不坚定的。李白是他那个时代过去了两百年后才被重新认知的，活着的时候，时机也对他爱理不理，任他满腹经纶。就可见，时机也有势利眼的恶习。凡·高更是，凡·高活着的时候多悲惨啊，差不多都成悲惨的代名词了。凡·高死了，可时机并没有死，时机找着找着，就找到凡·高了。问题就在这里：找。我们人类和时机之间，总是离不开寻找的内涵。或是单向寻找，或是双向寻找，总之离不开寻找的具体内涵。即使时机贪玩，喜欢和我们捉迷藏，只要我们一直在找，不停地在找，就有希望找到它。

时机是好东西。有了这样一件好东西，我们就会少受许多冷风的欺负，免去许多的霉运的凌辱。可是，没有呢？我们总还是要活着。即使像凡·高那样难以为继了，我们也是要想方设法让我们的灵魂继续活下去的。别看这个“活着”很不起眼，却至关重要呢。不活在世上，也要活在有识者的心里，也便成了我们的一种良愿。良愿护送着我们，寻找着时机，我们便没有那么凄冷了。这个叫作“凄冷”的坏东西，只有我们的心热起来了，才能对付，枪炮是对付不了的，无论如何也对付不了。

你看，那里正摆着一本书，散发着书香……这就是时机。你再看，那里正盛开着一朵花，弥漫着芬芳……这也是时机。你继续看，那里正有许多的晨昏，氤氲着紫气……这更是时机。时机有时候是化了妆的，我们要学会辨认才行，必须认得它的模样，它不认得我们的模样我们也要认得它的模样。并且，永远地，记住它的模样。这样做，并非为了按图索骥，完全是为了更好地安抚我们的内心。我们的内心，是必须有个盼头的，不能没有这个盼头。

怀揣着各式各样的盼头，你看，那么多的人，在走，就像上足了弦似的钟表……

是他，他叫王充，这没错。他在他的《论衡》里这样对我们说：周朝有位老人，毕生梦想着做官，就和孔子的学生闵子骞初去见孔子时一模一样。可事与愿违，他总是离梦想越来越远，就像他得罪了梦想似的。因此，他就不停地抱怨，抱怨时机对他不好。有一天，他在路上向路人哭诉："我年轻时，攻礼乐教化，终于具备了做官的才识了，君王却喜欢起了年长的人，任用的也总是他们。好不容易等到'好用老'的君王死了，新君王又喜欢起有武功的人。于是，我便转学武术。武术刚刚学成，喜欢武术的君王又死了。新君王任用的却全是年轻人，可是，这时候我已经老了，垂垂老矣……"周朝老人叹息连绵，最后在叹息中死去。周朝老人总是错失良机的原因，显然在于改不了左右摇摆的坏毛病。他一再地摇摆，时机就看着他不顺眼了，离他越来越远了。

是他，他叫项羽，也没错。秦末，刘邦和项羽一先一后驻入咸阳。那时候，项羽率兵四十万驻扎在新丰鸿门，刘邦率兵十万驻扎在霸上，两军相距并不远，项羽消灭刘邦可以说是易如反掌。可是，项羽最终还是错过了这时机。后来，在鸿门宴上，项羽若听从谋士范增的良言杀掉刘邦也如囊中探物，可是，一向沽名钓誉的项羽，就在这关键时刻又犯了一个错误，听信了项伯的"仁义"之说，放走了当时正处于绝对劣势的对手，且封刘邦为"汉王"。旋即，项羽从咸阳引兵东归彭城，打算回乡炫耀，因此招致了后来为刘邦所灭的恶果。项羽最终兵败身亡的悲剧，固然还有其他原因，但有一个重要原因是没法抹去的，那就是，他当初不该一再地错失良机。

是他，他叫贝多芬，更没错。1787年春天，贝多芬来到维也纳著名作曲家莫扎特的家里，憧憬着莫扎特的光环能够照耀他，驱逐心中的困顿，说穿了就是希望从莫扎特那里逮住一些时机。当时，莫扎特家里正高朋满座，莫扎特根本没工夫也没多少兴趣理他，只管在客厅里和他的贵族朋友高谈阔论。贝多芬走进时，莫扎特只是漫不经心地问了一下他的名字和基本情况，便慵懒地递给他几张乐谱，对他说："你把这曲子弹一下吧，我还有事。"说完，就继续和他的朋友们谈笑风生。贝多芬坐在钢琴前，一边弹奏，一边想："难道我的琴声真的不足以打动莫扎特的心吗？我一定要把他的心吸引过来，一定要！"于是，他开始在莫扎特原曲的基础上发挥开来，并激情滔滔……这下，莫扎特的兴趣不再在谈话上了，他禁不住又拿来一张乐谱，对贝多芬这样说："这是我最近作的一首曲子的主题，你根据这个主题弹一首即兴曲好了。""好。"贝多芬接过乐谱，只是粗略地看了一遍，便开始了忘我的弹奏……“太好了！太好了！”莫扎特由衷地赞叹道，他万万没有想到眼前的这个其貌不扬的年轻人竟有如此出众的音乐才华。莫扎特便又拿出了笔和纸，把贝多芬的即兴曲完整地记了下来，然后激动难抑地对他的朋友们这样说：“大家可要留意了，将来震惊世界乐坛的一定是他——贝多芬！”就这样，贝多芬从莫扎特那里捡到了他渴望中的时机，然后又让时机扩散，最后扩散到了全世界。

“不是……是……”哦，他显然是在说，是时机未到。可是，时机到了呢？如果时机真的到了你就一定会在场吗？这一问，就把他问住了。他是一名知名的哲学家，天生一个哲学家的脑袋。一天，他的一个女学生来敲他家的门，勇敢地对他说：“先生，让我做你的妻子吧，因为我太爱你，看得出你也一直在欣赏我！如果你错过了我，你将再也找不到比我更爱你的女人了！”哲学家虽然的确很喜欢她，但仍然这样说：“哦，让我考虑考虑，考虑考虑，一定要让我考虑考虑！如果感性战胜了理性或者理性战胜了感性……总之让我考虑考虑！”之后，哲学家便拿出了他全部的理性，用他一贯的研究学术的态度，将结婚和不结婚的种种好处和坏处分别详细地列了出来，长长的一串。一看，才知道竟好坏均等，真不知该如何抉择。就这样，他陷入了长久的苦闷之中。无论他找出怎样的新的理由，都会徒添选择的难度。最后，他得出了这样一个结论：时间够久了，我该先答应她的请求才是。决定之后，哲学家好不容易才找到了当年的那个女学生的家，可是，女学生的家里只有她的父亲，他便直截了当地问她的父亲：“请问你的女儿呢？请你告诉她，我终于考虑清楚了，我决定，娶她为妻！”女生的父亲漠然地回答他：“你来晚了整整十年，可惜啊，我女儿现在已经是三个孩子的妈妈了。”哲学家听了，整个人都崩溃了，可以说是“溃不成军”。他万万没有想到，他一向引以为豪的哲学家的脑袋，换来的竟是一场莫大的懊悔。不久，哲学家就抑郁成疾，卧床不起。临死前，他只留下了这样一句关于人生书的醒目的批注：如果将人生一分为二，前半段的人生哲学应该是“不犹豫”，后半段的人生哲学应该是“不后悔”。

你看，你看啊！

人世间的许多问题，原本并不大，可是一问，就把许多人问住了，原因其实只有一个：他们不懂得“不犹豫”和“不后悔”的生命哲学。懂了，自然也就一切了然了。

时机永远都是宇宙中的隐形人，只在适当的时候才会现真身。这就要看，我们究竟有没有辨别时机的慧眼了。有了这慧眼，还要有慧心，懂得怎样去把握时机，并和时机猝然成婚，和睦相处。这是生命的大学问，或者说是生命的大哲学。悟，也唯有悟，才能悟透这门大哲学。做哲学盲的代价，唯有隐去，不是时机隐去而是自己的幸福隐去。

我为什么总有吃不完的果子

那年——是好多年好多年以前了，已经记不清具体是哪一年了——那年，我们什么也没有，除满腔热血外什么也没有，便商量好了，一起去寻找。还说，即使什么也找不到，还可以看看沿途的风景。

终于，我们出发了。清清楚楚地记得，我们出发的那天，是个夏天，是个晴天，跟我们的心情一样火热，一样晴朗。

路，是那么的长。长得，就像我们的越铺越远的目光。走着，走着，我们便看见了一粒被风搁在路中央的种子。看上去，那粒种子极其美丽，也极其善良。有一种喜悦便从我的心底冉冉升起了，我就有些激动地对你说，捡起来吧。你装作没看见、没听见，继续往前走。我也没有阻拦你，更没有责怪你。本来，说句心里话吧，我是想让你动一下手，让你名正言顺地拥有那粒不凡的种子的。可是，你，似乎根本就瞧不上它，我也只好自己弯下了腰，很认真地把它捡了起来。并且，就像捧着一个饱满的童话那样，仔仔细细地观察着它……反正，是不能让无家可归的它继续孤独地待在路中央，任人一再地践踏的……当时，我就是这么想的。

因为思绪万千，我的旅途便不再孤苦了。可是，你却总是埋怨，就似乎我是个魔鬼，你上了魔鬼的当似的。我也不知道说些什么，便什么也没有说。只是，越来越紧地拧紧了我的步伐。我为什么欢快得像个孩子，你是不懂的。

回到了家里之后，我便把那粒陪伴了我一路的种子小心翼翼地埋进了肥沃的泥土里。当时我就已经预想到了，后来的后来，你看着我津津有味地在吃果子时究竟在想些什么。“遥视”的本领我当然是没有，但让心穿越时空，我当时的确是做到了。

果然，不久前，你又来了，看到我坐在果树下像个神仙一样沐浴着清风津津有味地在吃果子，开口便问：“你怎么总是有着吃不完的果子呢？我不明白，你怎么总是有着吃不完的果子呢？”

我笑了笑，没有说话，只是把洗好的果子顺手递给了你一只，让你陪着我一起吃。我们的吃法，很显然，是有着根本的不同的。吃相，也不一样。之后，我便给你讲起了那粒种子的故事……你愣愣地看了我半天，脸上写满了狐疑。虽然，你坐在阳光里，可是，你的脸上明显地并不灿烂。太阳都没法让你的脸灿烂起来，我，又有什么办法呢。

毕竟，是朋友，我们是多年的朋友了。管你愿意不愿意，最后，我还是在你的心上埋下了一粒种子，比当年我们看到的那粒种子要饱满。都有果子吃，都有吃不完的果子，才不会愧对我们当年的热血，才不会欠负我们当年的跋涉。

我们这些文本文档

文件。编辑。格式。查看。帮助。人生的文本文档好像也这样。文件里有新建、打开、保存、另存为、页面设置、打印、退出……编辑里有撤销、剪切、复制、粘贴、删除、查找、替换……格式里有自动换行、字体……查看里有状态栏……帮助里有帮助主题、关于记事本……五花八门。

当先的，是要熟悉这五花八门。当然了，这并不难。技术吗，什么技术都不难，只要有心。熟悉了，手就可以开始工作了，就不至于沦为一个失业分子了。手这一辈子，忙死忙活的，却总也摆脱不掉仆人的角色。它是，心的仆人。心指使它做什么，它就得做什么，怠慢不得。稍一怠慢，心就会埋怨它。最辛劳了，它，这辈子，谁让它生得灵慧来着，灵慧就意味着自告奋勇。

点击，再点击，就过去了一天。继续点击，不懈地点击，就又过去了一天。一部分在追赶着春秋战国，一部分在追赶着唐朝宋朝。就像，歌词在追赶着旋律，旋律在追赶着旋律中的旋律。那旋律中的旋律，鲜为人知。

保存。接连保存。我们只能保存这些文本文档，却不能保存那些昂贵的时光。致使，热爱时光的鸟儿，全都随着时光远去了，并且，越来越远，远得，就像一段缥缈的记忆。

这些，究竟有什么用？

这些。我是说“这些”。人类，早已习惯了“这些”。

只听见，老声音又响起来了：“快跑的未必能赢，力战的未必得胜，智慧的未必得粮食，明哲的未必得资财，灵巧的未必得喜悦。所临到众人的，是在乎当时的机会。”

听听，机会。过了一年我们就又少了一些机会。“创造机会”，也便成了世人的一个普遍说法。

一个因素会牵扯到另一个因素

其实，我知道你买了一只风筝，已经很久了。说得再“严重”一点吧，在你买这只风筝之前，甚至在你的脑子里输入了想买这只风筝的信息之前，我就已经知道，你肯定要买一只风筝并且已经在计划着买一只风筝了。是你某一天的一个不经意的眼神，悄悄泄露了这个秘密的。只是，你究竟要买一只怎样的风筝？大的，小的，特殊的，普通的，华丽的，朴素的……我还一直在猜，当然是闲得无聊的时候在猜了。我喜欢猜谜，并且爱上了“猜谜”这个象征，这你也是知道的。可能，我这样说，你仍然会感到十分惊讶……如果这样，那我就再重复一遍我的那句老话好了：这个世界上，根本就没有值得我们去惊讶的。如果你真的感到十分惊讶的话，那就说明，或者说是显露，你的惊讶已经销不出去了，成了一种很廉价的东西。这，我也不说什么，如果它实实在在是真的。反正真的假的，它都是属于你的，我丝毫也没有要去跟你抢的意思。

我还是想说说风筝，你放了半天也没有放飞的这只风筝。

这只风筝……

是的，这自然是一只好风筝。不是因为它长得像只好风筝，我才说它是只好风筝的。的确，它是只好风筝。我见过的风筝多了，自然是看得出的。对比之下，就马上看得一清二楚了。我想说的，其实并不是这些，绝对不是这些，而是……你别急，听我慢慢说，我显然是想说，并且一定要这样说，风筝，总会被某一阵风所感动的。到时候，它就会主动、积极并且奋勇地去飞了。在觉悟过来之前，一般来说，风筝都是像呆鸟那样僵持着或麻木着的，既不愿这样也不愿那样的。因为，这个时候，它还没有自己。即使有，也不是真正的“自己”。“自己”有多重要，我就不说了。每一位哲学家都在说，说得已经够多了。我觉得，都有些泛滥了。

《红楼梦》里的那些丫鬟喜欢看呆鸟，不知怎么，我就不喜欢看。不要说我不是《红楼梦》里的那些丫鬟之类的话，这样说就等于什么也没说。我们现在，不是打趣，而是说问题。

我盯着风筝看的时候，最好，你也盯着风筝看。这样，我们才能说到一块儿。好，我继续说。一阵风，唤醒了“自己”的每一种意识，激活了“自己”的每一根神经，之后，风筝就活了，就俨然是一个生命了。不信，到时候你看就是了，它会舞给你看，尽情地展示它的所有的风姿。那个时候，你的心就会暖起来，甚至热起来，更甚至燃烧起来。那个时候，你就不单纯地把它作为一只风筝来看待了。

还有就是，不要为了控制它，弄一根粗粗的绳子来。绳子，反正不是越野蛮越好越粗越好的。好了，现在，你就可以和你的风筝一起，静静地等待着那阵风的到来了。你要认得那阵风才行，你必须认得那阵风。之所以这样说，是因为在这样一个不缺风的年代，化了装的风太多，一不小心，就会被不是风的风所迷惑，所劫持。

什么样的风好，我知道你关心这事儿，我也关心呢。好风，都是有着好风的样子和情怀的。关键时候，你就知道了。不到关键时候，你不可能会知道。

至于，来一阵什么样的风，你自己说了不算，你的风筝说了也不算，尽管这事儿很重要。都知道这事儿很重要，可就是左右不了它。刚才，你的表现，已经充分说明，你也左右不了它了。我当然知道，这并不是你的错，也不是你的风筝的错。是谁的错，我也在探究这个问题呢。

大不了你和你的风筝再一起回家吗。等吧。毕竟，有些风永远都是不可以制造的。

我们在谈论风筝的时候，顺便，把风也一块儿谈论了。你看，这多好。这便是，一个因素会牵扯到另一个因素。此刻，它就在牵扯着你和我这两个因素吗，这明摆着。当然，还会牵扯到更多，更多，更多。我们不能让我们的思维再继续泛滥了，适当截流，才是好的。

好像，风来了……你看看，是不是？

猫也玩杂技

我所居住的广西文化厅宿舍大院，如果从建政路的后门进，广西杂技团就是怎么绕也绕不过去的一道风景。广西杂技团的演员的演技，我是不止一次地欣赏过了，“近水楼台先得月”吗；而沾了地缘的广西杂技团的猫们的杂技，我还是第一次领略。

你看，那些猫……睁开你心灵的眼睛看看，拨开时空的雾幛看看……你看看啊。

我不禁又想起了“耳濡目染”这个词。“耳濡目染，不学以能。”我在心里嘀咕着，嘀咕着韩愈《清河郡公房公墓碣铭》里的这句话，嘀咕了好长时间。耳濡，目染，不学，以能……连广西杂技团周边的猫们也是杂技的行家了。这可是个新鲜事儿，新鲜事儿啊。

每当路过广西杂技团大门的时候，就会遇见七八只猫，在那里兴致勃勃地“排练”——或你踩在我的头上，或我踩在你的头上，彼此都积极地配合，配合得十分默契；或大家轮番着比赛着翻跟头，自然是翻得颇有水平；或在挡小车的那根锁链上优雅地走来走去，如履平地；或一股脑儿爬到一棵高高的霸王椰上，做高难度动作……就差杂技表演经常用的那种好听的背景音乐了。

心里，暗自佩服。

有天晚上，我和倍儿出去遛影子，正好又遇见了它们，在那里紧张地“排练”——可也真是勤奋哪，连晚上也不放过，披星戴月哪——见它们的功夫了得。我就现场说法，对倍儿说，倍儿，瞧见了没有？厉害着哪，你可不是它们的对手啊，你看它们，你看它们啊……以后，可再也不要逗它们玩儿了，万一它们急了或正好心情不好，拿你解气，抓你一把，那可就麻烦了啊。倍儿根本就不把我的话放在心上，可能心里想，不就是猫吗，小小的猫，尽管长着老虎的样子，冒充威风凛凛的老虎，可也是小小的猫呀……就一阵风似的跑过去，拜访它们。它们跑，倍儿就锲而不舍地追，像是田径运动员在紧张地比赛似的……跑着，追着，猫们就藏到路边停放的一辆小车下面或爬到离它们最近的大树上了。倍儿好失望，就像以往看杂技演员高空作业那样抬着高高的头，看着猫在取笑自己……似乎，双方都在认真地复习“面面相觑”这个词。想到倍儿是属猴的，并且经常自称是“花果山的猴子”，我就不失时机地对倍儿说，花果山的猴子，该拿出你的看家本领来了，爬上去，看它们还能往哪里逃，再逃也不会逃到月亮和星星上去吧？听到这儿，倍儿有些不好意思了，肯定是意识到自己是只假猴子了。假猴子，也不要紧，有什么要紧的？那个靠演孙大圣出了名的演员不也是只假猴子吗。假猴子就假猴子，也没什么不好意思的。我安慰倍儿说。倍儿静静地，听着，就像听着牧师在布道一样。可人并不是靠安慰活着的，我还会对倍儿继续说，当然是以后，这是以后要做的工作。眼下倍儿才五岁，说了也是事倍功半。过些年，肯定就事半功倍了。这个与倍儿有关的“倍”，倍儿是应该懂得的。就是我不说，倍儿也会懂得。懂，得，懂了就得。

倍儿喜欢玩，这是实话，我当然也鼓励倍儿该玩的时候就尽情地去玩，孩子的天性吗。猫也喜欢玩，这也是实话，再大的猫看上去也像个天真无邪的孩子，这是人家猫和越来越老成持重的人不一样的地方。人家猫玩着玩着，就玩出境界来了，就是不施展防御的本领，一眨眼就爬到高高的树上，也够让人吹胡子瞪眼的了。要想不吹胡子瞪眼，若是没有与生俱来的本事的话，就只有靠自己来提拔自己了。这道理，我相信，倍儿会慢慢地悟出。

只有老人自己知道
他一下子变得更老了

仿佛有种不祥的预感，要不，老人也不会那样极为反常地扇着那把老纸扇，似要竭尽全力地赶走什么似的。若是在往常，老人手中的老纸扇也只不过是一种可有可无的道具，即使拿着，也很少抖开；即使抖开，也是抖着玩的。可现在……扇累了，扇得老纸扇的筋骨都快要散了，老人便赌气似的，想把老纸扇收拢。可老纸扇坚决地就是不答应，一直都在奋力地抗争着……这令老人感到十分不解。

果然，不出所料，黄昏的时候，嗯嗯一阵晚风似的跑来，吭哧吭哧地对老人说："他，阿墩他，跌倒了！"

"哦，该。以前，我就对他说，而且是多次对他说，说得都不愿再说了，在那样一个地方，一不小心就会栽跟头，可是，他就是不听。不听啊，他。不听倒也罢了，还说，说些闲话，净说些闲话啊，他。满不在乎的人又能怎样呢，如果现在还不跌倒的话。"听得出，老人十分感慨。那感慨，如果全都摆出来，大概有十里路那么长了。说完了，老人便继续忙他的营生去了。就仿佛，刮再大的风下再大的雨也与他无关似的。

“可是他，阿墩他，又爬起来了。”嗯嗯接着说。嗯嗯说话时胸腔里总是“嗯嗯嗯嗯”的，似是在配音，或故意地制造某种气氛，因此大家就都叫他嗯嗯。嗯嗯肯定是觉得，阿墩是老人的儿子，儿子跌倒的事又是大事，才风风火火地跑来说给老人听的。也合理，至少是合情，他不说给老人听又能说给谁听呢？这个嗯嗯，说到底，还不是爱管闲事的那种，毕竟他是老人的侄子，做老人的侄子也应该是有义务的。适时地打个报告，在嗯嗯看来，自然也是尽义务的一种。

可是，老人的目光里显然是写满了“怒其不争”的内涵：“我知道他的身是爬起来了，那是出于一种本能；可是，他的心，他的心呢？没发现他的心依然在那里匍匐着任人踩吗？哦，当然，你是没踩，你踩才好，把他踩痛了，踩得难以忍受了，或许他就懂得在地上趴着的滋味了。”

“那他，太悲惨了！”嗯嗯总觉得阿墩不应该是那样一个人，从小在一块儿玩大的，不可能不了解，因此就总是……总是担心这担心那的。关于这世间的“应该”或“不应该”的事儿，很显然，嗯嗯并没有琢磨透。当然了，这也不能全怪嗯嗯，因为这本是一门很深奥的学问。每个人，都是在这门很深奥的学问的掌控下喘息的，有的喘得均匀一些，有的喘得急促一些，有的喘得像样一些，有的喘得不像样一些，而已。

“不悲惨，又能怎样呢？一个没出息的人不悲惨，又让谁去悲惨呢？总要有人去演悲惨的角色的。”老人承认，这话说得有点狠，可此刻，是最适合说狠话的，说得越狠就越好。说完了狠话，老人捋了捋胡子，似乎是在捋时光。时光，一下子就被风弄得很不顺溜了，可老人喜欢让时光顺溜着，这样，心情就也顺溜着。心情，是应该很顺溜的，老人一直以来就是这么想的。

老人看着窗外，想了很多很多。以前没有想过的，这次也一块儿想了。

一眨眼，天就已经很黑了，似乎从来没有这样黑过。嗯嗯很想再说话，说很多很多话，他是攒了很多的话来的，你看他刚跑来时的样子就知道了。可是，老人已经不听了，耳朵虽然没有塞上，但心已经塞上了。老人只想，让自己的心情顺溜着。至于，能不能让自己的心情顺溜着，就连老人自己也不知道了。

接下来的时间里，老人又鬼使神差地抖开了他的老纸扇，并且长久地扇着他的老纸扇，不断地制造着风……只可惜，那些风，若有若无，形同虚设，很难带走眼前的这个无比窒闷的夏天。

让胃和心都高兴

饭，自然是囊括了一切可以吃的东西。炒熟的，煮熟的，蒸熟的，炖熟的，煎熟的，焖熟的，炸熟的……都是。熟食叫饭，生食也叫饭，都叫饭。饭，是要交给嘴，然后再交给胃的。一旦交给了胃，饭也便成了整个身体的燃料。没有燃料，生命自然是难以为继的。

那些吃泥的，吃沙的，吃铁的，吃玻璃的，吃石头的……自然只是少数。一般人，吃不起。

因此，也便有了“挣饭吃”这个说法。似乎人们工作的目的，或忙忙碌碌的结果，就是为了吃饭。不管这个说法正不正确，总之，吃饭是很重要的。一顿不吃饿得慌，很多人都是知道这个道理的。这个道理，我承认它是一个道理，要不也不会诞生《汉书·郦食其传》里的那句“王者以民为天，而民以食为天”。说起“民以食为天”，就不能不谈到“易卦”。易卦是这样说的：两根筷子，二数先天卦为兑，而兑，为口，为吃。筷形直长，为巽卦。而巽，为木，为入。组合在一起，便是用筷子吃东西了。那么，入口的是什么？当然首先是筷头。筷头圆，为乾卦，而乾，为天。这样，吃的岂不是

“天”吗。因此，就认为“民以食为天”是从这儿来的了。且不管它究竟是从哪里来的了，反正是，“民以食为天”已成千古定论。

可是，我们也不得不承认，维系身体的食物有了，我们也应该进一步去关心一下心灵的食物。也就是说，不要让自己的心灵的胃也忧伤，甚至痛苦。胃高兴，心也应该高兴。心灵饿了，不高兴了，一个人更会头重脚轻，摇摇晃晃，不堪一击。这个世界上，每天都有无数的人倒下，其中一个很大的原因，就是因为缺乏心灵的营养。他们的心灵一天一天地瘦下去，瘦到最后，风一吹，自然便倒下了。还会有越来越多的重蹈覆辙，无不是心灵不强壮的缘故。凡是心灵强壮的，一般来说，都是不会轻易倒下的。即使他们的身体倒下了，他们的精神也依然站着，或站成一尊醒目的雕塑，或站成一个耀眼的路标。总之，他们是坚定的，很难倒下的。

心灵的食物，最好的，莫过于书了，不是有“吃书”这个说法吗。喜欢吃书的人，我想，他们是不至于饿得头昏眼花的。有品位的人，自然都是一些喜欢吃书的人。他们吃书，其实就是吃知识，吃智慧，吃思想，吃情怀，吃涵养，吃境界……种种文化食品吃得多了，一个人自然就是一个有能量的人了。用文化养育出来的人，一般来说，都是一些有修养有力量的人。修养有多深，力量有多大，这就要看一个人究竟吃了多少消化得如何了。因此，精选，精读，精思，也便成了非常重要的问题。是要苛刻的，也必须苛刻，万一吃了有毒的文化食品，精神的免疫系统又差，那可就麻烦了。很多人就是这样死的，身体好好的，却不明真相地死了。每时每刻，都会有这样的事情发生。

吃相，是很能看出一个人的修养的。吃相不好的人，修养也好不到哪里去，这是肯定的。我们可以默默地观察一下一个人的吃相，从他或她的吃相中揣摩出一些什么，并且进一步印证一些什么。这个，是很有意思的。

身体的食物不可以贪婪，要不就会有撑死的危险，至少是撑得很难受；但心灵的食物是可以贪婪一些再贪婪一些的，越是贪婪，就越好，它不会让人担着一份心。没有一个人会说，读那么多书，也不怕撑死。判断一个人，我们必须看，他或她究竟有没有心灵的食物，是些怎样的心灵的食物，怎样去对待心灵的食物。没有这个做基础，一个人，也就失去了谈论的意义，谈也是空谈。

经常吃书的人，生命是芬芳的。他们的生命中没有躁气，也没有杂气，更没有戾气。

那些靠吃别人的幸福活着的人，就不在人的范畴之内了，我看，省略了也罢。

我看，我总是这么看，心灵的食物，永远都是最要紧的。吃自己的饭，无论是身体的食物还是心灵的食物，好好地吃，尽情地吃，惹不着谁。就着梦的影子，吃饭，就会吃得无比香甜。日子，也会逐渐香甜起来。

明亮事业甚至辉煌事业的殉道者

真正的灯，站着也好，坐着也好，躺着也好，只要接通了电源，就都是明亮的。越是黑暗，它就越是明亮。有多少明亮，它就捧出多少明亮，毫无保留。没有一盏灯，是懒得发光的。没有一盏灯，是与自私和狭隘沾上了边的。没有一盏灯，不是浑身通透的。

也许，灯，这个脆弱的生命个体，会在一刹那被一只跋扈的拳头或一根凶狠的棍子或一把蛮横的锤子击得粉碎，可是，被击碎了的灯，也仍然是一盏曾经闪亮的灯，这一点，谁都无可否认。所有的灯都厌恶苍茫憎恶黑暗，所有的灯的光芒都曾驱逐过众多的苍茫和黑暗……很显然，从这层意义上来说，所有的灯都是明亮事业甚至辉煌事业的殉道者。它们的一切，都是为明亮和辉煌而准备的。它们生是为了明亮和辉煌，死也是。如此守一，如此持恒，如此决绝，不能不令人感动。心睡了的，感动也会马上苏醒过来。总之是，面对着一盏灯，不可能会没有感觉，不可能会不感动。

灯……我似乎是在说一个魔咒，其实不是。说“灯”的时候，我的口舌是踊跃的，心灵是滋润的，仿佛，我说的是一个传说。这时候的时光，很显然是无比晶莹的。也只有真正懂得了灯的人，才会明白我的这个看似复杂其实并不复杂的意思。

不妨一起来说：灯……多说几遍，自己就亮了。本来就亮的，当然会更亮。承担魔咒的作用，灯，任何时候都愿意。

认识灯的人可就多了，可是，没有几个说得出灯的生命内部究竟深藏了怎样优质的灵魂。它的表达从来都是直接的，透彻的。它的语言的明亮自然是源于它的内心的明亮。因此就说，所有的灯都是坦荡的。说灯是君子，恐怕没有人会怀疑。

灯，从来就不择地方，你把它安排在哪里它就在哪里就业。常常是，一直到死。它不会突然就说，我在这里待了这么多年，也该给我换个地方了吧。它听从一切的安排，并且毫无怨言。主人要休息了，把它给灭了，它也听之任之，绝不会说，我现在还不累，就允许我再逍遥一会儿吧。更不会说我有我的自由你管不着之类的话。灯是识趣的，非常识趣。灯是懂事的，非常懂事。灯是自觉的，非常自觉。灯是谦逊的，非常谦逊。灯是有情怀的，非常有情怀。灯是有爱心的，非常有爱心。

只要你有本事，你喜欢的灯，就尽可以“娶”回家。没有一盏灯是势利的，更没有一盏灯是卑鄙的。它只有全心全意地爱着你，并给你送去情意，有多少情意就给你送去多少情意。

灯比不上太阳和月亮，这，它也知道。可是，它并不自卑。不卑不亢地活着，所有的灯都做到了。它是那么自然、怡然和超然。

因此，每当我抬头看灯或歪头看灯的时候，便看到了一个醒目的启示。我的心里之所以有着挥霍不完的光，很显然，是我把一盏最明亮的灯请进了我的心里的缘故。这盏叫作文学的神灯啊，我是越来越爱它了。为了它，你看，我冲锋陷阵，在所不惜，豁上了。

成为一盏最明亮的灯，我是有这个想法的。为什么要这样，没有理由。所有的“理由”，都只不过是一种补释。而我，是不需要补释的。

内在证明

1

花儿决意要怒放的时候，冬天已经来了。冬天来的目的，就是劝花儿不要怒放，因为冬天这位老人家不喜欢热闹。花儿打算休憩的时候，春天已经到了。春天到的目的，就是说服花儿放弃休憩，因为春天这个年轻人不喜欢冷清。季节一插手，这不，性质就变了，完完全全地变了，人们见到的花儿就总是不怎么精神的花儿了。其实，没人想去见最精神的花儿，惰性使然，习惯使然。这惰性，这习惯，是要人的命的，就像可怕的流行病和恐怖的瘟疫一样。可是，花儿依然是花儿，花儿依然有花儿的性格，它是不为眼睛只为心灵而怒放的。这花儿，此刻，正被我想着，写着，祝福着……这花儿。这花儿正迎风招展，在意识的一万米高空，像是一面蓬蓬勃勃的旗。

世界上有很多花儿，它是很多花儿中的一朵，花儿中的花儿。不用知道它的名字，你就叫它“花儿”。有梦中之梦，歌中之歌，诗中之诗……自然，也有花中之花。其实，这花中之花，在没人注意的时候，也就是冬天悄悄来临之前，已经在倔强地自由地开放了。颜色，芬芳，舞姿，象征，隐喻，都已经准备全了。很完全的那种。完全，很罕见，但它的确是很完全的。要不，也不会促使我这么快就把它移栽到我的这些文字的土壤里来。它会活得很久，很长寿，至少比我要长寿，这是你应该知道的，如果你的感知系统还没有遭到破坏保持着它最初的完整的话。趁现在你还没有合上嘴巴，呼吸一下吧，多呼吸几下，感受一下，这花儿。但不要让这花儿在你的意念中长歪了。一旦长歪了，它再直起腰来，就难了。很多这样的教训，是应该记取的。我们的生命，其中有一个很大的空间，就是用来存放大大小小奇形怪状高矮胖瘦不同型号的教训的。

别摘，尽管你的手伸了出来。我看见，从你的心里伸出了一只手，畸形的手。无论你多想摘，也别摘，因为它不是为你准备的，不是畸形的手也不是为你准备的。它不说，你也应该知道的。它不会说的，不说你就更应该规矩些，不该伸出你的手。不说本身就是拒绝。手，留着吧，总会派上用场，比如去为它赶走荒凉，既然已经证明了你有手。

我的评论？

没有。我没有评论，什么评论也没有。尽管我的话语一直在线。花儿是不需要评论的，它自己就是最好的证明。这点你必须知道。

2

一阵风，吹来了那个故事——不止一次地吹来了——

正是骄阳似火的时候，寺院里的草因为久旱不雨而枯黄了一大片，好风景被抹杀了不少。没人说这事，好像根本就没人留意或关心这事，可是小和尚看在眼里了，并且看不过去了，忍不住对师父说，师父，你看啊，相信你也看见了，我们该撒些种子了。师父说，不急，不急，随时。结果，小和尚真的就不急不躁地找来了一些种子。师父见状，一笑，然后对小和尚说，就去种吧。不料，一阵风起，刚刚撒下的种子就被风吹走了不少，种子随风流浪去了。小和尚呆住了，不禁惊呼，师父，师父，种子有好多都被风吹走了，不见了，这可怎么办啊？只听师父悠然说道，没有关系的，吹走的净是些瘪的种子，撒下去也不会发芽的，随性。刚撒完种子，不想又飞来了一群鸟儿，在土里一阵乱刨，像是在寻找什么。可不是吗，它们在寻找种子，种子可是美食呢，在它们眼里。小和尚急了，急着赶走了鸟儿，像是赶走一群讨厌的苍蝇，然后又急着去向师父报告，糟了，师父，糟了，又遇到麻烦了，种子都被鸟儿吃掉了。师父说，急什么，种子多着呢，吃不完的，随遇。更是没有想到的是，半夜，一阵暴雨……小和尚一阵旋风一样来到师父的房间，带着哭腔对师父说，师父，这下全完了，全完了，我们埋下的种子都被雨水冲走了。师父不慌不忙地说，冲走就冲走了吗，冲到哪里都会发芽的，随缘。几天过后，昔日破败的草地上换了新颜，就连没撒种子的地方也泛出了像是刚刚洗过的新绿，生机不请自来。小和尚有些惊讶，忙不迭地跑去报告师父，师父，师父，快来看哪，都长出来了，全都长出来了，很美丽呢。师父依然平静地说，啊，好啊，就应该是这样的，随喜。

我想说的，你看，都被故事里的师父给说尽了。随时，随性，随遇，随缘，随喜，五层含义就像阵阵花香一样，袭来。顿觉，心旷神怡。我的生命，自然是，更像一个繁花似锦的大花园。尽管，我过去撒下的更多的种子都在季节的试炼下改变誓言了，但内在的证明并没有改变，从来都没有改变。改变，难哪。

3

“宠辱不惊，闲看庭前花开花落；去留无意，漫随天外云卷云舒。”我再次把这话用长毫书在一张雪白的宣纸上，同时，也写在我洁净的心里。这次写得奇正相生。最后用花香，裱了又裱。正好有朋友来访，索字，便又写下了“得之泰然，失之淡然，争其必然，顺其自然”十六字。朋友看上去很高兴，因为他也感受到了阵阵浓芳，不是墨香，而是花香。我在纸上栽下的花儿，也在他的心里生长着，摇曳着。

全部写完了——不，没有全部写完的时候——抬头一看，高处正有一朵花儿，在开着，开得不凡。它自己就是证明，有枝有叶、有形有状、有花有香的证明。无论以什么样的方式盛开，都是盛开，都是证明。似乎，它在向我说着这些。我也只有听着这些，听得忘我。

时光没有留下任何脚印

好多好多年……好多好多年都没见过这样的雪了，好多好多年似是一瞬。那年，在俄罗斯见过，俄罗斯的那场雪突然就让你的记忆多了一些晶莹，多了一些清新，多了一些飞舞，多了一些温润。眼前的这场雪，没错，是在预料中的。预料中有雪意，当然就有雪的漫卷，禅的缤纷。这预料中的雪是在夜间悄悄降临的，就像是一个优质的寓言，始终没地方发表，有良心的大地看不过去，才给它留出了一块版面，供它栖身。此刻只有一个人，在想象着，大雪纷纷……此刻只有一个人，在认真地读，这雪，这雪的隐喻犹如元亨利贞，意蕴宏深……此刻只有一个人，在用他的心做转载，并附上了详细的评论……

雪，封住了家门，不可能会封住一颗一直都在扇动着翅膀的心。此刻，你两眼茫茫，清冷中带些灼热，但仍能辨认，哪是天，哪是地，哪是天地之间那个比雪还要醒目的人……尽管，春天被冻在了路上，住在春天里的人直到现在还迟迟没有现身。那就，等吧——人生，说白了，就是等——从清晨等到黄昏，再从黄昏等到清晨……周而复始，意不旧，也不新。应该会有一个时辰——想必，会有的——载歌载舞，浑身是劲。

即使有一天，椅子被你坐歪了，晕了，那个一直翘立的信箱也不会歪，不会晕。即使有一天，大雪融化了，目光也不会融化，更不会，突然停止它的倔强的延伸。

雪，从来没有这么白过，比李白还白，比白居易还白，比白俄罗斯还白……白得，无限情深。那就，让它，继续，白吧——这内心的独白，那双正在行进中的耳朵一定装得下，装得下所有的音韵。

过去了，好多时光，却没有留下一个脚印。只有你内心的脚印，叠叠沓沓，最终装订成厚厚的一本。世界上的经书本来就有很多，再多一本，也不要紧。这本经书，封面和内容……都是你个性鲜明而炙手可热的心。

雪不值钱，心也不值钱，即使所有的人都这样说，也不要紧。最要紧的是，这雪，这心，已经自成一家，自成乾坤。不用细看，也会知道，它已经越过了所有的凡尘，省略了太多的疑问。

画外音：什么都没有，什么都没有，只有目光在延伸，像钢轨一样，延伸，延伸，延伸，延伸……以及内心的轰响，日益高亢，日益剧烈，日益深沉……

喜鹊湖往哪儿走

风久久地不来。可说来，就来了。风一来，喜鹊就像梦一样，飘然而去了，只留下了这湖。但，人们还是叫它喜鹊湖，虽然已经没有了喜鹊。仔细一看，其实，这湖，也早已不再是湖了，倒像是从天上洒下的一些泪，汪着汪着，就汪成了汪汪的一片。这似水似泪的一片里，总是有那么几只船，也不知道是在找什么，但很明显的，它们是在找……突然就想到，人生浓缩成一个字，就是“找”了。找吧，各自，找自己该找的，无论是人，还是船。找到了，该喜就喜；找不到，该继续找就继续找，找吧，就像昨天在找今天，今天在找明天，明天在找明天的明天……在找的过程中，把一个叫作岸的东西揽进自己的怀里，从而壮大自己的胸怀。

总之，喜鹊湖是变了，不再是过去的喜鹊湖了。它变了，而它自己，还不知道。最让人担心的，就在这里了。幸好，一只又一只的喜鹊飞走了，没淹死在它的里面。它的里面，有着太多的复杂，淹死在复杂里，是不值得的，喜鹊估计是懂得。这懂得，便是学问。

把喜鹊湖画在纸上的那个人我不认识，倒是认识她的一些动作，因为许多年前我也曾经用差不多的一些动作画过湖，只不过，我画的，没有她画的像。既然要画，就要尽量地画得像，这是我多年后才明白的一个至理。明白了之后，画笔却已经老了，至少是没有过去那么年轻了。看着有人把那幅画买了下来，却不知道买回去做什么。真正的湖，都应该是在心上的，而不是在纸上的，无论纸上的湖有多么像，肯定也不如心里的湖更像是一个湖。我不懂别人的生活，但我必须懂的，是眼前的这个“湖”，我究竟应该叫它什么湖，反正它的周围已经是没有了一只喜鹊，这是事实。围着她转来转去的那些人，我究竟应该叫他们什么，反正他们总是像钟表的时针或分针或秒针一样在转来转去，看上去比地球转得还要快，应该说是快多了。慢有慢的妙处，快也有快的好处，这我当然知道。我知道，是的。

天，又在下雨了，或者说，又在哭泣了，我知道，“湖”又要长胖了。可是……前两天，它还听着湖边的几个人在说减肥时听得非常入迷呢。它的深藏的耳朵，一向都是非常聪明的。可是，人类的耳朵早已是越来越不聪明了，这也是一个事实。种种事实都在告诉我，原本，宇宙就是混沌的，说不清的。试图说得清，也只是一种试图。古今中外，没有一个说得清的，这是事实。

喜鹊究竟飞到哪里去了？越来越多的湖为什么都徒有虚名了？不得而知。就在我转身走去的时候，我看见，许多人什么也没有看见，而他们，却装作看见了。哦，这个世界，就是这么有趣。顿然，心里的湖翻起了许多浪波。这些浪波，有的有名字，有的没名字。浪波，只不过是像“人”这样的一个统称。我知道，风一去，这些浪波就会全部消失。而湖，还在。显然，不在大地上，而在空气中。只是，不叫蜃湖，更不叫喜鹊湖。

就在我越走越远的时候，我听见：“先生，请问，喜鹊湖往哪儿走?”我看着她一脸虔诚的样子，就说：“往里走，往你自己的心里走。”也不知道，她听懂了没有。

他不是你的耳朵认识的那个阿甘

他长得什么样子并不重要反正他有他的样子。并且，我们一眼就能认出是他来。倒是，他自己一时认不出自己来了，原因是，梦总去纠缠他，最后，他就被那个以假乱真的梦劫走了，不知去向了。

具体地说就是，他每夜都把自己踢下床，趁自己睡熟了的时候。踢下床的目的，好像是为了给另外一个自己也就是弗洛伊德所说的超我和他的梦腾出一个地方来。这一腾不要紧，梦就有了可乘之机。梦让他跑，他不得不跑——肯定是由梦变成的一阵风带动起来的——跑来，跑去，他就摔了一跤。摔了一跤这也是难免的，可他不愿意接受这个“难免”，坚决不接受。因为，他摔断了腿，这是他无论如何也没有想到的。一个具有丰富的跑的经验的人却摔断了腿，这多少有点让人难以置信，他就是这么想的。结果就，腿之前还是好好的，可一眨眼就不再是好好的了，耷拉着了，没了以往的力气和精神，像是它本不想太辛苦，硬逼它太辛苦。让它受了天大的委屈似的。直到这时候，他才直后悔，后悔不该那么跑，也就是说不该中了风的魔咒似的疯狂地跑。

乐极生悲，他的脑子里突然就蹦出了这个词，像一阵山呼海啸后孙悟空突然从石头里蹦出来了一样。他趁机一遍又一遍地观察着、复习着这个词，观察得很认真，复习得很仔细。这还是他第一次这么全神贯注地面对这个词，多少年来，第一次，这是真的。可只苦不乐，又叫什么人生？他想不通。想不通的事情就暂时先搁下，这他懂。连这点小意思都不懂，就白活了啊，他一笑。笑里，带着四五斤自嘲，他的心里有杆秤，称得出。

他来不及洗去脑子里那些纷纷纭纭乌七八糟的，就不得不去找医生……在现实中做了接骨手术，却像是在梦中做了接骨手术——梦和现实，有时候是很难分得清的，直到这时候他才猛然醒悟——骨这东西也能再接上，这么说医生就是焊工？他又一笑。这次笑得，快要及格了，却仍然没有及格。上帝看在他还能笑或者笑还能继续在他脸上工作他却毫不拒绝的份上，也只给了他一个59分。59，这个数字，他琢磨不出，它的符箓一样的深意。也懒得再去琢磨了，因为有太多的事情需要他马上去琢磨，实在是，刻不容缓。

望着窗外，像是望着一扇门……门掩着，心却始终敞着，一些光却总也飞不进来，这就奇怪了啊。飘过来飘过去的那些白衣服，怎么也让他想不到，那是白衣天使，倒是让他想起了白日子，白得有些瘆人的白日子……唰一下，眼前就不再是过去的那样的五颜六色了，这时候。生活这东西，没法说，无论一个人长着多少嘴巴。其实他完全可以把那些白衣服和白云朵联系在一起，如果这样，可能就好多了，可是他来不及这样去联系。不是他没有这个能力，而是真的来不及。时间不帮他，在这关键时刻，他也没办法。毕竟，他不是一个“办法制造商”，从事的也不是“办法”这样的职业。这也就注定了……实在是一个晦气的注定。很多事情，都是被这个莫名其妙的注定给败坏的。

但他，还是爬了起来。至少，心是爬了起来。

太阳没有闭上眼睛月亮没有闭上眼睛星星和远远近近的灯就更是没有闭上眼睛。一切照旧。日月的梭子照旧会织出一些明亮来。明亮像是黏合剂，在黏合着一些什么。是什么，零零散散的，他总也看不清。倒是有一双眼睛看清了他，那是他从来没有使用过的深藏的内心的眼睛。

哗啦一下，有一样东西开了。不是盛开，是捶开。他一用力，自己的生命就变成了一把无比坚硬的锤子。剪刀……包袱……锤……他和生活继续，继续做这极其简单的游戏。造化总是喜欢做游戏……想到这儿，他脑子里的红灯就亮了，亮得跟兔子的眼睛似的。兔子跑吧。他继续想，不顾红灯亮着，继续想，就想到了美国作家约翰·厄普代克的《兔子三部曲》……也许，每个人都有类似的三部曲吧，他这样想，想得风起云涌。

三部曲。新道理啊。接骨，把一个骨折了的新道理也一并接上了，这还真是不错，不错的事情就这样终于发生了。拽了一下，还很难拽得开，就是赫拉克勒斯那样的大力神也很难拽得开。因为他很不放心，才想到了拽这个动作的，并迅速地把拽这个动作淋漓尽致地发挥了出来。生活总是让人很不放心，特别是未来的生活，他在风中，就这样琢磨着。

比比看，他还是这样决定。多少年后，产品检验的时候，就该是过关的。这不是一个梦。至少，不是摔断了腿的那个梦。他在心里写下了这个“但愿”。如果灵府不是沙漠的话，“但愿”这两个字，就不会被时间的洪水说冲走就冲走了，他这样琢磨着。从来没有像当下这样一下子琢磨这么多的事情，他快要成一个琢磨的专业户了。一笑，他。

他长得什么样子并不重要反正他有他的样子。如果你不知道他的样子也从来不认识他，这也没有什么关系，反正你也不必花费太多的时间去想象他的样子。他的样子，其实，就是你的样子：两只眼睛，一个鼻子，一个嘴巴……就是你的样子。难道，你还不知道你的样子吗？

雨说到我的心里来了

雨是昨天晚上来的，来的时候款款有姿，柔柔有态。现在已经是第二天的晚上了，雨还没走，依然是昨天晚上的深情、温良的表情。可爱的雨，一点脾气也没有，和它的密友雷的歇斯底里大相径庭。好久没来了，雨，你的到来使这座亚热带绿城更像一块大翡翠了，到处都绿油油的，像是新生的梦想和希望。撑一把雅致的新伞走在街上，感觉就像是走在一首埃里蒂斯的诗里一样。

滴滴答答的，像是在诉说……可能只有这座绿城的霸王椰和朱槿花才听得懂雨的诉说吧。要不，没有一样存在物会听得懂，雨也不会这么长久地诉说，说着说着就没了任何兴趣那也是肯定的。雨的兴趣如此之繁茂，比我的兴趣还要繁茂，这不由得使我钦佩了。我是宁愿钦佩这场雨也不愿钦佩那场风的，那场风连商量都没商量就把我的一种好心情给刮走了——不，是抢跑了，或劫持了——这场雨不这样，这场雨只是静静地、悄悄地、唯恐打搅了我似的。我就不能不说，这是一场善良的、纯真的、明净的、动人的雨。即使再有江河泛滥，也不是雨的不是。雨是来添喜的，不是来添乱的；雨是来祝福的，不是来诅咒的。盲目的世人，再也不要说什么“阴雨”“怪雨”“冷雨”“冻雨”“酸雨”“伏雨”“残雨”了，把不该让雨来担当的罪名全都安到无辜的雨的头上了。即使再次出现“水不可治”“苗青乾而不秀”“穗腐黑而无收”“黪黪汩汩。泥泥没没，万民蹙额”的局面，那也不是雨的错。干吗不说“泽雨无偏，心田受润”“水光潋艳晴方好，山色空蒙雨亦奇”“渭城朝雨浥轻尘，客舍青青柳色新”呢？

让人喜爱的雨说着说着，就说到我的心里来了。似乎我的心本来就是为雨准备的，时刻都在准备着承接雨的话语一样。我当然要承接，这些晶晶亮亮、润润泽泽的话语。不为别的，只为，我的生命也像霸王椰那样，心灵也像朱槿花那样，太需要雨的浸润了。

雨的话语，可是比有些人的话语好多了，有些人的话语都是在往假里挤，而且是拼死命地挤，唯恐挤不进去似的，大有不变成一场集体运动绝不罢休之势。雨不这样，雨的话语完全是自然的、真实的、流畅的、生动的，你喜欢它它也这样说，你不喜欢它它也这样说，完全地尊重着自己的内心，自己的内心有什么它就尽力地掏出什么，无论你是欣赏还是厌恶，赞美还是诅咒。雨的话语，才是真正的艺术家的话语。你看，雨的话语多么真实，多么透明，多么绵密，多么亲切，并且充满了无边的张力。如果飞来飞去的嘴上的话语没有也没什么要紧，有这天地间的盛大的祝福也就够了。宁愿听雨说话，也不愿听有些人说话，我早就是这样一个人了。

浸润经年，定会鱼跃而出。我腾出我所有的时间来，接受着这雨的浸润，眼看着，我就发光了，不一会儿也就变成了绿油油的一种盎然的存在。只有我自己看得见，我的生命的王国里越来越葳蕤。这实在是一件太好的事。估计，又要结果子了，至少会开花，我。肯定的，那些一向善于阿谀奉承的人又要来吹捧我了，那些一向势利的人又要来讨好我了。可是，我心里只有雨，没有他们。雨什么都是，他们什么都不是。

雨，还在下，下得有滋有味；还在说，说得有情有义……雨的情意“就像千万伞兵，从空中跳了下来，安全地降落在了地上”，还有我的心里。我的内心的天地，有了它们做护卫，便再也不会遇到大旱之年了。

理解这场盛大的雨

又下雨了……感觉这次不是下，而是扔，像扔集束炸弹那样接二连三、密密麻麻地从天上扔下来，然后又被厚德载物的大地稳稳地接住了。扔得有水平，接得自然也有水平。有那么一些，落在了有些人、有些树、有些花儿、有些鸟儿的头上，也没见有什么危险的，虽然无一例外地都纷纷炸开了。那炸开的声音，只有很少的一部分人能够听得到，因为这很少的一部分人总是耳聪目明，格外懂得倾听，也就是说，他们的耳朵会接，懂接的艺术，有接的本领，什么都能像大地那样稳稳地接得住。

炸开的雨花，自然都是一些很美的雨花。雨花的芬芳，也只有那些真正爱雨的人才能真切地闻得到。次第盛开着，雨花。兀自鲜艳着，雨花。芬芳弥漫着，雨花。就在此时此刻，我的思绪也纷纷炸开了，有些勇敢的想法纷纷落了一地。只有地知道，我的想法是怎样的勇敢。无外乎，又要远征了，我的心。去远方，看我的日出。下雨的时候是无论如何也看不到日出的，我当然知道。我的心里每天都在下雨，雨实在是也该休息一下了，我不止一次地这样想。只有我自己知道，这全是一些好想法、优质的好想法、出类拔萃的好想法。我任这些脱缰的好想法像野马一样绝尘而去——当然不是地上的尘埃，雨天的大地上是不可能会看到哪怕是些微的尘埃的，尘埃害怕雨，这是一个事实。若说有，我是说地上有尘埃的话，也都是一些液体的尘埃。我说的绝尘而去的尘，显然是指时间的尘埃，你看，时间的尘埃早已是厚厚的一层了，很厚很厚——摆脱这些时间的尘埃，是时候了。

“一个两个三个四个五个小朋友，六个七个八个九个十个小朋友……全都站起来，排着队，向前走……”这是我的过去，不是我的现在，现在的我再也不是早年的那个“排着队，向前走”的小朋友了。我早就变成了一匹自由的、独立的、奔放的、狂野的骏马，就像眼前的这些自由、独立、奔放、狂野的雨。雨，你怎么可能会阻止得了呢？它想下就下，想扔就扔，以它自身的形态，在宇宙的舞台上尽显风流，这才是雨。你喜欢风，就想让它变成风，随你所愿，这是根本不可能的事，事实上也是根本办不到的。你以为你是谁啊？你以为上帝会答应让你做他的替身啊？说穿了，你也是一粒尘埃，尘埃一样的你想得再通达事情本身也是绝对不会配合你的通达的，只因为，这是你一个人的通达而不是别人的通达。你没有权利也没有理由要求一个战神去停息他的战斗，无论这样的战斗有多么艰难，也无论这样的战斗有多么惨烈。战神就是要死在战场上，你根本就不可能理解这样的事。

雨发脾气也是应该的，你不理解我理解。面对混混沌沌，它怎么可能会有好脾气呢？

懂了雨，自然也就懂了人。而要真懂，全懂，彻懂，你就必须有雨的心灵才行。只是有雨的样子，特别是装出来的雨的样子，那是根本无济于事的。雨不是装出来的，就像太阳不是装出来的一样。如果真的想好了准备好了，那你就像雨那样，扔吧，使了猛劲，把自己扔到一首又一首的激昂的歌里，在歌里，纷纷炸开，变成最美的意象和意境。

骑手的事业

书读得多了，世界上各种各样、杂七杂八的思想和观念便会堆放、横亘在自己的心里。接下来的工作便是，怎样去梳理和整合。如果只有前面的采集和收购工作而没有后面的梳理和整合工作，读书这件事情充其量就只是做了一半，说穿了便是浅尝辄止、半途而废。如果真的是这样，那就是莫大的遗憾。没有比自己的生命里到处都是“烂尾楼”更遗憾的了。精神不能入住，拆了又可惜，处处灰突突一片，大煞风景，不是遗憾又是什么？

采蜜和酿蜜有种简单而又复杂的逻辑关系，简单地说，就是采蜜必须忙活，酿蜜必须平静，忙活当然也只是心在忙活，平静当然也只是心在平静。忙活和平静的关系处理好了，便是效益颇好。生命的事业当然也是要讲个效益的，这个效益既能完善自己的人格，也能提升自己的境界。无疑，这是世界上最光辉的事业。如果连这样的事业都不热爱，活着也便极其乏味，至少会导致一种荒凉，即生命的荒凉。有些人的生命极其荒凉，自己不觉得就是了，因为世俗早已给他们打了麻醉剂。生命之所以有分野，甚至是大分野，就在这里，我是说就在这生命的事业如何推进上。像西西弗斯那样来推进，就没有什么事情是做不好的、做不成的，哪怕是不断地受到命运的锤击。

热爱生命的事业的人，总是格外有光辉，哪一缕光辉都可以系住“价值”这两个字的深刻内涵，并让这种内涵悬挂在众人看得见的星空上，让这种内涵像星辰一样闪耀。如果说这也是一颗星星，那无疑就是世界上最璀璨的星星，自会牵引许多人的无限憧憬。这也是造福人类的一种形式。这样的形式普及开来，每个人的宇宙便会一片皎洁。我们需要的不正是这样的皎洁吗?

这时候，叱咤如风，便是一个必然的结果，如果，书读得多了，而且，自己也成了一部载风载雨的厚书。这部厚书，无论谁来读，都会读出一个自己来。也就是说，这个时候的厚书已经不仅仅是一部厚书了，而成了一面镜子。通过这面镜子，我们可以直接地看到很多关于生命的历史。无形之中，我们便又起了“我心是鉴”的作用了。

故而说，好书也是需要驾驶的。如果你缺乏驾驶的力量，书就会脱缰而去，挣脱你的世界。这时候，你就徒叹奈何了。可是，驾驶一本好书，比驾驶一匹烈马要难，甚至要难上几十倍。所有在生命的事业上有大成就者，无不是一个好骑手。这样的骑手懂得，怎样和自己的烈马一起仰天长啸。

一种两种三种无数种钓饵

一个浑身是梦的小精灵，站在阳台上，学着大人的样子，双手握着一根长长的竹竿，竹竿的另一端用一根细细的绳子拴着一朵玫瑰花，在像模像样地垂钓。不过，她垂钓的不是鱼儿，而是蝴蝶。过了不一会儿，她便惊呼起来："爷爷爷爷快来看呀，我用玫瑰花钓到了一只美丽的大蝴蝶!"爷爷忙不迭地跑出来，一看，果然有一只美丽的大蝴蝶正在玫瑰花那块芬芳的钓饵上扑闪着翅膀呢，便笑逐颜开地对她说："呵呵，你可真是一个聪明透顶的小精灵啊!"

的确，那是一个聪明透顶的小精灵。这样的小精灵变成大精灵了，肯定是会用她的聪明——不，那时候应该叫作"智慧"了——去垂钓学识和学养的，这是肯定的。上帝不把学识和学养送给这样一颗早就准备好了的心灵，送给谁呢?

楼下不远处的花店里，摆放着数不清的玫瑰花。有红玫瑰，也有黄玫瑰……那些好看的玫瑰花钓来了数不清的身影和目光，可就是钓不来一只蝴蝶。大概，那些玫瑰花早就没什么味儿了吧。就是钓来了一只蝴蝶——

我说的是会走路、有思想的蝴蝶——也转瞬就走开了。因为她知道，那些玫瑰钓的根本就不是她，而是她钱包里的钱。她才不想让自己用汗珠好不容易钓来的钱去上别人的钩呢，她才不想，她喜欢实际的生活。

回到家里之后，我就坐在我的书房里，用“我”这块钓饵，继续在时间里垂钓。钓来，钓去，也便钓来了刚才的那两幅画面。同样是在用玫瑰花做钓饵，钓来的却是不同的东西。看来，如何个钓法，也实在是太重要了。我该怎样找到属于我自己的钓法呢？身边没有一个可以请教的人，我就只好请教我自己了。我对自己说，还是那句老话，童心很重要啊，童心是没有功利色彩的。抛却了功利，“蝴蝶”自然也就自己飞来了。我给这句老话留了一个位置，很重要的位置，在心里。常常地，我就会看到这句老话在我的心里遛来遛去。我不想妨碍它，就像它从来就没有妨碍过我一样。

这句老话把葡萄牙作家费尔南多·佩索阿的话也钓来了：“上帝把我造成了一个孩子，把我留下来以便永远像个孩子。可是，他为什么总让生活来打击我，为什么拿走我的玩具从而让我在时间里孤独一人，为什么让我用稚嫩的手把胸前泪痕斑斑的蓝围巾抓皱？既然我的生活中不能没有慈爱，那为什么还要把慈爱从我身边夺走？”看来，这些问题，我只有继续请教我自己了。通过“垂钓”这样一种方式，来请教我自己，虚心地请教。

从早到晚，从春天到冬天，我都在垂钓，钓来了赞誉，也钓来了诋毁。我把它们全都扔在了一边，就像扔一堆破烂那样。我不想让它们来妨碍我的垂钓。继续垂钓，我，继续垂钓。我知道，我最终会钓来什么，说白了，还不就是死亡吗？既然它想上钩，我又有什么办法？我知道，什么都可以扔掉，包括荒凉，包括暮色，包括贫穷，包括叹息，唯独这一件东西是扔不掉的。扔不掉，当然就只好留着它了。留着它来画句号，做总结。我知道，它最适合干这样一件事了。把这样的一件事交给它，准没错，它准会做得比任何人都完满。趁现在它还没有上钩的当儿，我还是来钓些别的东西吧，比如一根魔棒、一块魔布、一句咒语、一些谶言、一种思悟、一个意境……我喜欢这些东西。就是什么也钓不来了，也是没有什么的。反正，“心”这块钓饵，是不会变质的。

当然了，我也会像那个浑身是梦的小精灵那样，期待着从阳光的海洋里或童话的湖面上钓来一只美丽的大蝴蝶，无论是文字的蝴蝶，还是幸福的蝴蝶……可最令我头痛的是，我不是玫瑰，我也永远变不成玫瑰。

“情况总是这样的，无论风景里是充满着多少五彩缤纷的事物和人——田野、房子、广告以及套装——还是色彩黯然的图画里仅有单调的灵魂偶尔浮现，发出陈腐的短语或者草率而疲乏的行动，这一切最终还是只能重新沉回到深渊里去。”我对说这话的佩索阿说，即使一切都像你所说的那样，我也是不会厌弃垂钓的。因为，我来到这个世界上，就是来垂钓的，在时间的河流里不断地垂钓。哪怕是，只钓我自己。

皮肉受苦 也是教训的一种

你受伤了，这没什么，不就是皮肉受了点苦吗，何况还不是了不起的苦。人活着，总有皮肉受苦、伤筋动骨甚至撕心裂肺的时候，皮肉永远不受苦，这是根本不可能的事。没听说过哪一个人一辈子皮肉不受一点苦的。皮肉受苦，这是在时间的战场上常有的事。皮肉受苦，其实也是教训的一种，教训多了，最终就会实现皮肉不再受苦，或尽量地减少皮肉受苦的次数。光有经验没有教训的人，是永远都不会做到这一点的。大多数人缺的其实不是经验，而是教训，教训才是关键的关键。要不，就不可能会有“吃一堑长一智”这种说法。

不妨再来复习一下那个发人深省的故事：有个打鱼的人，他有着一流的海上经验和捕鱼技术，因此被当地的人们尊称为“渔王”。可是，渔王一天一天地老了，他的三个儿子的捕鱼技术却都平庸得很，总是捕不来鱼养活自己，为此他非常苦恼，便四处寻人诉说：“我真是不明白，真是不明白啊，我捕鱼的技术在我们这一带算是出了名的，可我的儿子们却一个一个都这么不争气。我从他们刚刚懂事的时候起就开始把我捕鱼的经验都毫无保留地传授给他们了啊。我苦口婆心地从最基本的东西教起，告诉他们怎样织网最不容易漏掉鱼，怎样划船最不容易惊动鱼，怎样下网最不容易躲过鱼……他们一天一天地长大了，我又教他们怎样识潮汐，辨鱼汛……凡是我长年辛辛苦苦总结出来的经验，我都一一传授给了他们，可他们的捕鱼技术竟然赶不上技术比我差许多的渔民的儿子，真是让人纳闷了。”一个渔民听了他的诉说之后，问他：“你是一直手把手地教他们的吗?”“是啊，为了让他们得到一流的捕鱼技术，我不仅手把手地教，而且教得十分仔细十分耐心。”渔王坦白地说。“他们一直跟随着你吗?”渔民又问。“当然是啊，为了让他们少走弯路，我一直都让他们跟随着我，随时随地地向我学习。”“这样说来，你的错误就在这里了，而且显而易见，你只传授给了他们技术，却没传授给他们教训。而对于一个人来说，经验固然重要，教训也同样重要，甚至比经验还要重要，没有刻骨铭心的教训和没有丰富的经验一样，都不能使人成大器。”说到了这，渔王若有所悟，终于明白了自己的错误究竟犯在哪里。

教训。所有的伤害其实都是在给我们补教训这一课。我们有了足够的教训，才会充分地发挥自己的经验，要不，经验就徒具形式。

有些人为了成大器，还专门去找类似的苦来承受呢。因此就有了《孟子・告子下》里的那句：“天将降大任于斯人也，必先苦其心志，劳其筋骨，饿其体肤，空乏其身，行拂乱其所为，所以动心忍性，增益其所不能。”如此说来，这皮肉之苦，显然是通向成功的必由之路。这不仅使我想起了古代的那些贤士和武士，他们敲骨取髓也好，刺血济饥也好，布发掩泥也好，投崖饲虎也好，断臂求法也好，无不是为了“无上妙道”。因此，达摩祖师就说：“诸佛无上妙道，旷劫精勤，难行能行，非忍而忍，岂以小德小智，轻心慢心，欲冀真乘，徒劳勤苦。”后来，“学道须是铁汉，著手心头便判，直取无上菩提，一切是非莫管”也便成了一条铁律。掌握了这条铁律的人，才是真正的铁汉。厄运看着铁汉也是怕的，自是不敢轻举妄动、轻易造次。

身体受伤了总有痊愈的时候，痊愈了也便没什么了，即使有伤疤也没什么。如果伤疤正好在脸上，顶多也就是难看一点。脸难看，心不难看，也就没什么。现在我的意思也许你已经彻底明白了，皮肉难免受伤，心也难免受伤，但皮肉受伤和心灵受伤相比，自然是心灵受伤更加要命。皮肉受伤不太容易致死，心灵受伤却很容易致死。想想那些自绝的人，自然也就十分清楚了。是的，心不死，就一切都好办。

“夫哀莫大于心死，而人死亦次之。”《庄子·田子方》里的这句话，是庄子让我们用大字刻在心上的。刻在了心上，携带着这样一句话上路，无论走到哪里，都不至于沦为一个半死不活的人。因为，这时候，经验和教训已经成了我们的左膀右臂。

经过磁化并带有电荷的依托

没有依托，做不成事。然而，依托和依托，也是不一样的。因此，拥有怎样的依托，也便成了一件大事，要事，躲闪不开的事，念念不忘、耿耿于怀、牵肠挂肚的事儿。

刺啦一下，那准是依托真实而又迅猛地出现了。出现了，也不要过于激动。因为，有的，只能做暂时的依托。能够做永久的依托的，从来都少，很少。因此，我们每一个人，就都在寻找永久可靠的依托的路上。这样的路，没有一条是平直的。疲惫了的，懈怠了的，厌倦了的，自然也就永远地找不到自己的生命的依托了。没有生命的依托的人，也就难免摇摇晃晃。我们时常听到——咣当一下，又咣当一下……倒下一个，又倒下一个……是那么干脆，就属于这种情况。这种情况，俘虏了太多太多的人、各式各样的人。

有个非凡的依托，心就会稳稳地站着；有个杰出的依托，心就会高高地飞着；有个卓然的依托，心就会灿灿地亮着；有个伟大的依托，心就会切实地美着……要多美就有多美。也就是说，神性的依托，是美的前提，美的保障。

估计，你已经理解错了——我说的“依托”，绝对不是你认为的那种依托。我说的“依托”，它胜似梦幻，是经过磁化并带有电荷的。饿了，可以吃；渴了，可以喝；遇到了黑暗，可以拿来照明；遇到了暑天，可以用来祛暑……它是这样一种“依托”，是高级依托、超级依托。

是的，这样的依托，有制氧的功能。你需要多少氧，它就能制造多少氧。它的“生产力”，从来都超乎我们的想象。

有香味的魔咒

沐浴，换睡衣，沏上一杯上好的茶，打开一本富有智慧的书，然后任每个细胞都生出翩跹的翅膀，只管往最遥远的地方去，去见古巴比伦、古埃及、古中国、古印度的智者们……一个夜晚就这样过去了。没有过去的，是挽留和渗透在我骨头和血液里的至少一个师的美妙。不断地给生命添加美妙，就像不断地给火炉添加炭块、给春天添加鲜花、给大海添加浪花一样，这是我几十年来的一种习惯。习惯，养成了，就改不了了，无论如何也改不了，无论造化如何修改、窜改。

茶是滋润我的身体的，书是滋润我的心灵的。身心都滋润了，我就不可能是干燥的了。我之所以身心俱健，不可能不提到茶和书的功劳。是它们默默且慷慨地帮助着我，提携着我，壮大了现在的这个我，多少年了都是这样，这不容易。不容易的事，它们做到了。连人都做不到的事，它们做到了。这就是我和它们不离不弃的理由。即使再有一万个理由，我也找不到任何一个理由远离它们而去。想想这人生，其实也是很值得留恋的，因为有它们做左膀右臂。只是，这美好经常地会被世俗打断，失去它原有的秩序。对了，我能做的，就是维护好这秩序。这秩序维护好了，心灵的统一自然也就完成了。我不求别的，只求这心灵的统一。不会有错，我觉得，我始终觉得这不会有错，因为我是按照绿色的指示来做的。绿色的指示，就是自然的指示、生命的指示、希望的指示，这些指示是不会有错的。

怎么了？你说这世界怎么了？我不想提你说的那个外在的世界，只想说我内心的大千世界，我内心的这个大千世界，我看着是好的，不就成了吗。我不求别的，没有心思、兴趣和精力去求别的。你以为，很多东西都是求来的啊？求人的人多了，人家变傻了才会理你……我不求，什么都不求，只求我自己。遇到危险了，我就向我自己发出紧急呼救，我知道我自己不会见死不救。对了，人活着，其实是一件很危险的事儿，危险就在某个角落里潜伏着，说不定哪天就会突然露出它的脑袋来，或让人惊骇，或让人窒息……记着吧。不用记在本子上，浪费一张纸，记在心里就行了，反正心灵的内存这一生无论怎么用都不会用完的。本子有可能被风夺走，即使再大的风也不可能把坚定的心夺走，除非心变成了无足轻重的羽毛和尘埃。即使是羽毛，也应该有自己的舞姿；即使是尘埃，也应该有自己的归宿……我是说“自己的”。这个“自己”，害苦了多少人啊，数都数不过来。当然了，也成就了很多的人，同样是，数都数不过来。

此刻，趁书香还在，我大口大口地呼吸着，近乎贪婪地吞咽着……我呼吸的既是遥远的过去也是遥远的未来，我吞咽的既是神秘的天香也是神秘的地香……眼前，就算了，眼前我懒得去呼吸去吞咽。这样说，肯定会有人把我打入怪人的行列，是的，我是个怪人，让圣典和我的心紧紧地挨在一起的怪人。怪，这个好字，我乐意一个人为它平反昭雪。“山高必有怪”，《西游记》里这么说。我一直都住在时间的高山上，难免染了怪气。怪不得，你说怪不得吧，怎么说我也不会怪罪你，我早就懒得去怪罪任何一个人了，说穿了，不值得。

趁书香还在，我必须让书香熏香我的魔咒，我喜欢有香味的魔咒。带着这魔咒，我云游四海。有太阳的时候我就在太阳的家里住，有月亮的时候我就在月亮的家里住，无日无月的时候我就在我自己的梦里住。有书香在，就谁也赶不走我，除非我自己把我自己赶到更为明亮的地方去。去了，我爱见哪盏灯就见哪盏灯，过真正有灯有光的生活。

没错，明天我还会继续，继续让茶香漫过来，让书香溢过来，并在芬芳缭绕中念诵我的魔咒，让魔咒去劝说夜色自觉地退场，并赶走潜伏在夜色里的嚣张的风……“戈多会不会来?”别问这个了，只问我会不会去就行了。我去，当然是带着我的魔咒去，带着我的有香味的魔咒义无反顾地去，就像西班牙画家萨尔瓦多·达利无论走到哪里都会带上他的护符一样的犀牛角和木片一样。我没有达利那样的护符，我有我自己这个护符，够了，我是我自己的护符。其实，我们这些动物说白了都是很苦的动物，我念诵有香味的魔咒，就是为了尽可能多地减少一些不讨人喜欢的苦楚，给自己，给他人，给我们这个不得不共用的铙钹一样的世界。莉乎拉朵……我念诵着……

现在，肯定你已经知道了，我写作，其实也是在念诵我的有香味的魔咒。莉乎拉朵。

接近梦的品质

锁在箱子里，它是收藏品；摆在橱子里，它是陈列品；放在墙上，它是装饰品；捧在手里，它是欣赏品；送给某一个人，它是馈赠品……总之，过去，它是战利品；现在，它是奢侈品。永永远远，它都是不可替代的纪念品。这样的纪念品，自然是为了纪念某一个梦或某一段历史才诞生的。

此刻，它由一种影像，变幻成了多种影像……每一种影像，都值得细细地去品，或品味，或品尝，或品酌，或品评，或品析，或品定……许许多多的一般情况下不容易被发现的内涵，也便一一呈现了出来。这样的呈现，既留住了目光，也留住了心。呼地一下，意兴便燃烧起来了，并且越燃越旺。这时候才发现，一直静静地躲在一旁的时光是熠熠生辉的，如钻石，如水晶。

集中在了某一点上，任目光钻探，意味也便汩汩而出……怎样的意味啊，凭猜想，是猜想不出的。非身临其境不可，非设身处地不可，非推己及人不可。很奇异，然后……依然是很奇异。奇异，不断地在“踵其事而增华，变其本而加厉”。把这样的奇异装在心里，心也便成了奇异的心。连带着，一切，就都是奇异的。呼吸一下，空气里就会有丝丝的甜味，是纯正的甜味。

在特殊情况下，就有可能会醉。不饮自醉，饮则大醉。

说出它的名字就难了，因为，接近梦的品质的它，不仅仅是一件艺术品，也不仅仅是一样滋养品。

美好的笑是灵丹妙药

笑盈盈，笑吟吟，笑眯眯，笑嘻嘻，笑呵呵，笑哈哈，笑容满面，笑容可掬，笑逐颜开，笑口常开，笑筵歌席，笑傲风月，笑靥如花，笑语如歌，眉语目笑，清歌妙笑，破涕为笑，载欢载笑，谈笑自若，谈笑风生……总在我们的欢喜之列。每当遭遇，它便成了我们生命的艳阳、佐料，甚至补药和养分。

笑，是人类最普通最寻常最平凡也是最明亮最温暖最灿烂的一种表情。从医学上来说，每天大笑一次，这对我们的身体大有裨益，因为大笑可以扯动肌肉，放松神经，激活每一个细胞，促进全身心的活跃。具体地说就是，当我们脸部的十五块肌肉通过挤压、变形、重组而形成我们特有的面部绽放时，我们面部的血流量就会迅速增加，从而把我们装扮成面色红润的样子，并迅速展露出欢欣和喜悦的神采。而眼睛呢，笑得最强烈时，泪腺就会受到强刺激，并迅速诞生喜极而泣的果实。欢乐的泪水，据说更具有减压作用。无疑，我们都需要减压，因为造化总喜欢扔一些我们不喜欢的东西在肩上，甚至在心上。笑会让我们自然地张大嘴巴，无数研究表明，大笑之后，唾液里的免疫球蛋白含量和血液中的疾病杀手T淋巴细胞含量就会明显增多……这就说明，大笑可以提高人体的免疫力。为了配合大脑歇斯底里般的快乐感，大笑时发音系统就会更加卖力地工作，这工作的薪水便是琅琅笑声所带来的浑身舒畅和通泰。谁都知道，人体的肺叶下面有一块强有力的肌肉，叫作横膈膜，它能将空气向肺里压入或从中吸出，当空气涌入和穿过喉咙时，意想不到的效果就产生了。为了发出更高更真实更纯粹的笑声，肺就会吸入比平时多得多的空气，血液中的含氧量就会因此而增加。在曾经的一项医学研究中，美国马里兰大学的心脏病专家迈克尔·米勒发现，人在大笑时，血管内皮会扩张并释放一氧化氮，它能减少血液凝块和病菌感染，从而降低患心脏病的风险。还有研究发现，一次捧腹大笑相当于在跑步机上运动十分钟，能让全身主要的肌肉组织得到一次非常好的锻炼。因此说，一次大笑就是一次“内部的慢跑”，或者说是“心灵运动”和“灵府体操”。美国脑神经医师鲁宾斯坦为此这样说过：“一分钟的开怀大笑，就等于四十五分钟的放松运动。”虽然大笑时血压和心率会升高，但笑过后，血压和心率则会低于平时水平，和锻炼的良效相差无几。对于不能经常参加体育锻炼的人来说，大笑无疑是一种最好的健身方式。美国得克萨斯理工大学心理学家罗斯科根则发现，笑具有止痛作用，它能增强我们对疼痛的忍耐力。说大笑是一种“特效止痛药”，也便并非虚妄了。据说有个美国人，在四十岁的时候患了一种很少见的怪病，因此他痛苦万分，就去找医生。医生告诉他这种病没得治，只能躺着等待死神来收拾了。这个人很倔强，不信邪，怀着一线希望租了个酒店的房间，然后买了大量的搞笑电影，整天在酒店里除了看搞笑电影就是吃饭和睡觉……半年过去了，他觉察不出病的存在了——好像是被他的一次又一次狂笑吓跑了，病魔也是有恐惧之心的，看来是——于是他就从酒店里风一样逃出，去找他的主治医生复查身体。这时候医生惊讶地发现，奇迹发生了，他的病竟然全好了，一点炎症也没有了。他用自己的笑打倒了医生的判言，治愈了自己的病，后来还专门写了一本叫作《笑退病魔》的书，是关于大笑疗法的。由此可见，大笑还具有救死扶伤的妙用，是一种神奇的魔药。无论如何，一个人在开怀大笑时会肩膀耸动，胸膛摇摆，横隔膜震荡，甚至还会身体抽搐，血压上升，血液含氧量增多，脑部会释放出一种特殊的化学物质，从而带来心花怒放、心旷神怡的奇妙感觉，这是不容置疑的。

有个成语叫“笑比河清”，意思是说态度严肃，难见笑容，面部表情就像河水一样冷清。是从《宋史·包拯传》里出来的：“立朝刚毅，贵戚宦官为之敛手，闻者皆惮之。人以包拯笑比黄河清。”不该笑的时候不笑，不轻易去挥霍、消耗、浪费自己的笑，显然这是一种态度。可是，该笑的时候呢？

当然是要笑，而且是要尽情地笑，开心地笑，奔放地笑，豪情地笑，热烈地笑，让笑次第盛开，开也开不败，芬芳源源不断。

是的，笑是多么的美好。可我们连个可以大笑的地方都没有。如果是在家里大笑，声音跑出去，左邻右舍、楼上楼下就会以为我们是哪根神经错位了或出了别的毛病；即使不这样以为，也会影响他们的生活，从而让我们心怀不安和歉疚。如果是在办公室里大笑，就会惊扰甚至吓着同事们，即使隔着墙壁他们也肯定会商量好了似的整齐划一地抬起头来纷纷把问号写满空中。如果是跑到公园里大笑，逛公园的人就会停下轻松的步子像看猴子一样目不转睛地看着我们，直到看得我们再也不好意思或没有情绪大笑了。如果跑到很偏很远的地方去呢，为了一次大笑下这么大的力气花这么多的工夫费这么多的精力好像又不太值得……因此，我们也就只好在心里大笑了。在心里，想怎么笑就怎么笑，让笑怒放。但这样，好像又对不起“开怀大笑”“酣畅淋漓”之类的意思。大笑，也是需要一个环境的，还真是没有错。

如何才能觅到大笑的环境呢？如何才能开怀大笑呢？如何才能成为笑星、笑神或笑仙呢？这些问题上帝一概没有作答，连点提示也没有，就只有我们自己去琢磨了。我们的年龄就是这么琢磨大的，我们的头发就是这么琢磨白的，我们的皱纹就是这么琢磨多的，我们的热情就是这么琢磨少的，我们的身体就是这么琢磨旧的，我们的心就是这么琢磨老的……可是，我们不能不琢磨，因为人是琢磨的动物。即使我们自己不琢磨或懒得琢磨，也会有人积极地兴致勃勃地乐此不疲地来琢磨我们；即使没有人来琢磨我们，命运也会来琢磨我们。反正，我们是逃不脱的，无论如何都逃不脱被琢磨的魔掌或命运。

眼看着，人类的笑声就越来越少了，震天动地、吓退风云的笑声就再也听不到了，我们很失望，我们很着急。快乐靠笑声来养活，笑声少了，快乐自然也就瘦了，幸福自然也就弱不禁风了。不好的连锁反应，自然还会有很多，比如让朋友以为我们是坦诚度不够，爽朗指数不高，真心不足，缺乏肝胆相照歃血为盟的勇气……从而影响了人与人之间的好关系、生活的好气氛。可是，又有什么办法呢，所有在这约束、那约束下跳舞的人们。除非不舞了，越变越呆了，呆得像一块又一块懒得馨香懒得燃烧的木头了。

眼看着，大笑就成了传说中的事情。笑得山呼海啸、江河泛滥，竟成了遥远的神话。

其实，笑是可以培养的，任何一处美景任何一件好事任何一个好日子都是我们的笑的培养师。其实笑是可以练习的，在练习的过程中，尽量地忽略自己的性别、年龄、身份和烦恼，发挥自己最大的想象、潜质和能量，久而久之，笑也便自己找上门来了，赖着不走了也说不定。这时候，就又会看到骨头里的闪电，听到血液里的涛声了。为了让我们更多地听到骨头和血液里的交响，早在两千多年前的古罗马帝国时代，诗人奥维德就通过他的《爱经》向我们人类发出了呼吁：学习微笑……只可惜在书香里沉浸的人越来越少，因此，很多不该被省略的声音就被省略了，只剩下了莫名其妙的风声和令人讨厌的噪音。

现代人平均每天最多只笑五分钟，而五十年前则是每人平均每天笑二十分钟，古人就更多了，当然质量也好。我们是多么向往古人那自然、原始、纯朴、明净、本真、活力、豪放的笑声啊。天空不再像古时候那样湛蓝和明亮了，就是因为缺乏笑脸的照耀和笑声的冲刷；大地没有过去那样洁净和美好了，就是因为缺乏笑容的沐浴和笑语的滋润。可我们需要啊，永远都需要啊，需要明亮的天空和洁净的大地。毕竟，地球是我们的家，家里不能没有回荡的笑声。

就笑吧，尽量笑得有水平，有质量，有品位，有境界，因为笑永远都是我们人类的补药。这样的补药，不可多得，也不可替代，且不用花费这样那样的一些代价，穷人也消费得起。

冷笑，嘲笑，贼笑，奸笑，贱笑，耻笑，皮笑肉不笑，不安好心、不怀好意的笑，空洞、苍白、乏味的笑，阴险的笑，歹毒的笑，暗藏杀机的笑，以及修剪过的笑，克隆的笑，公式化的笑，模式化的笑，勉强的笑，痛苦的笑，像是瞬间粘贴上去的经不住风吹雨打的笑……就算了，我们只需要真诚的笑、真实的笑、不由自主的笑、鲜活生动的笑、可靠的笑、泉水一样奔放的笑、惠风一样骀荡的笑、阳光一样温暖的笑、妙药一样有大补的笑。也只有这样的货真价实、实至名归的笑，才是人类信赖的基础、活着的信心和力量的源泉。

年年都有人在堆雪人

一声响亮的吆喝……男孩和女孩便被同一个梦叫走了。梦给他们准备了一个据说很宽敞很明亮很让人向往的地方，叫他们住了下来。从此，他们便结束了各自的漂泊和流浪。因为拥有了这同一个梦，并与这个梦朝夕相伴和睦相处，他们感到了前所未有的温暖。彼此，便变成了诗歌和音乐，相互地读，相互地听，百读不厌，百听不倦。就这样，他们靠汲取属于自己的诗歌和音乐快乐地活着，过了一天又一天。感觉，每一天都像是一个小盒子，一打开，便金光闪烁。

转眼，就到了冬天——时间就是这么快，就连他们自己也感到十分惊讶，太惊讶了，可惊讶也没有用，冬天的确是已经站在眼前了——雪花就是证明，雪花纷纷扬扬地飞着，就像他们的思绪纷纷扬扬地飞着一样。女孩不禁对男孩说，我们堆雪人吧？男孩听了，热情一下子便被点燃了，呼呼地燃烧起来了。一会儿雪人便堆好了——是个雪人，没错，标准的一个雪人。雪人的诞生总是很快的，至少比真人要快——女孩就说，我们给雪人起个名字吧，不能就叫它雪人呀。男孩说，好啊，我们，就叫它爱情吧，你看它晶莹温润、纤尘不染，也只有叫爱情了。女孩觉得这个含义很是不错，便嗯了一声，算是同意了。一致通过，就叫它爱情了。他们的爱情，看上去也的确是晶莹温润、纤尘不染的。

世间，也只有这个叫作爱情的雪人晶莹温润、纤尘不染了。好含义，人人都这么说。别人都这么说的时候他们自然是很高兴，就像是一只大喜鹊和一只小喜鹊，在飞啊飞。

飞着飞着……你猜对了，飞着飞着，算起来也就是那么两三天的时间吧，太阳就出来了，男孩和女孩欢呼着、雀跃着，因为雪人在阳光下显得格外动人。可是又过了不久，雪人就开始慢慢地融化了，雪人不再是雪人了，雪人最终变成了一摊水，在地上，不流动，看来是懒得流动了。男孩和女孩又来到了这里，泥水把他们的鞋给弄脏了，都禁不住在心里埋怨，你埋怨，我也埋怨……然后，就都掉头走了。他们的背影，在黄昏里越嵌越深，星光发现了，用力拽也没能拽得出来。

从此，他们俩，就再也没有见过面，就好像他们从来没有认识过似的，就好像他们从来没有一起堆过雪人似的，就好像……

第二年冬天，就在同一个地方，又堆起了一个雪人，也是晶莹温润、纤尘不染的，可是，不是他们的。他们的雪人早就寻不见一点影子了。

男孩和女孩各自有了自己的一个家，家里又有了各自的晶莹温润、纤尘不染的孩子。孩子们渐渐地长大了，便继续像他们的爸爸、妈妈当年那样，堆雪人，堆得很卖力。可雪人，被时间轻轻一推，就又倒了，倒得毫不含糊，倒得毫不犹豫。

年年都有人在堆雪人。冬天堆，春天堆，夏天堆，秋天也堆。有的有名字，有的没名字，没有一个留下来的。那些被人搬到童话里的雪人，虽然没有化，却坚硬得不像雪人而像冰人，看上去都很不真实。世间的温泉越来越多，泪泉也越来越多。

岛上

忧伤的大河淌着淌着便汹涌了起来……从此，夜晚便开始了漂移，最后四分五裂，碎体变成了一座又一座的岛——叫岛，它们的名字，人们都是这么说的——于是，便有了船，有了孤岛上的人家，有了人家的或肥或瘦的日子……只是，谁也不认识谁，就像这座岛不认识那座岛，岛上的这棵树不认识岛上的那棵树一样。只有鸡鸭相识，风雨相识，雷电相识，日月相识……似是恋人，又似是冤家。今天和昨天，在相互忘记。那个整天在岸边练习钓鱼的人，钓竿弯了，他又直了起来。继续弯，继续直……最后，腰认为他是太倔强了，看不过去，就没和他商量，私自替钓竿又弯了下去，弯得，就像他身后的那条弯弯曲曲的小路。有一天黄昏，他对别人说，他钓起了一轮太阳，没人相信。最后，就连他自己也不相信了。这座岛上，什么，人们都不相信，只相信“不相信”这三个字。

风继续吹着，吹得很卖力……谁也不知道风吹的究竟是什么曲子，尽管听过无数遍了。一瞬间，他便被风吹得摇摇晃晃了。恍恍惚惚地，被风吹到了另一座岛上，岛中之岛上。正好有一桩丧事，正在那个岛上进行……他显然是看到了，那场面，却装作什么也没看见。送葬的队伍从他身边经过，正好有一群鱼儿也从他的眼前经过，可是，他却忘记了鱼儿，忘记了自己是为了鱼儿才来到这里的。鱼儿，转眼就消失了，消失得无影无踪。自此，他眼前的海域就再也见不到一条鱼儿了。据说，鱼儿都游到别人的梦中了。

眼前的世界，一片茫茫，有时绿，有时蓝，有时不绿也不蓝……岛上很冷，他突然就感到了，应该是，是的，应该是零下，此刻。滚滚海浪，却怎么也冲不走眼前的这些冷。

是的，海浪，来了，成群结队的。海浪的牙齿，磨得越来越锋利。他记忆里仅有的一块温暖，被咬得支离破碎。时间，也碎了。哗……哗……哗……哗……听起来，甚是热闹，他的心里却越来越冷清。世上，没有一个人认识他的这些冷清。他不愿变成一声海浪，把自己也给冲没了。他不愿提醒岛上的人们，海浪明天会更大，因为语言不通。更多的丧事，就注定是难免的了。可是，他不习惯去送葬，几十年了都是这样。

“花儿红了，你们看到了吗？为谁红的，你们猜到了吗？花儿红了，红了，真的红了，红了，你们梦到了吗？”不知是谁在唱，反反复复地就这么一句。他却记住了好多句，因为句子也有回声，有好多好多回声，也不知道这些回声是哪里来的。而今，他的记性依然特别好，是这样的。哗……哗……他再也熟悉不过的声音越传越近，最后把“花儿红了，红了，真的红了，红了”给覆盖了。他的泪，一滴一滴地流了下来。泪，才是红的。可惜世人色盲，都看成是无色的了。

用锥子去测量浑厚的大地

《庄子·秋水》曾云："是直用管窥天，用锥指地也，不亦小乎？"意思是说，这只不过是用竹管去窥视高远的苍天，用锥子去测量浑厚的大地，不是太渺小了吗？是的，以管窥豹、以郄视文、以偏概全、只见树木不见森林的错误，是再也不能继续光大了。因此，此刻，我想跟世人商榷的是：是金子就总会发光吗？在哪里都能发光吗？真的是这样的吗？

我们的世界上，总是有着太多太多的皮相之谈、耳食之谈、不经之谈、无稽之谈、谲怪之谈和欺人之谈。若是不拿出大勇将之彻底地推倒，就会有越来越多的人沦为拾人涕唾者，甚至沦为傻瓜。很显然，这是不值得提倡的。

还是让我们耐心地延伸到"人类学"的真切含义上来考量一番吧——人类史上，有数不胜数的光芒至今仍在严严实实的遮蔽当中。他们都是金子，而且都是纯金，而且都是稀世纯金，可是，又有几个睁开了自己的眼睛，擦亮了自己的眼睛，认出了他们是稀世纯金呢？人类的煞有介事，从来都是一流的。一旦到了节骨眼上，就都沉默了，事不关己高高挂起了。

说句肺腑之言，即使你是圣人，又如何？孔子那位至圣先师、天纵之圣、万世师表，在世时还不是四处碰壁，四处被嘲笑，又是遭鲁国驱逐，又是被宋国罚砍树，又是在陈蔡的边境上被围困。还不是一等再等一直等到了200多年后的汉武帝时代才重新被发现被认知？若是没有汉武帝刘彻的那句“罢黜百家，独尊儒术”呢？结果会怎样呢？还会有后来的大思想家、大教育家、“世界十大文化名人”之首孔子吗？

不禁就又想起了她——被称作“传奇诗人”的她，被视为“20世纪现代主义诗歌的先驱”之一的她，生前只发表了七首诗歌的她。尽管，她的一生中共创作了1800余首诗歌之多，并且写得美妙绝伦。可是，她却一直隐介藏形，隐若隐士。她说，外部世界如此喧嚣，绝大多数人都只有眼睛却没有眼力，我必须远离。因此，她从25岁开始，便弃绝所有社交，闭门不出，过起了修女似的生活，彻底地隐退到了她用自己的诗歌所建构的那个更为广阔的诗意世界里。她，便是在美国诗歌史上唯一一位与惠特曼齐名的诗人艾米莉·狄金森。众所周知，狄金森生前，是一直处于被遮蔽状态的。狄金森去世之后，被发现，被重视，也是十分偶然的。

奥匈帝国著名作家弗兰兹·卡夫卡、印象主义的先驱凡·高、天纵之才费尔南多·佩索阿……也都是金子，可是，他们生前，也一直都被掩埋着，而且掩埋得很深。要知道，有穿透力的目光，从来都是少之又少的啊。

是的，是金子就总会发光，很显然，只是一针麻醉剂。从麻醉状态醒过来再看，也就不难发现，若是没有光的照射，所有的金子都是发不了光的。将金子埋在泥土里，金子也就只能和普遍的石头一模一样，世人也就永远地感受不到它的存在了。发光的金子，永远都只是幸运的少数。太多太多的金子，在机缘未到之时，世人是普遍地看不见它们的闪耀的光芒的。

此刻，我忍不住要诘问：世界上的金子数不胜数，世人啊，请你告诉我，有哪一块金子是你自己去发现的呢？既然绝大多数人都缺乏发现的目光，都缺乏做伯乐的能力，那么，那么多的埋藏着的金子，即使都在地下或干脆就在世人的眼皮底下竞相闪烁，又有谁看得见呢？即使看得见又有谁有胆识有勇气有良知说出呢？有吗？

因此就说，是金子未必就会发光。金子大放光彩的必不可少的前提是，必须有人去发现它才行，必须有人去拂去蒙在它上面的厚厚的灰尘才行，必须把它放在它能够发光的地方才行。否则的话，金子也就永远地处于被遮蔽状态，永远也不可能发出夺目的光彩了。难道，不是吗？

又有一些『青年』被杀了

那些“青年”的名字叫树。别人都叫它们椰树，其实它们准确的名字叫霸王椰。霸王椰，很好听的名字。虽然它们虎气生生，随便一摇曳便能摇曳出一派亚热带的风光来，颇有霸王气象，却从来不称霸。因此，南宁的市民都喜欢它们。每当看到它们夹道欢迎的盛况，南宁的市民便会从心底升起一种荣耀，涌出一种感动，并禁不住向它们投去热切的目光。可喜欢归喜欢，荣耀归荣耀，它们还是逃不脱被杀的命运。它们被杀了，你看……它们被杀了。似乎没有几个人在乎它们的被杀，就像没有几个人在乎这个世界上每天出了多少重大车祸多少医疗事故多少意外灾难一样。杀人，人们都见惯不怪日益麻木了，何况是杀一些树，毫无反抗能力的树？明代薛己《医案·总论》里的“一日皮死麻木不仁，二日肉死针刺不痛”，便是这个时代的真实写照。天阴阴的，快要哭了。幸好太阳没在场，如果在场，不知会作何感想。它们，可是太阳看着一寸一寸地长高的啊，好不容易才长这么高的啊。从小长到大，只有太阳天天在照看着它们，对它们疼爱有加，没有比太阳更疼爱它们的了。

可是，太阳保护不了它们，即使太阳在场也保护不了它们，世人早就不把太阳放在眼里了，尽管从太阳那里得了不少恩惠。上帝……别提上帝了，上帝在关键时刻总是躲起来，还没发现吗。它们被杀了，虽说不是碎尸万段，可也差不多，你看，你看他们究竟是怎么杀树的吧——有人花了不少的钱，请来了大吊车，大吊车一把就揪住了它们的正在发愣的脑袋，还没等它们完全地明白过来，末日就逼近了，下面就开始狠狠地锯了，锯成了一米左右的样子；大吊车仍然恶狠狠地揪住它们的脑袋，似乎一撒手它们就挣脱了似的，往下放了一放，在下面等着的人就再锯，似乎带着快感地再锯成一米左右的样子……再放，再锯；放，锯……最后，好多个“一米”就像碎尸一样躺在地上了。满目疮痍，就像是一场激战之后战场上横七竖八地躺了很多的死不瞑目的尸体一样。

这是一个铁的事实，它们被杀了。2009年4月25日上午，它们被杀了。

杀树的全过程，我们全家都看得一清二楚。正好是星期六，都在家，都录在心里了。倍儿站在阳台上，看得呆呆的，可能心里和我一样，在想，好好的树，为什么要杀呢？我也不知道好好的树为什么要杀，只是无奈地叹了一声，然后对倍儿说：倍儿，你看，刚才那些树还活着，好好地活着，可转眼就被杀了，再也不能活了，它们再也看不到这个热闹的世界了。鸟儿的家也没了，可怜的鸟儿必须去找新的家了，要不，就成了流浪鸟儿。说得我和倍儿心里都怅怅的。是的，我和倍儿再次出去散步的时候，它们再也不能给我们遮阳了，瓢泼阳光无论怎么泼它们也无能为力了；它们再也不能给我们遮雨了，就是瓢泼大雨把我们浇死它们也徒叹奈何了……想到这儿，心里就凄凄的。

据说，这些高大魁梧、英俊倜傥的霸王椰活了才二十多岁。二十多岁算长吗？二十多岁不正是风华正茂的好时光吗？是啊，又有一些风华正茂的好青年无辜地被杀了。

据说，杀掉它们，是为了再造几个车位——几个车位，有那么要紧吗？是树的生命要紧还是几个车位要紧？人们的钱包越来越撑得慌了，有钱买车的人多了，也便拿它们来做牺牲了。也不知道这样下去，最终还能剩下几棵树。中国的树，本来就少，和人家许多国家相比，本来就少，少得可怜，中国人却和越来越少的树结下深仇大恨了，也不知道这究竟是为什么，究竟是愚昧还是变态？真的应该让一个又一个和树有仇的中国人去俄罗斯之类的城市好好看看，专门看树。人家整个城市，都在森林的怀抱里。好好地去看看人家是如何尊重树敬重树的，好好地去看看人家是如何和树做朋友的，从而让汗颜和羞耻留在自己的骨头里。

有文化的人都这样，没文化的人呢？

且听我说，说完了你再说。刚才我说的这件事，便是发生在所谓的有文化的一个大院里。当然了，杀的还不止这些霸王椰，后门以外的一些别的树，也被残忍地杀害了；有的，还被莫名其妙地锯成了半截树桩，十分醒目地竖在那里，就像墓碑似的——这样的“立碑”方式也真是独特啊——这就是“有文化的人”干的。

不禁就又想起了一件往事：有一年，我很小的时候，到一座山上去，看见一位老人正在那里伤心，眼里含着泪，差一点就哭出声来了。一问，才知道，是因为山上少了一棵树，有一棵树被不知什么人杀死了。当时我就想，山上有那么多的树，密密麻麻的，不止几十万棵吧，少了一棵树有什么大不了的，至于那么伤心吗。后来我才发现自己的无知，发现了自己的无知之后的我坚决地不那么想了，因为长大了的我终于理解了那位老人的伤心。一棵树一旦栽下，就和人类有了感情。因为树也是生命，杀死了一棵树就等于杀死了一条生命。生命和生命之间，是绝对应该用爱来牵着的，如果用无情无义来牵着，那就麻烦了，该死的就不是树而是人了。

还想起了许多的以树为友、真正热爱大自然的先人，他们才配说“树是人类的朋友”这样一句话。他们流汗，甚至流血，从某种意义上来说就是为了树越来越绿。

那些借别人的手去杀树的人，会像那位老人那样伤心吗？哪怕是片刻，哪怕是片刻的片刻，会像那位老人那样心存慈悲吗？也许他们会说，这是迫不得已啊。迫不得已的事可就多了，冠冕堂皇的理由可就多了，你迫不得已的时候干吗非要杀树干吗不把自己杀掉啊？你以为，你的生命就比一棵树更值钱更高贵吗？树死了尚且有很多用处，你死了能有什么用处？

南宁这座城市之所以被冠以“绿城”之名，离不开树的功劳，把树的功劳一点一点地都抹杀了，你还好意思叫它“绿城”吗？

三个支持系统不可缺一

无论是怎样的境遇，无论有没有社会的支持系统和家庭的支持系统，再难的事情也终究会过去。因此，请不要轻易地让自身的支持系统停止工作，更不要轻易地去放弃自己的生命。毕竟，任何一个生命都是来之不易的；毕竟，任何一个生命都是一次性的。轻易地就放弃了，它自然也就永远地从地球上消失了。

可惜，当我黯然地在说这些的时候，十三岁的赵影，已经是再也听不到了。

赵影，是甘肃金昌市永昌县七中的一名初一女生。因为一念之差，已于2015年12月28日毅然地去了天国。事情的来龙去脉，大体上是这样的：28日13时之前，赵影出了家门，准备去学校。13时10分左右，赵影的母亲接到了华东超市的电话，说，赵影偷了超市的巧克力，要求家长前去赔付。赵影的母亲连忙赶往华东超市，因身上只带了30元钱，而超市要求赔付至少100元，赵影的母亲只好转身去赵影父亲的爆米花摊点取钱。14时20分左右，赵影的母亲带着仅有的95元钱再次去超市进行交涉。就在交涉期间，赵影悄悄地离开了母亲的视线，一朵不祥的云也便越逼越近……15 时左右，突然传来了一个女孩从御山城市广场 E 座 17 楼跳楼身亡的消息，赵影的母亲赶到事发现场一看，跳楼身亡的，正是自己的女儿赵影。

据说，赵影的学习成绩一向很好。他们一家租住在永昌县城，靠父亲的爆米花生意维持生计，以及赵影和她的哥哥的学杂费。无论怎么说，事实是逼真的：一个鲜艳的生命，猝不及防地，就没了！

究竟，是谁之错？

华东超市实行罚款，乍一听，好像是没有错的，可是，据知情人士反应，他们做得有些过了：对当事人又是羞辱，又是推搡，又是威胁……当时旁边一个顾客实在是看不下去了，就说，看吓得，差不多就行了。一个孩子，东西也还给你们了，批评也批评了，让她上学去吧。可是，超市的相关人员依然凶神恶煞一般——快点！不说出电话号码，就报警！把你抓了去！于是，赵影的母亲才出现在超市里，并接受超市相关人员的一顿劈头盖脸的训斥……难道，不是做得有些过了吗？

而赵影的母亲呢，也可能是因为超市相关人员的一顿劈头盖脸的训斥而积聚了太多的怨气吧，也便把所有的怨气不假思索、一股脑儿地都泼到自己的女儿身上了……这一泼，自然也便加重了事态的发展。

因此，请先不要急着去责备死者赵影。人死了，无论怎么责备，也是没有用的。心理学上说，一个生命的成长，离不开这样两个强大的支持系统：一个是家庭的支持系统，一个是社会的支持系统。特别是在关键时刻，支持系统的脆弱甚至缺席，很可能会导致一个人的整个生命系统的全面崩溃。很显然，赵影事件就是一个很典型的例子。当赵影在双重的挤压之下，伤心、屈辱、坏情绪超过了自身所能承受的能力的时候，绝望情绪自然也便不请自至了。如果，在这关键的关键，自身的支持系统还在发挥作用还好，万一不发挥作用了，最终，也就只能是无望的滞留和悲剧的诞生。

是的，赵影只是一个十三岁的女生，她的心智还不够成熟，至少没有我们想象得那么成熟。既然不够成熟，那么，她的自我支持系统肯定就是不完善的。她不可能会知道，生命的支持系统中，最重要的，莫过于自我支持系统。如果自我支持系统停止工作了，自己都不支持自己了，最终的结果，也就可想而知。因此，才有了前后那两个“一念之差”，才有了那世界上最昂贵的巧克力，才有了我们的痛思……

赵影是一个穷孩子，也许她还没有吃过一次巧克力，也许她刚刚受了某本书或某篇文章中的关于巧克力的美味的动人描写的诱惑，也许她是因为刚刚看到了街上的一个正在吃巧克力的人的脸上的陶醉而突生向往，也许她是真的饿了——据说，中午，她回到家里之后，看到家里没有东西吃，是什么东西也没有吃就出了家门的——才鬼使神差地跑进了那家超市……可是，万万没有想到的是……

我的思绪，缓缓地，再次回到了1935年——时任纽约市市长拉古迪亚正在法庭上旁听一桩面包偷窃案的庭审。被指控的，是一位老太太。当法官问她是否认罪时，她说："我那两个小孙子已经饿了整整两天，这面包，是用来喂养他们的。"法官秉公执法，最后裁决："你是选择10美元罚款，还是选择10天拘役？"无奈的老太太只好选择了拘役，因为她根本就拿不出10美元。如果能拿得出，又何至于去偷仅值几美分的面包呢？审判结束，趁人们还没散去，拉古迪亚市长从旁听席上站了起来，脱下自己的礼帽，往里面放进了10美元，然后，对着在场的所有人大声地说："现在，请各位每人交50美分的罚金，这是为我们的冷漠所支付的费用，以惩戒我们这个要老祖母去偷面包来喂养孙子的城区。"法庭上一片肃静，在场的每一位，包括法官在内，都默不作声地拿出了50美分。拉古迪亚市长之所以做出了这样的举措，完全是因为，他觉得老太太偷面包并不是一起简单的个案，它理应引起全社会的关注。如果不这样，社会上肯定还会再次甚至再再次出现类似的"老太太偷面包现象"。而要从根本上解决类似的问题，就必须致信总统罗斯福。信中，拉古迪亚市长是这样向罗斯福总统发问的："为了解决孙子的饥饿，老太太做出了偷面包的被迫之举。难道，你身为总统，就没有半点责任吗？老太太偷面包，说明政府在社会保障体系等问题上，存在着许多亟待解决的地方！"最后，他写道："一个人为钱犯罪，这个人有罪；一个人为面包犯罪，这个社会有罪！"仔细想想，拉古迪亚市长并没有小题大做，他所说的"一个人为面包犯罪，这个社会有罪"，难道，不应引起我们的深思吗？

列宁曾经说过这样一句话："年轻人犯了错误，上帝都会原谅。"设想，若是华东超市给予未成年人赵影一定的原谅，用另一种语气而不是冷冰冰的甚至像是审问犯人似的语气对她这样说：小姑娘，知道在超市里随便拿东西是不对的吗？这次，看在你年龄还小的分上，就原谅你了。以后，可不要再这样了啊……还会有让人痛心的事情发生吗？

当然了，无论怎么样，无论社会的支持系统和家庭的支持系统是不是在场，赵影也是不该轻生的。关键时刻，自我支持系统的缺席，自然是赵影弃生的主要原因。若是赵影的自我支持系统一直保持着完好，自然，也就没有她放弃了自己的生命之后父母的悲绝以及众人的悲悼了。

付出为生命加冕

且不说成就一番丰功伟业了，就是活得有个人样，具有一般意义上的人所没有的气质、眼光、胸怀、灵魂形象和内在风度等，也是离不开必要的付出的。付出得多就有可能得到多，付出得少自然也就得到少，这是肯定的。付出为生命加冕，这是肯定的。

付出是活得精彩的先声。付出了，汗水洒下了，生命之树才会根深叶茂。古时候，很多人都羡慕皇帝，以为万人之上的皇帝总是悠然自得、安闲自在的，岂不知，皇帝也是要付出的。据可靠史料记载，乾隆皇帝上午处理要务，午餐之后便开始读书或写诗，从来都是把文化实质看得高于一切。他几乎每天都要写诗，一生中共写下了四万两千多首诗，相当于一部“全唐诗”。试想，作为一位天上天下、朝里朝外、唯我独尊、一呼百应的皇帝，他缺名吗？他缺利吗？显然不是，他肯定只是抱定了这样的一个理念：人活着，无论位居多高，也是要付出的。如果不付出，拒绝洒下自己的热血，那么，也便只有一个结果：空虚，无聊，苍白，乏味。至于活得精彩，那就是根本不可能的事了。

付出是活得壮美的前提。付出了，热血洒下了，幸福之花才会姹紫嫣红。皇帝尚不敢稍有松懈，皇子皇孙们又何尝不是如此？都知道，皇子皇孙们一向都是把文化涵养作为自己的头等生命要素的，因此，他们每天清晨四点便准时起床，五点便准时赶往皇家书院接受严格的教育。就拿乾隆皇帝的孩子们来说吧，他们每年只有五天的休息时间，除了学习满文、蒙文、汉文，还要学习四书五经、诸子百家的学问，以及天文、地理、数学、物理、化学、武术、骑马、射箭等。难道，他们不懂得安逸吗？生在皇室，活在皇室，即使他们懒得付出，幸福之花也是会朝着他们微笑的，可是，为了活得壮美，为了幸福之花永久地绽放，他们却舍弃了安逸，不惧任何艰辛，不留任何余地。

付出是活得无憾的保障。付出了，浑身的劲儿都使上了，成就之果才会愈加甜美。美国历史上第一位非洲裔总统奥巴马两岁便失去了父亲，从此便生活在孤寂之中。可是，他并没有就此沉沦，而是早上四点便准时起床，四点半便开始在母亲的悉心教导下畅游在知识的大海洋里。除了周末，天天如此。试想，奥巴马若是没有小时候的惊人的付出，后来会载着优等生的荣誉从哈佛大学法学院毕业并成为2009年的诺贝尔和平奖得主吗？

古今中外的伟大的思想家、哲学家、文学家、艺术家、科学家等，就更是一些因为付出而为生命加冕的典型了。祖逖闻鸡起舞、车胤囊萤映雪、勾践卧薪尝胆等是在印证“宝剑锋从磨砺出，梅花香自苦寒来”这个朴素的至理，法国思想家伏尔泰、德国哲学家海德格尔、智利作家波拉尼奥、西班牙画家米罗、美国物理学家奥本海默等也是在诠释“一分耕耘，一分收获”的具体内涵。他们，无不是既流汗，也流泪，更流血，用汗水、泪水甚至血水冲出了自己的生命的荣美和荣耀。

天堂和地狱之间，其实只是隔着一堵叫作“付出”的墙。付出真心才会收获真情，付出热狂才会收获热望，付出美意才会收获美业。

世间唯一可以证明的因果，便是付出和收获。耕耘永远都是收获之本，付出永远都是成功之道，亘古如斯，亘古不变。变来变去的，永远都是人心。付出为生命加冕，世界上，没有比这更动人的话语了。当然了，付出了不一定就会有回报，但要想有收获却必须付出。付出得越多，就越是有希望，就越是有效果，就越是有光辉。

本分重于函牛之鼎

纵观古今，人类文明的天平上，无论怎么少也是不能少了“本分”这一重要的砝码的。因为，历史一再地证明，本分重于函牛之鼎。本分不仅令世间众多的美景都黯然失色，而且让很多的存在都失去分量。

本分需要呵护。纵然，我们需要呵护的有很多，但本分永远都是重中之重，因为本分是做人的基石。上帝最为忠实的仆人约伯正是因为早就认识到了这一点，因此，即使是上帝以试炼的名义一再地考验他，从而让他变得又老又丑，房屋倒塌，家人全数被砸死，仆人也无一幸免，加色丁人抢劫了他的骆驼和羊群……他也绝不放弃自己的本分。如果我们不像约伯那样把本分呵护了又呵护，我们的生命自然就会搁浅在时间的沙滩上，任悲剧一再地践踏，并且永远也不得翻身。

本分需要坚守。无论我们需要坚守的有多少，也是不应该对本分漠不关心的，因为本分是成功的前提。诺贝尔和平奖得主特里莎修女正是因为早就参悟了这一点，因此才在世界各国的穷人身上一再地播撒爱的种子。即使是在很多人都不解甚至冷嘲热讽的情况下，她也依然带光行走。她去世后，人们发现她的全部遗产，仅有一部《圣经》、两件旧衣服和一双旧凉鞋……如果我们不能像特里莎修女那样把本分坚守了再坚守，我们的内宇宙就不可能会绽放出绚丽的爱心之花。即使绽放了，也经不住风吹雨打。

本分需要捍卫。即使我们有一万个理由，捍卫本分这块精神的黄金也是义不容辞，因为本分是幸福的护符。俄国作家托尔斯泰正是因为在很小的时候就完成了这份生命的大觉醒，因此才迈向了生命的大圆满。他很小的时候，他的大哥尼古拉就把一根写着人生秘密的绿棒埋在了山涧旁，并对他说，你找到了那根绿棒，你自然也就找到了人生的秘密……多年后，托翁终于找到了绿棒之后才发现，写在绿棒上的秘密便是“本分”二字的深刻含义，并用一生去捍卫自己作为一位作家的本分。如果我们不能像托翁那样把本分捍卫了再捍卫，即使我们像托翁那样是一位“伯爵”，我们也注定了是一个精神的乞丐和思想的侏儒。

才调逸迈的李白，名节无疵的范仲淹，在心中留下了神的一滴的美国作家亨利・戴维・梭罗……都是非常好的佐证。如果他们把本分弃之如草芥，他们就不可能会拥有一个崭新的世界，并得到举世的拥戴。因此，明末清初著名学者王岱舆在他的《清真大学》一书里就曾这样说过：“所谓本分者，乃本然之动静，虽长守而浑一，其理显则不同。”

放眼五湖四海，我们不难发现，每一个外射晶光的生命都是义无反顾地把“本分”作为自己的生命的护符的，每一颗内含生气的心灵都是死不悔改地把“本分”捧在自己的心上的。尽管，重于函牛之鼎的本分，有时候会增添他们的累相，他们却宁愿卸掉所有浮华也绝不卸掉“本分”这样一件生命中最为重要的行囊。他们深知，一旦卸掉了，生命就必然像一片飘零的黄叶那样无根无底，并且任时间的脚步肆意地践来踏去。

黑孩子用他那不再生锈的嗓子在唱

生来会唱歌，说的大概就是黑孩子了。黑孩子的声音，黑亮黑亮的，就像有月亮有星星的夜晚黑亮黑亮的一样。又黑又亮，你想象一下看吧。

只听，黑孩子用他那不再生锈的嗓子，继续唱道：“哪座桥上没有风？哪场风中没有景？哪些景中没有歌？哪支歌中没有梦？訇……嗒嗒，訇……嗒嗒，哪个梦中没有谜？哪番谜中没有痛？”

搅起了，许多风，都是有颜色的风。黑孩子在风中，继续穿行。趁他穿行的当儿我们可以清清楚楚地看到，黑孩子虽然皮肤很黑，像个黑人，而且是标准的黑人，可他的灵魂并不黑，不仅不黑，还光亮得很。不过，这个，只有很小的一部分人才能看到。宇宙里总有一些秘密，鲜为人知，应该说，这也是个秘密吧。秘密……没有秘密大概就不叫宇宙了，宇宙本来就是伴秘密而生的。黑孩子活着的任务，特别是这次出行的任务，就是再给宇宙增添一些秘密。

一说起秘密，黑孩子便觉得，每根骨头都在燃烧。黑孩子的歌，都是火焰烤熟的。黑孩子一闲下来就唱，这不，他又开始唱了：哪条路上没有坑？哪个坑里没险情？哪种险情不能躲？哪种躲法不英明？

他是躲过了许多劫的。没有办法，造化就是专门制造劫数的。躲过了这一劫，却很难躲过那一劫，往往是这样的。

季节，心情，都换了好几轮，黑孩子依然在唱。他唱啊——似乎，唱歌，就是他最大的爱好，或最大的瘾。从黑孩子那里我们可以得知，唱歌也是会上瘾的，而且，是很大的瘾，不能戒掉的那种瘾。黑孩子一路唱着，走去……黑孩子走去的那个方向，正好是百合花的芬芳飘来的方向。也就是说，黑孩子是逆风而行。想想看吧，逆风而行，这绝对是有力量的人干的事。若是没力量，是寸步难行的，走一步退一步也说不定，很多人就是这样一下子退回到生命的原点的。

这个逆风而行的黑孩子啊！

枯枝、败叶、石头、厄运纷纷砸了过来，正好砸在了黑孩子的脸上，甚至砸在了黑孩子的心上，黑孩子也并不觉着痛。不是黑孩子麻木了，而是黑孩子真的不再觉着痛了。有过大痛的人，小痛是算不了什么的。这个黑孩子，就那么走着，用他的脚步在弹拨着道路那根早已锈迹斑斑的琴弦。他听得出，那是大调，或长调——不是肖邦的G大调，也不是蒙古长调，而是他自己的大调或长调。认得出的，毕竟他的心上长着眼睛。

吴承恩笔下的玄奘也是这么走着的，歌德笔下的浮士德也是这么走着的，梅特林克笔下的蒂蒂尔和米蒂尔兄妹俩也是这么走着的……黑孩子突然想到。这样一想，黑孩子便走得更快了，而且越来越快。

在河边，黑孩子遇见了一位气宇不凡的正在垂钓的老人——谁知道老人是在垂钓什么，反正他的钓竿上连一块小小的钓饵都没有。也可能，老人本身就是一块钓饵吧——老人对黑孩子说，就像流水一样悠悠地说："孩子，适当地慢些，也许，才是好的，就像我这样。我也曾经像你那样，可是并不奏效，后来改了，鱼儿也便渐渐地多了起来。你看，这些鱼儿，多肥的鱼儿啊。"黑孩子望望老人那空空荡荡的桶，不知道老人为什么要这么说。也可能，老人的鱼儿都在河里吧，整条河里的鱼儿都是属于老人的。纳闷之余，黑孩子还是谢过老人，继续走他的路去了。路是走出来的，黑孩子从小就知道。

风，不断地把黑孩子吹醒。各人的路不一样，肯定不一样，黑孩子边走边想。黑孩子已经不再是那个没有思想的黑孩子了。

“哪朵云上没有雨？哪滴雨中没有诗？哪首诗里没有情？哪缕情丝没头绪？……”黑孩子又唱起来了。

的确，黑孩子是唱着走过来的。他的歌声是种子，撒了一路。或者换一种说法，一路上都是黑孩子的歌。只是，那些歌，他是唱给自己听的。好也罢，孬也罢，自己总不会嫌弃。

好多日子，就那样跟随着黑孩子，去了。日子也长着脚，只是没像黑孩子那样，长着一颗会唱歌的心。

黑孩子越走越远，直到我们听不见了他的歌声为止。很显然，黑孩子的歌声也走远了。

安安静静地待在家里

这个世界是越来越嘈杂了。眼睛里看到的是嘈杂，耳朵里听到的是嘈杂，手里塞满的是嘈杂，脚下踩到的是嘈杂，神经接触的是嘈杂，心里灌满的是嘈杂……全是嘈杂。嘈杂嘈杂嘈杂嘈杂嘈杂。呼吸的空气里也掺进了嘈杂。嘈杂下面，是成堆成堆的钩心斗角和尔虞我诈。

奈何?

“只要忍他、避他、由他、耐他、不要理他，再过几年，你且看他。”拾得和尚是这样说的。“人的一切不幸都来源于唯一的一件事，那就是不懂得安安静静地待在家里。”帕斯卡尔在《劳顿中的安宁》中是这样说的。不听智者言，吃亏在眼前。于是，你就听了他们的。

可是，再过几年，你且看他，他不仅没有退让一步，而且变本加厉了。你待在家里，却怎么也安静不得。无奈依然大大咧咧地使唤你，使你不得安宁。你就像一头困兽，从这边走到那边，又从那边走到这边；然后，再从这边走到那边，从那边走到这边……循环往复，周而复始。不知道的人，还以为你正在为一个重大的问题所折磨呢。其实，你是正在为这个世界所折磨。这个世界，是越来越让人无所适从了。

坐下来读书，读到一半，你就又搁下了。怎么也搁不下的，是你的思想。你的思想，搁在哪里才算是最安全呢？搁在U盘里，U盘坏了；搁在纸上，纸被虫子咬了；搁在心里，过不了多久，它就自动删除了……是啊，搁在哪里都不放心。这根本就不是一个让人放心的季节。在这样一个季节里，只能像别人那样，随风飘荡、随波逐流、随机应变、随声附和、随遇而安，大概才能活得好。可是，最终的结果，那不是就变成随葬品了吗？你仍然不愿意。不愿意，就会有一只手，想扭转你，说服你。这时候，你不拿出精力来去抗扭转，抗说服，你是根本活不下去的；即使活下去，也是赖活着。麻烦，就是这样产生的。人这一生，不能不跟麻烦打交道，可如果整天地跟麻烦打交道，那还不麻烦死了？想来想去，你就又后退了一步。后退这一步，当然是为了往前多走几步。

谁知道究竟能走到哪里？

就是那里了。有人说。可那里究竟又是哪里？

你等待着能够有一位高人出现，真真切切地告诉你，那里是哪里。可等了一年又一年，出现在眼前的却尽是矮人；要不，就是一些假冒的高人。你近乎绝望了。就在这个时候，你遇到了一种声音。那种声音，听来听去，最后确认是这样的：没有出息的东西！看清了，前方的那个出息！只要你往前走一步，它就是属于你的了！你一下子就醒了，醒了就再也睡不着了。噩梦，美梦，怪梦……就像模特走台步似的在你的眼前晃来晃去，晃得你骨头都痛。那种痛，是亘古的。你把自己拆解开来，又重新组装起来；组装起来，又重新拆解开来……整天地，就做着这样一件工作。正是这一件工作，使你认识了你，知道了你是谁，谁是你。你笑了一下，尽管笑得有些勉强，但毕竟是笑了一下。笑，离你越来越近了。笑一笑，十年少。看上去，你果真年轻了好几岁。用这好几岁的时光，赶上前面的那个大光亮，足够了。因此，你又笑了一笑。这一次，是笑在心里的。

就在别人像潮水一样群拥而上的时候，你却像礁石一样退出了。海鸥看着是好的，就送了一串音符给你。这串音符，直到现在，你还完好地保存着。你知道你保存下来的是自己的历史。翻开你的历史，说什么的都有，呜哩哇啦的。只有你自己心里最清楚，并不是你不喜欢激流勇进，而是激流勇进给你带来了越来越多的无奈。枪打出头鸟，你是彻底地明白了。因此，你不止一次地对自己说，算了，还是安安静静地待在家里吧。果然，就待在家里了。这不，待着待着，就有什么开花了。分明是泪水。泪水折射出来的，正是你所需要的。

从此，家就成了你的禅房，你就做了你自己的禅师。

亨利·戴维·梭罗从美国来找你的时候，你正在梦中。梭罗对你说，我的朋友，我的亲爱的朋友，你不认识我可我是认识你的，朋友你醒醒。可能你早就听说了，我也是把家当作禅房的，自从瓦尔登湖畔的小木屋落成了之后，它就是我的禅房了。从我的禅房里望出去，我望到的是整个世界。我这次来，就是想和你探讨一下，我所望到的那个世界。静静地，你听梭罗谈了一夜。听完了，你从你的窗口望去，一只鸟儿正衔着一个新世界在等你呢。

这个新世界，从此就成了你唯一的客人。

我不愿听到的竟然又听到了

树在雨里哭了，只是，它高低不让我看见它的眼泪；

树在风中死了，只是，它坚决不让我知道它的死因……

——题记

1987年3月，33岁的女诗人蝌蚪在自己的寓所里把静脉交给了锋利的手术刀从而让生命永远地停在了那一刻；1989年3月，25岁的诗人海子在山海关卧轨跟着一列火车去了一个非常陌生的地方；1990年10月，28岁的诗人方向在自己的家中服毒从此就踏上了不归之路；1991年9月，24岁的诗人戈麦跳入北京的万泉河同时也跳进了另一个巨大的深渊；1993年10月，37岁的诗人顾城在新西兰的激流岛上吊同时也吊在了一个永远的谜里；2004年6月，20岁的女诗人谌烟在衡阳家中服毒从此变成了天上的一缕云烟；2005年11月，34岁的诗人周建歧在滦南家中喝药就此和生有了难解的分歧；2007年10月，30岁的诗人余地在宜昌家中割喉驾鹤西去久唤不归……与诗歌打交道这几十年来，如此揪心的消息不断闯入我的耳中，我都恨不得，把自己的耳朵摘掉了——可真的摘掉了又有什么用？默默地在想，在想……在祈祷，在祈祷……我再也不愿听到这样的消息了！再也不愿了！泪水，毕竟是很有限的，我真的不想把我的很有限的泪水用在如此让人恸然的事情上！

可我不愿听到的消息又听到了——8 月 1 日上午，29 岁的诗人吾同树在东莞家中自缢了！心里，猛地咯噔一下，就沉沉的了，就像是突然坠上了一块铅，沉沉的，很沉很沉的！我无法形容这样的沉！所有的语言，瞬间都失灵了一般！

吾同树，我没有见到，但他向我约过稿，感觉还是很近的。至今，我的邮箱里还睡着他的邮件，睡着他的真诚与热忱，睡着他的问候与祝福……他的诗当然我也是读过的，那是一些一下子就能够把心灵距离拉得很近的诗。才 29 岁，就彗星一样消失了，永远地，消失了。从东莞出发，到我们都陌生的一个地方去了……

此刻，我在呼唤你的名字——小树……你在给我写邮件的时候，署名常常用的就是这质朴而又亲切的“小树”。轻轻地，我呼唤——小树……一声又一声，却没有任何回声，就像万物都死寂了一样。我知道，小树你是睡着了，安静地睡着了，从来没有这么安静地睡着了。

如果不是你急急地就睡着，我们还可以在未来的诗会上相见，我们还可以在许多的诗歌的版图上相见……可是，小树，你真的是睡着了，那么多的朋友都在告诉我——小树你睡着了。

你干吗要这样，小树？你干吗要对一个手无寸铁的诗人这样，命运？

我想再给你写一个邮件却没人读了，尽管你的那个邮箱还在！我想争取一次和你共饮的机会却再也争取不到了，尽管我的心愿还在！

你的笔名叫“吾同树”，谁都知道，它的意思是“我如同一棵树”——你怎么这么快就把你这棵年轻的树伐倒了呢？百年老树很多很多，你为什么就不能成为一棵百年老树？

你的原名叫曾桓开。“吾同树”这个笔名的来历，据说有两个——一是为了纪念你儿时的一个“耻辱经历”。你曾经这样说过：“读小学时，常和伙伴到一片梧桐林偷摘果子去卖钱。长大了才知道，这片梧桐林的主人是一个老人，梧桐果是他供儿子上大学最主要的经济来源。后来他摘果子摔死了。我很难过，为了永久纪念这件令我感到耻辱的事，我就把‘梧桐树’作为我终身的笔名。我现在的心还很不安!”后来你就干脆去掉了“梧桐”的偏旁，这是因为，当时你读到了沈尹默的《月夜》“爽风呼呼地吹着/月光朗朗地照着/我和一棵顶高的树并排站着/但并没有靠着”……你说：“多完美的意境啊!独立的、具备深刻意味的树，和一个外在的、凄凉的世界，对立而又统一。我只想做一个独立的，和喧嚣的世界保持一种适当距离的写作者，一步一步去实现自己的梦想。但好像很难，烟尘总会扑面而来……”你这样说的时候，声音显得有点沙哑，但仍能听出你淡淡的笑声和内心的激动。你最后强调，你是一个客家人。赶路似乎是宿命，写下的诗歌就像是风吹动你身上的树叶子，发出了声音。

反正无论怎么说，你把自己看成了一棵树，并且十分谦逊地把自己看成了一棵正在成长着的小树。小树就容易受伤，真的是这样的吗?

不管怎么说，你这次伤得实在是太重了，无论如何也不能挽回了!

小树，我听说你是太累了——这年代，诗人哪有不累的?——你为了给诗人争一口气，让亲人和朋友们免去更多的担心，就一边好好地写诗，一边东借西借好不容易凑齐了10万元支付了首期房款、律师费、契税等在东莞按揭买下了一套复式房，可万万没有想到，这套终于到手的复式房把你一下子给压垮了。你在你的随笔《同是房奴沦落人》里这样写道：“从来没有这么花过钱，但花得很疲倦。”据知情的朋友和我讲，你要每个月还2000多元的房贷，连供20年才能摆脱身上的重压。“供到那时候，差不多都有白胡子了吧。”当我读到这里的时候，也禁不住和你一起慨叹了。不知情的朋友肯定不知道，你的老家在梅州偏远乡村，你17岁就失去了父亲，你和妹妹两个人全靠母亲的两只手在艰难地托举着。2005年7月，你从暨南大学中文系毕业后，因为没有好的家庭背景，也没有一个人肯真心地来帮你，你就没有找到一个称心的好单位，最后就不得不去了东莞公司。也可能是那个公司不太适合你吧，你后来干脆去了深圳，咬着牙和另外两个朋友注册了一家文化传播公司，做起了公司的老总，想创出一番辉煌的业绩来。可老总并不是那么好做的，人生地不熟，你连一点关系都没有——做这等事，怎么可以没有关系呢?写诗可以没有关系，反正写了不发表也可以；可是，做这等事怎么可以没有关系呢?最终，你当然是步履艰难了，尽管你始终紧紧地咬着你的牙——如果一帆风顺的话，你也不会有一座大山一样的压力了——做不下去了之后，你就在2008年年初回到了东莞，回去之后就失业了，失业了的你就全靠女友不多的薪水维持着艰难的日子。这滋味，自然是很不好受的，很不好受很不好受，只有你这当事人自己才能体会其中的全部况味。你体会来体会去，就有些灰心了。灰心之际，在一位叫赵原的朋友的介绍下，去了《文化周末》编辑部。也可能是心里的积云太多了吧，刚去才四天，一朵不祥的云便把你的整个生命给彻底笼罩了。最终，你就做了这种最最下策的选择了。小树啊，小树……我想骂你，可是，想骂也骂不出来了。据《文化周末》编辑部的一位负责人介绍，你给人的感觉，很内向，很儒雅，很单纯，这让他想起了过去的自己。他是本想从江西探访生病的母亲回到报社后就安排你做一些更适合你的专题的，可是没有想到……

谁也没有想到自杀这件事会轮到你！“自杀”这件事和任何一位诗人联系在一起都是让人无论怎么想也想不到的！可是没有想到的事，竟然还是发生了！而且，发生在了你的身上——小树！

一只鸟，在层云上飞
那疲倦的身躯、迷茫的眼神
只能被云朵的灰色遮蔽
或许云有多么脆弱，然而
他无法穿透，他的力气已将用完
内心的虚弱，更能感觉天空的缥缈
努力地扇动翅膀，依旧没能绕过
雷电潜伏在云的周围
他爱的人都在下边
大地上熙熙攘攘的过往
他们无法飞起，沉溺其中——
幸福和苦痛，在尘嚣中难分彼此
雨下了，寒凉的雨丝
没有零落的羽毛
再无孤独的影子
之后，天空像新鲜的蓝床单
而大地，继续像垃圾场
物质坚持物质的腐烂
梦在无形地蒸发，一切在缓慢地
消失，于相近或遥远的未来。

这是你走的前一天写下的一首诗，标题叫《消失》。读着读着，我禁不住怅然丛生。

你从16岁开始发表作品。这10多年以来，《诗刊》《星星》《诗歌月刊》《北京文学》《飞天》《作品》《鸭绿江》等许多报刊都出现过你的名字，你还被《诗选刊》评为“2007年·最具活力的20位青年诗人”之一。可这些，又有什么用？诗歌是养活不了一位诗人的。无论多虔诚，无论多痴迷，也养活不了。抱着能养活的天真的想法出发的诗人，最终肯定会饿死，甚至死得很难看。因为事实早就证明了，而且反复地在证明，你信也罢不信也罢。果然，小树，你信了吧？

诗歌是高蛋白，没人会否认，可这高蛋白只会对心灵起作用，如果用到生活上——我是说物质生活而不是精神生活——就不见得起作用了。这便是诗人在这年代里越来越尴尬越来越无奈越来越辛酸的理由。想把这个理由移开一点的诗人当然有很多，可没有一个能够移得开的。自以为移开了，这个理由的影子也还在心里继续存活着，悠荡着……一旦这个影子壮大了，自然也就危机四伏了。

有人说“诗人很脆弱”，其实在说“诗人很脆弱”这句话的时候已经掺进了“现实很坚硬”这个意思了。不去碰坚硬的现实还可以，如果去碰呢？谁又敢说你这一生不去碰坚硬的现实一下？你不去碰坚硬的现实还来碰你呢，谁又能保证最终不会被坚硬的现实碰出一个非正常死亡来？

在现实面前，你曾经“妥协”过，强迫着自己去给人做家教，用做家教赚来的不多的钱贴补你的生活。可是，你差点就把自己的生命交给了那场家教。那是2002年11月的一个夜晚，你做完家教回来，途经一个商场，就在这时候，一辆失去了理智的摩托车让你一下子和死神有了一厘米的亲密接触。后来，你气喘吁吁地跑到了你的老师容浩那里，把这个险遇告诉了他……好心的容浩便一再地安慰你，说“大难不死必有后福”，还鼓励你大胆去追你的一个叫斐的师妹来分享你的“后福”。据说，这是你真正意义上的初恋的第一步。

可是，你的“后福”呢小树？你怎么就一个人独享去了呢小树？是不是你觉得那根本就不能算是福？你是一个苦孩子，诗歌又给你增添了太多的苦，我知道你是太渴望福了，福却离你越来越远，越来越远……

此刻，我很难把你和福画上等号了！就是约等于，我也画不出！

诗人本来就是一个纯真的孩子，他爱玩你就别管他了。不管他他玩火怎么办？玩得大家都伤心了怎么办？可是，可是……生比死还要难啊！谁不想好好地活着啊！

是的，我伤心了，我的心情很沉重很沉重！因为我的诗人朋友们该好好活着的却坚决不活了，活着的也大多活得不轻松不愉快！难道，诗人真的就是苦难和不幸的代名词？苏格拉底说过，自杀是违法的，可哪个想轻易地去把自己唯一的生命交给可怖的死亡啊？

不想再说这些了，越说就越黯然！此刻我除了向你——小树的灵魂——道一声“安息”，还能再说什么？我是宁愿把“安息”两个字换成“安生”两个字的啊！

小树，近些天来我一直很忙，忙于《作文选刊》第9期的终审，可是，我再也审不下去了！都是你惹的小树！眼下我只有一遍一遍地重审“诗人”和“生存”这四个字的深刻含义了！可是，小树，这并不是我想做的，并不是我想做的小树！

因为你太好了，上帝便把你叫走了
觉得你住在天堂里比住在人间更合适
因为你太好了，上帝便把你装在那个独一无二的小盒子里了
以免你的灵魂再度被风雨弄伤被雷电弄痛
你是在跟我们比赛看谁睡的时间更长吗？
朋友，我们是怎么也比不过你了！
……

小树，我的这首旧作，好像是为你准备的，可我真的不愿将它和你的名字焊接在一起！小树，当你在天堂里长成参天大树的时候，我就只有把那些阔大的叶子当成你新写的诗歌了！

仲尼在流浪

天，不阴不阳。时不时地有几只乌鸦叫着飞过，也不知道是在叫什么。仲尼望了望天空，马上就把目光收回了。仲尼的目光里，明显地写满了茫然，甚至悲凉。

仲尼已经先后跑了一百多所大学。他想去任何一所大学的文学院做一名教授，或者说是副教授，或者说是讲师，哪怕是退而求其次的其次，做一名助教也行。可是，竟然没有一个校长给他好脸色。有的连眼皮都不抬(明摆着是非常瞧不起他)，有的一个劲儿地打哈欠（明摆着是对他很不感兴趣)，有的说我马上要去开会了(明摆着是在赶他走)，有的干脆把他当成了疯子或傻子或神经病或瘟疫不留任何情面地把他给赶了出去……只有一个，态度还算是稍微好的，打着官腔、慢条斯理地对他这样说：仲尼同志啊，你的大名呢，我自然是早就知道的。可是，唉，可是，我们还是说关键的吧，说得直接一点吧，不要说是博士文凭、硕士文凭了，你是连个中专文凭也没有的哇。不瞒你说，我们这儿呢，如今招聘老师，是必须有个博士文凭甚至博士后文凭的。一刀切，没办法，因为要求就是这样的。再说了，你一没论文二没论著，在我们这儿做教授也是必须有论文有论著的啊。要不，怎么能说得过去呢？何况……还是容我直说了吧：刚才我看了一下你的简历，什么“大思想家”“大教育家”啊，什么“儒家学派的创始人”啊，什么被列为“世界十大文化名人”之首啊，什么被尊奉为“天纵之圣”“天之木铎”“孔圣人”“至圣”“至圣先师”“大成至圣文宣王先师”“万世师表”啊，什么“最博学者之一”啊，什么“其儒家思想对中国和世界都有深远影响”啊……你把自己吹到了天上去，这，也太不谦虚了吧？这已经不是不谦虚的问题了吧？做老师，起码，在德上是要过关的吧？“道贯古今，德配天地”啊！说得仲尼马上就脸红了，很不好意思地告辞了。

仲尼，在路上，就像一片飘零的黄叶。很多人，都用奇怪的眼神在看着他，就仿佛，他不是一个人，而是一个怪物。

是的，他像极了一出悲剧里面的人物。说是比流浪汉还要狼狈，并不过分，一点也不过分。有那么一刹那，他也是想到了自杀的……好在，他的修养和觉悟也还是有的，因此，他马上就又镇静了下来，拿残余的信心去敲响了一扇又一扇门……仲尼一次次地被保安赶到了大街上。如果他不赶快走开的话，走得稍微迟缓一点的话，保安就要拿污水泼他了，甚至拿棍子敲他了……他欲哭无泪。只觉得，自己简直就是一个多余的人。迷迷糊糊地，他就睡着了，做的全是噩梦。在马路边睡了一夜之后——好在，这次，没有城管来骂他、打他、赶他——他饿着肚子，继续去找工作。没个饭碗，早晚有一天是要饿死的，他懂得这个十分浅显的道理。

走着，走着，他便看见了马路边的一所中学的牌子，犹豫了一下，便迈开灌了铅一样的双腿，走了进去，直接地去了校长办公室。他不想耽误校长太多的时间，便直接开口了：“校长先生，我叫仲尼。在教学上，我还是有一定的经验的，毕竟，我带过三千多个学生……你看，我可不可以在贵校做一名语文老师？或者，做一名德育老师？”看来，校长是个直性子，马上就接上了仲尼的话：“仲尼？你就是仲尼？现在的骗子可也真是数不胜数啊！我怎么才能相信你不是一个骗子呢？再说了，即使你是仲尼，就算你是仲尼吧，我也不跟你计较那么多了，我知道，你也是没有学历的啊。现在进我们学校的，至少也是要有个本科学历的，你没有吧？肯定没有吧？既然没有，如果我收下了你，学校员工还以为你是我二舅呢，走了后门呢，我收了你多少多少礼呢，我还怎么继续在这儿做校长啊？不成了一个天大的笑话了吗？”又碰钉子了，仲尼又拖着疲惫的双腿继续走在了寒风吹送的大街上……

拐过去，就是一所小学。仲尼怀着试试看的心理，有气无力地走了进去——好在，保安睡着了，要不，肯定又被赶苍蝇一样赶出来了——有个正在蹦蹦跳跳的小朋友对他说，爷爷，校长办公室，就在那，那——很显然，校长没有那个小朋友热情：我们这儿不缺老师！即使缺，你也是不够格的！你觉得，你够格吗？这里有镜子，你照照，你够格吗？唉，人，贵有自知之明啊！你怎么连起码的自知之明都没有呢？可也真是可怕啊，可怕啊，可怕啊！人没有了自知之明，难道还不够可怕的吗？仲尼苦笑了一声，说，抱歉，那我打搅了。校长说，你的确是耽误我做事了。你再不走，我也是要赶你走的。

突然，一阵熟悉的声音灌入仲尼的耳中：子曰："知之者不如好之者，好之者不如乐之者……"仲尼一阵激动，甚至一阵惊喜，心里在想，去培训机构的国学班做一个国学先生也是很不错的啊，于是，就抖擞了一下，大步走了进去……"唉，唉，我们这儿不要老头的！你也不看看，你多大岁数了？老子曰，知人者智，自知者明。我看，你是既不智也不明啊！像你这样的既不智也不明的人，又怎么能教得了国学呢？笑话！笑话啊！可也真是天大的笑话啊！这个年代，可也真是什么笑话都有啊！"转眼，仲尼就又被吐口香糖一样给吐了出来，吐在了熙熙攘攘的大街上。

仲尼哭了，是在心里哭的。男儿有泪不轻弹，他管不了那么多了。

仲尼深一脚浅一脚地走在大街上，风，怎么也抹不去他的泉水一样的泪水。只想回去，可是，两次遭鲁国驱逐、卫国也不让他停留、宋国罚他砍树、在陈蔡的边境上被围困、去齐国谋求出路同样四处碰壁等的屈辱经历，历历在目。他犹豫了，不知何去何从。

三天之后，人们发现，有个高个儿老头死在了大街上。看他那骨瘦如柴的样子，很显然，是饿死的。苍蝇啊，蚊子啊，对死去的他倒是蛮热情的，一个劲儿地围着他唱赞歌。

从测量自己的小宇宙开始

宇宙深不可测。人生也是。看透人生，就像看透宇宙一样，这很难，无论手中有多少先进仪器。所有的“看透”，其实都只不过是盲人摸象。我们人类以偏概全的错误，由来已久。

考察过许许多多的思想家、哲学家、艺术家、宗教学家、心灵学家、人类学家、社会学家等的论断，最终发现，他们的所谓的看透都只不过是只鳞片爪，甚至连只鳞片爪都算不上。他们，充其量只是提供了一种十分有限的可能性，而已。但是，我们仍然要思索，因为人本来就是会思索的动物。只是，这思索的功用，仅仅能抵达“认识自我”的岸边就很不错了，鲜有抵达“认识自我”的中心的。这就是人生的悲剧。人生，从根本上来说，是一场悲剧。因为，想做的事情实在是太多太多，而能做的事情又实在是太少太少——对比如此之强烈，简直可以用海洋和滴水来形容。

想想看，近三万天，你能做什么？能做多少？还没等做好一件事，人生就匆匆地画上句号了。这个句号，可不是圆满的象征。从这层意义上来说，心有不甘的居多，死不瞑目的居多。

有人说，还是顺其自然的好，造化把我们带到哪里我们就跟到哪里，随它去；有人说，还是拼命劳作的好，这样也好尽量减少一些遗憾，求得一份心安……也只是，一个说法而已。说法之外，定有许多玄机在管着，管着我们整个人类的历史，也管着我们每个生命个体的历史。历史，往往是一笔糊涂账。账本翻过了，要想再重新翻过，难了，很少有人有这等额外的兴趣。即使有，也大多没有这等闲工夫。因此，就别信幼稚可笑的历史了，什么历史也别信，只信现在，现在是通向未来的唯一途径。避开这个途径的人，肯定也就避开了未来的生活。所有自绝的人，说到底都是避开了这个途径的人。细数看看，没有哪一个是例外的。他们走了，他们的身影成了我们看得见的一种醒目的警示，只可惜，这种警示被我们看着看着就看模糊了，犹如宇宙本身一样模糊。大多数人过的，其实就是模糊的日子，只是嘴上说不出这种含义而已。嘴巴不仅仅是用来说话的，它更多的时候是用来不说话。上帝给了人两只耳朵、一张嘴巴，就是让人多听少说。很多人到死才明白。反正明白也好不明白也好都是人生，只要活出自己的感悟和意趣来。这感悟和意趣，说穿了，就是生命的质量和生活的质量，双重的质量。有些人只有生命的质量却没有生活的质量，有些人只有生活的质量却没有生命的质量，都是让人遗憾的。最好的人生，当然是生命的质量和生活的质量都不放过。唯有这样，才不枉为人生。

不枉为人生，就首先要解决一个自我满足的问题。这个自我满足的问题，是美国作家海明威用生命换来的，代价不小。

2002 年 1 月 13 日，海明威的代表作《老人与海》中的主人公的原型富恩特斯离开了世界，享年 104 岁。第二天，世界各地便有 27 家网站抛出了这样一个颇有意味的问卷：“有一个人，他几乎什么都有，论地位，他是享誉世界的大师级人物；论荣誉，他是诺贝尔文学奖获得者；论金钱，他的版税在他成名之前就已使他成了富翁；论爱情，几乎每一个美国的女人都欣赏他爱慕他，愿意为他奉献一切。在他的国度里他享有充分的自由，他爱到哪里就到哪里，哪怕是敌对国家也热烈地欢迎他。总之，他是一个令世人瞩目和羡慕的人。可是，就在他成为诺贝尔文学奖获得者后不久，他却用猎枪结束了自己年仅 62 岁的生命。而他的一位朋友——一个靠打鱼为生的渔夫，却悠然地活到了 104 岁，颐养天年，无疾而终。请问，为什么一个拥有一切的人却选择了死亡，而一个几乎一无所有的人却选择了活着？假如你已经知道了答案，就请发给我们，我们愿意把你的答案刻在这位诺贝尔文学奖获得者的墓碑上。”问卷公布之后，各家网站得到的回复日平均400多条。过了一段时间，各家网站根据点击率，公布了他们最终选定的墓碑内容：网站1——墓碑的正面：人生最大的满足来自于对自然的追求；墓碑的背面：一个人一旦在自己所从事的领域达到了高峰，就会有一种空前的寂寞感，这种寂寞感所带来的迷茫和绝望会把一个人送进天堂。网站2——墓碑的正面：成功也是一件非常可怕的事情；墓碑的背面：人人都追求成功，其实成功的背后往往隐藏着魔鬼，而失败的背后才有一个救命的天使。网站3——墓碑的正面：无话可说；墓碑的背面：生命是一种太好的东西，好到你无论选择什么方式度过，都像是一种浪费。其余的几家网站还在陆续公布答案，不过人们对此已经失去了兴趣，因为那位渔夫富恩特斯的独生子在此期间公布了一封信，是海明威去世前一天写给他的父亲的，并交代让他帮着刻在墓碑上。信中是这么写的：“人生最大的满足不是对自己地位、收入、爱情、婚姻、家庭生活的满足，而是对自己的满足。”

满足，实在是有多种多样，但所有满足最终都集中在了这个自我满足上面，自我满足永远都是所有满足的核心。因为所有哲学都在教人认识自我，把握自我，实现自我，超越自我，这个众我当中的自我才是最最重要的。如果抛却了这个重中之重的自我，即使一切都满足了，自我也会出现大裂痕，在一瞬间砉然倒坍。因此，自我满足，永远高于任何满足。

美国著名社会心理学家、人格理论家和比较心理学家马斯洛的“需求层次理论”也讲到过“自我满足”这个问题，他说，心理学理论的核心就是教人怎么通过“自我实现”来满足多层次的需要系统，以达到“高峰体验”，重新找回被技术排斥的人的价值，实现完美人格。在马斯洛看来，生命个体作为一个有机的整体，具有多种动机和需要，包括生理需要、安全需要、归属和爱的需要、自尊需要和自我实现需要，但这其中的自我实现的需要是最具有超越性的，它将最终导向完美人格的塑造。

有的人什么也不缺，可就是缺乏完美的人格。很多事情，包括很多重大的事情，其实都是这个完美的人格在作怪。而完美人格的塑造，从来都离不开“自我满足”这个环节。把这个环节拿下了，人生之链不遽然而断才怪。

自我满足与自私无关。所有的人都自我满足了，别人还需要你来救赎吗？这个世界还需要你来拯救吗？救赎或拯救是上帝的事，不是哪一个人的事，硬要逞能，也逞不过上帝。上帝他老人家是会笑的。故而，还是先做好自己的事再说了。连自己的事儿都做不好，连自己的人生都乱七八糟的，你还能帮谁救谁？帮得过来救得过来吗？

东汉时期有一个名叫陈蕃的少年，他独居一室而龌龊不堪。他父亲的朋友薛勤看在了眼里，就问他，为什么不打扫干净来迎接宾客。陈蕃振振有词："大丈夫处世，当扫除天下，安事一屋？"薛勤当即反驳："一屋不扫，何以扫天下？"薛勤所说的这"一屋"，我们可以理解为"自我"，即生命这个小宇宙，连"自我"都整治不好，你又能整治什么？即使信誓旦旦地说要去整治，也是枉然，因为你已经露出"心有余而力不足"这个病象，悄然告诉人们你根本就缺乏这方面的能力了。这个能力问题，才是根本。并不是你想上天就能上天的，还要看你有没有扶摇直上的翅膀和力量。

大宇宙，我们没法测量，还是从测量自己的小宇宙开始吧。一边测量自己的小宇宙，一边计算人生的体积。知道了人生的体积，也便大体上知道该如何去运用了。这人生是要运用的，不运用，则生锈，甚至锈迹斑斑。锈迹斑斑的人生，能有什么光泽可言？从简单处说，我们的生命要的就是这光泽，就像日月要的就是光泽一样。有光泽的人生，才是真正有亮度能驱逐黑暗的人生。

对面的茑萝

对面的茑萝早就已经爬得有七楼那么高了。也不知道它究竟是怎么爬上去的。好像刚刚搬来时，它就已经爬得有那么高了。如果楼层再高一些的话，我想，它还会爬得更高的。它似乎天生就有一种攀岩的本领。站在阳台上看去，那幢楼的外面就像是涂了一层厚厚的绿油漆。经过了一年四季，风吹日晒，那层绿油漆显然明显地旧了——尽管不像北方的茑萝那样完全地改变了颜色，可也的确是旧了——这时候，春天便像往年一样，提着满满的一桶绿油漆，重新又把它漆成了新鲜的绿色，一种谁见了谁都会由衷地喜欢的绿色。由绿色打扮着那幢旧楼，旧楼就再也不显得旧了。相反，倒是多了一种神采，一些神秘。

每当写作写得累了，我总是喜欢跑到阳台上去，望一望那些茑萝，那些让人鼓舞的绿色。说它们是那幢楼房的毛发或外衣也可以。那些毛发或外衣，不仅装点了那幢楼房，也装点了我的心情。这时候，我的心情总是异样地好。就似乎，我的被那些文字一点一点地吸去了水分的心情又增添了许多叶绿素。我当然知道，这些叶绿素是具有吸收和传递光能的重要作用的，它们总是积极地参与着我的生命中的光合作用。生命中一旦没有了光合作用，那是会很可怕的，至少会导致一种苍白，甚至窒息。我始终牢记着这一点。因此，我感激那些叶绿素。说白了就是，我感激那些茑萝。茑萝。茑萝。我像默念着一位恩人的名字一样，默念着，茑萝，茑萝……我知道，茑萝的名字，就是我默念一千遍也是不够的。我期待着，当我默念到第一千零一遍的时候，它能够在我的生命里抽芽，并且爬满我的生命的四壁。最好是，风一来，我的生命就会飒飒作响，浑身是音乐。我知道，我所期待的，并非空幻。空幻从来都是有的，但在一个真诚的期待者那里，空幻也从来都是识趣的。它知道该如何在它告退的时候知趣地告退。这些，和空幻打过多年交道的我，当然知道。

似乎，并没有多少人像我一样地注意它，并对它充满非同寻常的兴趣。可是，它依然默默地施展着自己的才华，挥洒着自己的豪情。突然有一天，对，是中午，我看见一帮刚刚放学的孩子从那里走过。他们不约而同地仰起了脑袋——仰得那些小小的发光的脑袋都快要和大地平行了——其中一个说，哇，它们爬得可真高啊，我能爬得有它们那么高就好了。另一个说，我们家住的那幢楼也能穿上这样的绿衣服该有多好啊，这样的话，我就等于是住在绿色军营里了。我爸爸、妈妈就是首长，我就是“好兵帅克”了。有一个小女孩赶紧站出来十分骄傲地说，我们家就住在这幢楼里呀，嘻嘻，我是绿色公主。她的话立刻引来了许多的嫉妒。是的，住在这样的一幢穿着绿衣服的楼房里，也的确是值得骄傲，让人嫉妒的，特别是在这样一个绿色越来越珍贵的年代里。

我早就已经过了嫉妒的年纪。我只有欣赏。不远不近地，静静地欣赏着它。越是欣赏，我越是觉得，它是一种恩惠、一种赐福。而要承受这样的恩惠和赐福，的确，是需要力量的。一根杂草、一根鸡毛、一缕烟雾，肯定是承受不了它的恩惠和赐福的。于是，我赶紧走回了我的书房，又一次把我自己安置在了座椅上。没有人要求我这样，整天地坐在一个单人牢房里，和我自己过不去，是我自己要求我这样，和我自己较劲儿。我的面前坐着一个无形的人，我是在和这个无形的人对羿，掰手腕、谈判、辩论。我凭什么要输给他？平白无故地？在这样一件事儿上，我找不到任何理由。所有的理由，我都交给“念经”这一件事儿了。念文学的经，念大了年龄，念白了头发，念瘦了身骨，我的理由也还是充分的，并且无比充分。

“你就，那么迷恋它吗?”有一位朋友这样问我。

我不知道他所说的“它”，是指茑萝，还是指文学。可是我想，它指什么已经并不重要了，关键是，我在迷恋它了。是一种不可更改的迷恋。因此，我便借用日本禅学大师铃木大拙的话来这样回答他：“我不指望靠它来打发冉冉而逝的时光，我只是觉得在关注它时，我心里奇妙而又充实。”还有比“奇妙而又充实”更能概括我的幸福的吗？

如果，不能像茑萝那样，把生活这面墙壁装饰一新，那我们整天在生活这面墙壁上爬来爬去，就是爬得再高，又有什么用？

智力的健全依赖于体力的健全

“推崇全德”的哲学背景之下

“奥林匹克”这支精神的奇葩，之所以最初在希腊破土而出，并舒枝展叶、迅速壮大，与希腊的广阔的哲学背景不无关系。

希腊历史上出过非常多非常卓越的哲学家，这谁都知道，可不见得谁都知道古希腊的哲学家几乎人人都看重体育，并对体育有过非常多的精彩论述。就比如，苏格拉底就曾主张：“凡属希腊国民，都应该注重健身之道，以应付国家之需要，以保民为国为天职。”曾参加过古希腊祭奠竞技大会并大获全胜的集体力和智力于一身的柏拉图也认为：“体育是公民教育的两大范畴之一，可使身体健康，体形完美，精力充沛，并培养人的意志，使其勇敢顽强。身体与精神相互影响，而道德不良产生于教育不当和身体不健全。”为此柏拉图在他的代表作《理想国》中曾经进一步强调：“要为保卫城乡而练就体魄刚健的战士，为造就完美和谐发展的人而健身。”之后的亚里士多德不仅像苏格拉底和柏拉图那样热情高涨地参加体育实践，还在他的《政治学》一书中这样阐述：“体育可以先于智育，体育、德育和智育应相互联系，智力的健全依赖于体力的健全。”赫拉克里特热爱体育的程度一点也不亚于前面所提到的三位，因此就得出了这样一个结论：“如果没有健康，智慧就难以表现，文化就无从施展，力量就不能体现，财富就变成废物，知识也无法利用……”

在这样的一种“推崇全德”的哲学背景之下，不诞生伟大的奥林匹克精神那是肯定说不过去的。也难怪奥林匹克这支精神奇葩开得越来越惊艳，并让全世界闻到了它的香味儿。

奥林匹克精神，说穿了，就是促使人格的健全。人格不健全，就无以谈及社会的健全。特别是进入了现代工业社会之后，人的生命似乎越来越从自然化滑向机器化，人格上的裂痕自然也便越来越明晰，预防或弥补这道裂痕的就只有精神，无论是奥林匹克精神还是奥林匹克精神所衍生出来的一切精神。因此无论谁都懂得这样一个浅显的道理：人是要有一点精神的。这个精神，不就是“身心并完”的精神吗？这个精神一旦落实了，人格自然也就趋于饱满和健全了。这时候，身体与心灵的关系，外在与内在的关系，健康与幸福的关系，锻炼与人格形成的关系，自然也便越捋越顺了。

道理无比简单：身体一贯被视作生命的载体，没有身体，又哪来的生命？没有生命，又哪来的生命之光？我们的一切判断，不就是基于“生命的光亮”吗？

是的，生命必须有光亮，就像日月星辰必须有光亮一样。生命无光，就像花朵无香、柴火无焰一样，失去了存在的价值。这个价值的体现，仰仗的自然是内与外的兼修和养护。

这样一说，我们就很容易理解希腊的传统了：“如果一个人在奥林匹亚——宙斯的庙堂那里，靠近比撒河源——参加赛跑或五项竞赛得胜，或者在角力时得胜，或者在那种被称之为全能竞赛的比赛中得胜，那么这个人就会在公民的眼中充满荣誉，便会赢得一个光辉的地位，便会被邀请参加城邦公费举办的宴会，并得到一件重要奖品。”这种传统，显然是对“全德”的彰显。

因此就有人曾经这样说过：身体好而智力不好的人是废品，智力好而身体不好的人是次品。理想的人是集品德、身体和才能三位于一体的人。说得不无道理。因为谁都否认不了这样一个铁打的事实：人类的一切幸福，只有在身体健康和精神安宁的基础上才能建立起来。

“筋骨者，吾人之身；知识、感情、意志者，吾人之心。身心皆适，是谓俱泰。”此刻，我默念着，并祈祷着众生俱泰。

查尤尔现象

谢曼·查尤尔这个名字，肯定有很多人不会感到陌生，因为他是美国奥林匹克游泳队的著名教练，曾为奥林匹克事业做出了卓越的贡献。至于如何个卓越，我略说一二你就知道了：美国以及其他许多国家的世界级游泳巨将，有不少都是出自他的门下，光是奥运游泳纪录，他的门生就曾先后74次打破，且不说那金光闪耀的16枚奥运游泳项目金牌了，更且不说62次打破世界游泳纪录、80次打破美国游泳纪录了。

很显然，查尤尔是一位人物。就是这样一位赫赫有名的人物，却不会游泳，这是许多人，当然也包括他的学生，一度不曾知道的。

馅子露出来，是很偶然的一次机会。这次，美国游泳队又在奥运会上取得了惊人的成绩，因此队员们个个喜不自禁，禁不住把恩师围了个水泄不通，与恩师一起分享着成功的巨大喜悦。也不知过了多久，肯定是心中的喜悦太过鼓胀了，队员们索性把恩师给抬了起来，并接连不断地往上抛，抛来抛去，就不小心——也可能是队员们的调皮使然，故意使出的“坏主意”吧——查尤尔就被抛向了游泳池的深水池。这下有好看的了，比游泳比赛还要好看，只见，查尤尔在深水里扑腾扑腾，好久了也不见浮出水面，只有水花在不断地盛开，很显然这不是他们的恩师故意在做精彩的表演。队员们一下子就慌了，于是纷纷跳入水中，救起了正在危难之中、差点就和水鬼做了邻居的查尤尔。

堂堂游泳专家、成天与游泳池打交道的运动家、培养了无数水上蛟龙的游泳教练，竟是一只不识水性的旱鸭子，这是许多人绝对没有想到的，就连他的学生也没有想到，真是做梦也没有想到。

没有想到的事情多啦。很显然，他们的教练不是个骗子，因为有那么多的辉煌为证。是个“口头理论家”？这肯定是了。可做个“口头理论家”又何妨？问题的关键在于，你是个怎样的“口头理论家”，如果是个没有高度、缺乏理念的“口头理论家”，那不误人子弟才叫怪。这不禁使我想起了法国哲学家伏尔泰，伏尔泰不是舞蹈家，却被请去指导舞蹈家，从一种哲学高度上去指导，并且指导得有声有色……乍一听起来这有些匪夷所思，但这的确又在情理之中，因为无论做什么事都不能缺了这样一种高度。高度，才是最最重要的。

我把这称之为“查尤尔现象”。“查尤尔现象”的确给了很多人以思考，当然也包括我。理论家不见得是实践家，实践家不见得是理论家，看来这是站得住脚的了。理论能够指导实践，实践能够补充理论，这也是无可置疑的。但和什么样的理论在一起，在怎样的理论指导之下去实践，看来这才是问题的锁钥之所在。懂得了这二者之间的紧密关系，自然也就懂得了“查尤尔现象”的具体内涵了。

我们每一个人都在时间的深水池里游泳，要想游得好游得远，看来，找到自己坚硬的理论根据，还是非常有必要的。

“瑞士快车”带来的启示

有个说法，叫“四肢发达，头脑简单”，其实这并不尽然。有很多四肢发达的人，其实头脑并不简单，不仅不简单，还充满了智慧，身心都超拔。

就比如瑞士新一代球员的领军人物罗杰·费德勒，就在这“不简单”之列。仅凭一句话，就足以证明费德勒的不简单了：“很高兴我能走到今天这一步，不过我想要的远远不止这些，特别是在我的备用油箱还没有完全启动的情况下。”头脑简单的人是绝对不可能会说出这样的精辟之语来的。说句老实话，我见过许许多多所谓不简单的人，包括知名教授，也包括著名艺术家，也没见说出这样的内涵丰富、意味深长的话来。单凭一句话，就可以判断一个人的生命质量，就像单凭一个文化符号就可以改变一块版图的文化质量一样，这话显然是对的。因为一句话也好，一个文化符号也好，它实在是折射了太多，涵盖了太多。

费德勒的这句话，不仅道出了他生命的宽度和广度，更道出了他心灵的深度和风度。做人就应该是这样的，不应该是拿了一块奖牌就轻易地满足了的。对有些人来说，就是你不满足也没有办法，因为你不能像费德勒那样拥有自己的“备用油箱”。有没有“备用油箱”，这才是问题的关键之所在。有些人之所以闪了一下就不见了，不是因为他满足了，心满意得了，而是他从来就没有自己的“备用油箱”。即使有，也懒得去启动。所谓的“后力不足”，原因就在这里了。

一般来说，人的渴望都是没有穷尽的，就像费德勒所说的“我想要的远远不止这些”。可是，你想征服十万大山就能征服十万大山吗？豪情，你有了，豪情之外的能力，这时候就要明显地摆到自己的眼前了。“大山”一座座地在那里摆着，你没有能力去征服，还是徒劳无益。这就不得不谈到了一个“承担”的问题——你有能力去承担吗？好多挫败感，其实都是出在这个没有能力去承担上。这就是，好运来了，许多人却眼睁睁地看着它溜之大吉的直接原因。因此就有人说，机会对每个人来说都是差不多的，就看你有没有把握的能力了。世界本身就是一个竞技场，如果缺乏一种综合的能力的话，最后不一败涂地也差不多。

从四肢发达头脑也发达的费德勒身上，我很高兴地看到了这种综合能力。正是这种综合能力，使得费德勒的生命意气风发，在一次又一次的竞技中，捧回了他的骄傲，因此才有了“费天王”“瑞士快车”“瑞士鼻头”等这些称号，奠定了他的无可撼动的“球王”地位和至尊地位。

缺乏智慧的生命，可能也会像一匹野马一样意气风发，但这样的野马说不定哪天就会撞倒一些好风景，因此还是里外并修、身心俱健的好。这点，离现在已经很远了的柏拉图是个很好的榜样，离眼前很近的费德勒同样是个很好的榜样。

就差那么一点点

凡是看过第二十五届奥运会女子 100 米短跑比赛的朋友，相信都不会忘记那惊心动魄的一幕：美国选手德弗斯和牙买加选手奥蒂就像两阵大风一样几乎同时刮到了终点，看上去像是同时撞线，实在是难分伯仲。裁判一筹莫展，不得不借助精密仪器来检测，精密仪器最终告诉人们：德弗斯是身体前倾，嘴巴率先过线，而奥蒂则是高挺着胸脯冲过了线，奥蒂的胸脯敌不过德弗斯的嘴巴，差距也就是那么千分之一！正是这千分之一，一锤定乾坤，最终决定了冠军和亚军！

类似的例子在奥运会上有很多，就比如，在男子 4×100 米接力比赛中，美国队就是以 0.01 秒之差输给了英国队，不得不屈居亚军，而在这之前，美国队一直是将这枚耀眼的金牌视作自己的囊中之物的；再比如，在男子 200 米蝶泳半决赛中，吴鹏就是因为只差那么一点点，最后以 0.04 秒的微弱劣势败在了美国名将菲尔普斯的手下；还比如，吴美锦就是因为只差那么一点点，比穆特鲁稍逊一筹，差一点就完成了 165 公斤的挺举，为中国举重队开首金……不胜枚举。奥蒂只不过是这其中的非常典型的一个例子罢了。

在我们的生活中，也经常会遇到这样的情况：第一和第二，在本质上其实并没有多大差别，所谓的差别其实也就是那么一点点，用肉眼难以判断的一点点。这就告诉我们，成败往往是模糊的。正是这极易被人忽略的“一点点”，使模糊的一切突然清晰了起来。“为山九仞，功亏一篑”“细节决定成败”“差之毫厘，失之千里”之类的说法，大概也正是这样产生的了。

不禁就又想起了台湾作家李敖的《就差一点》：“人在很多的时候都需要坚持，有的时候真的就只差那么一点点，如果再坚持一下，可能就做到了。”

可是，就这一点，难倒了无数英雄好汉。差很多，是一种遗憾；差一点，就更是一种遗憾，莫大的遗憾。因此就经常会听到有人这样说：差一点我就赢过他了，差一点我就赢过我自己了，差一点我就是另一种人生了……这些话听起来不免让人有些怅然，并为之感叹。不过，没有办法，谁都知道这没有办法，因为这个世界上根本就没有后悔药。即使有，也并非包治百病，该发生的照样发生。

要让这一点点彻底消失，消失在成功的背后，唯一的好办法，就是强化自己的实力。只要有实力了，特别是排山倒海、摧枯拉朽的实力，这一点点的差距，在很大程度上就是你占优势别人占劣势的差距了。这时候，庆幸的就是你，得到更多鲜花和掌声的就是你。

一句话支撑起了 182.5 公斤

中国第 100 枚奥运金牌，是山东姑娘唐功红拿下的。这枚具有历史性纪念意义的金牌，来之不易。

凌晨 4 点多了，唐功红还迟迟没有入睡，很显然她赶不走心里的千头万绪。将要到来的，无疑是一场恶战，在这场恶战到来之前，一般来说，教练都是不会多说什么的，因为唯恐给自己的队员增添太多的压力。可是，教练不说，自己的心里在说，而且，一直一直在说个不停……

当时的抓举比赛，唐功红发挥得不是很好；挺举比赛，韩国选手张美兰一举就举起了 172.5 公斤，这就预示着，唐功红要夺得世界冠军，必须举起 182.5 公斤才行。多出 10 公斤，谈何容易啊。可是，就剩这最后一次机会了。唐功红想着，想着，就和一种紧张的形势一起把自己逼上了绝境。人在有些时候，特别是在关键时刻，不把自己逼上绝境，很显然是无济于事的。

“拼了！你随意去举，举起举不起都是英雄！死也要死在举重台上！”唐功红就是带着这样一句沉甸甸的话走向举重台的！举重台虽然并不大，却俨然一个一望无边的大战场，唯一的战士就是唐功红了！那一刻，唐功红要战胜的不是别人，而是她自己！心里紧张，这是必然的了，因为她肩负的实在是太多，太多太多，哪一样都不容丢弃，就像她生命中的每一根骨头和每一块血肉都不容丢弃一样！

看不见的硝烟在唐功红的眼前弥漫着……

拼了！

当然是不能盲目去拼！盲目去拼显然是没有用的！“随意去举”？哪有“随意去举”的道理！既然要举，就要用整个生命去举，全力以赴地去举起自己的心愿，无论这个心愿有多重！当然了，这个心愿也包括了众人的心愿！是的，拼了！

这一拼，果然就拼出了一个伟大的奇迹来——另一位奥运冠军诞生了！并且，比往常增添了10公斤！从而打破了挺举和总成绩的世界纪录！

唐功红流泪了！涩中带甜的泪，止也止不住！就像不久之前她的勇气和力量止也止不住一样！只有她自己心里最清楚，这排山倒海的含义！当记者纷纷拥上来把话筒伸向唐功红的时候，唐功红只说了这样一句：“当时我脑子里只有一句话：拼了！死也要死在举重台上！”就是这泰山压顶的一句话，使她在一瞬间像一座火山一样爆发了！她深深知道，她不能倒下！因为有182.5公斤重的杠铃在冷冰冰地挑衅着她！

“死也要死在举重台上”，这是举重冠军占旭刚的经典名言，这句极具分量的话，是应该刻在每一个人的心上，给心灵增添一些重量的，因为每一个人都置身在无形的举重台上，或抓举，或挺举，在举自己的现实和梦想。如果自己轻易地就倒下了，现实和梦想就会发出一声狞笑。一个真正的战士，是不可能容忍这样的讽刺意味极强的狞笑的！

举起一件重物，往往并不单单依靠臂力，还有不容忽视的心力！是心力一聚再聚，最后凝聚成了一股坚不可摧、征服一切的神力！这种神力，说白了就是战无不胜的优胜者的风度！即使是在失败面前，一个人也是应该保持着优胜者的风度的！

奇迹也可能发生在你身上

美国普林斯顿大学的学生加勒特是第一届奥运会掷铁饼比赛的冠军，可在他获得这个冠军之前，只是听说过铁饼这种不能吃的饼，却从来没有掷过这种东西。那时候，艺术是他的唯一的爱好，当然了体育他也不厌烦——如果厌烦的话他就不会兴致勃勃地去参加奥运会了——当他得知第一届奥运会将在雅典隆重举行时，就突发奇想，想去试试。朋友们听说了这件事，都为他担心，毕竟他连铁饼的模样都没见过，更不用说是如何个掷法了——当时的美国还没有开展掷铁饼这样的体育项目。信心和勇气，支配着他，他果真去了，大有“无知者无畏”之意。比赛终于开始了，轮到了他，他就模仿着意大利文艺复兴时期的名作《掷铁饼者》中的那个著名的姿势——因为他热爱艺术，这个姿势他还是知道的——就在他握起铁饼的一刹那，他顿然觉得，铁饼原来是这样轻，实在是太轻了。因此，他没费什么劲就掷出了 59.15 米，轻轻松松地获得了这次比赛的冠军。当时在场的教练员和运动员都目瞪口呆了，对这位选手的惊人之举大加赞赏。观众也为这位初学乍练的选手热烈地鼓起掌来。接下来，他不禁又在想，反正都是投，既然来了，试试铅球又如何？结果，铅球比赛的金牌也稳稳地落到了他的手中，就像专门为他准备的一样。

无疑，这就是奇迹了。同样的奇迹还有一个，也是发生在第一届奥运会上的：网球比赛正在雅典丘比特神庙的柱子附近隆重举行，英国牛津大学的学生博兰正好路过这里，他是来雅典旅游的。就在赛事进行得如火如荼的时候，备受感染的他也禁不住想大显身手了，于是就现场报名，挥拍上阵，结果打了个全场无敌手，成为奥运史上的第一位网球单打冠军。博兰在雅典旅游期间偶然结识了德国德累斯顿高等工业学校的学生特劳恩，博兰觉得他很不错，于是就邀请他和自己结对参加了双打——当时特劳恩是一位田径选手，可在田径比赛的预赛中就被淘汰了——结果，两人又出乎意料地获得了双打冠军。本来是出来旅游的，却捡了一份惊喜，这令当时在场的运动员无不羡慕。

谁不羡慕奇迹的发生啊？

其实我们经常会听到这样的奇迹，有一年我回山东淄博老家，朋友们就曾津津有味地给我讲过这样一个：还在中学读书的一位女生，在体育课上，体育老师不无嘲讽地对她说，就你这身材，还想练健美操？赶快举重去吧！果真，她就举重去了，也可能是当时她没嗅出体育老师口中的异味吧。练举重自然是认真地练，这一练不要紧，体育老师一下子就惊呆了，说你再举举看，再举举看，一举再举，就举出了体育老师一连串的惊呆，真的是呆了。最后，市体委、省体委、国家体委一级一级地报上去——当时正值亚运会逼近，中国正在组队，女子举重这是首次参赛——亚运会的女子举重冠军，最后就落到了我的这位老乡的手中。

奇迹的发生，很可能也在你的身上。正如孟子所云：“人皆可以成为尧舜。”这就要看，你是不是一个奇迹的生产基地了。如果你的生命基地里撒满了“尝试”的种子的话，哪天长出一棵叫作奇迹的大树来也说不定。生命这种东西虽然不是专门用来创造奇迹的，但偶尔创造一两个奇迹反正也无妨，谁让生命有着巨大的潜力和潜能来着？

别指望会有绝对的公正

都说，人世间所有的事情，只有体育竞技最公正，理由是，你慢一秒就是慢一秒，你少投进一个球就是少投进一个球，你少举起一公斤就是少举起一公斤，看得见摸得着；你赢得过别人就是赢得过别人，赢不过别人就是赢不过别人，天做证地做证。其实，这并不尽然。因为慢一秒也可能是计时表作了弊，也可能是裁判员作了怪，计时表就像患了老年痴呆症似的偏偏要装糊涂，慢那么一点点，你能有什么办法？裁判员就像打瞌睡似的偏偏要装不清醒，晚按那么一瞬，你能有什么主意？争端、抗议甚至暴乱也不是没有发生过，可大多都无济于事。这时候，这个输和赢的问题，就是一个非常复杂的问题了。

历届奥运会上出现的例子已经相当多，绝对不亚于奥运金牌的数量，随便拈来几个你再复习一下——

第四届伦敦奥运会上，男子400米的第一次决赛中，共有四名选手参加：三名美国运动员和一名英国运动员，由于英国运动员哈尔斯韦尔仅获第三，又是在人家英国的一亩三分地上，地主裁判就看着不顺眼了，就利用他手中的权力宣布此次决赛无效，并要求重赛。美国一方当然是提出了严正的抗议，可是胳膊扭不过大腿，最终还是无效，因此就拒绝参加重赛。结果，就只有哈尔斯韦尔一人在无人竞争的情况下不费吹灰之力夺得了冠军。一人参加决赛，这在奥运史上绝无仅有。

第九届阿姆斯特丹奥运会的裁判工作就更是十分糟糕，谬误迭出，被普遍地认为是奥运史上裁判工作做得最差的一届。无论是田径、跳水、体操还是拳击、角力等运动的裁判工作都让人匪夷所思，因此法国、瑞典、埃及、爱尔兰包括被认为是裁判宠儿的美国，都纷纷向国际奥委会投诉，认为裁判专业素质太差，让人忍无可忍。可是，无济于事。最荒唐的还是，在当时的自由式摔跤61公斤级比赛中，瑞士的汉斯·明德尔在比赛刚刚结束时就被宣布为冠军，可是颁奖的时候他却得了个银牌，在最后的成绩公报中他又莫名其妙地变成了第三。一个成绩，三个名次，连奥林匹亚神都摸不着头脑。

第十届洛杉矶奥运会的铁饼比赛中，法国运动员J. 诺尔在第三次投掷时，奋力一掷，铁饼便像一阵小小的旋风一样呼啸而去……刚出手时诺尔就已明显感到此次投掷一定成绩不错，结果只见飞旋的铁饼在空中划了一道长长的漂亮的弧，在超出其他所有对手相当远的地方最终落地，成绩肯定是在50米以外了。大家都以为这块金牌非诺尔莫属了，就连诺尔自己也掩饰不住内心的巨大喜悦，欢欣雀跃地向观众席上的人海频频挥手致意。但令人遗憾的是，诺尔的遥遥领先并没得到承认，原因是，那一刻裁判走神了，只顾扭头看另一端的已经到了白热化的撑竿跳高比赛而忘了自己所肩负的神圣使命，致使诺尔这一稳操胜券的佳绩全然无效。尽管赛场上的播音如实响起——“152号，诺尔，法国，已投掷”，但裁判员未注意，也没法补救了。本来到手的金牌，转眼间就这样被美国运动员约翰·安德森捧了去。

闹剧，数不胜数。

体育界是这样，各行各界都是这样。如果全部搜集起来，恐怕就是厚厚的书了。

有人说，时间才是最公正的裁判。此话，差矣。时间是世界上最懒散的东西了，事过境迁了，谁还舍得下死功夫去追究？追究得过来吗？君不见，有多少事实被昏头脑的时间一手遮盖一手蒙蔽了啊！只有很小的一部分事实，也可能是时间终于从大梦中醒过来了，才会无所谓地还它们一个真相！“冤死”这个词的含义，大概就是这样来的！因此，就别指望会有绝对的公正了，这不可能！

这样说，其实我们也没必要陷入悲观，因为无论做什么事，最最重要的，莫过于求一个心安了。心安，理自得。

感谢憎恨我的人

罗雪娟这个名字，肯定有很多人不会感到陌生，因为她的美丽、率真、俏皮，更因为她的一连串惊人的游泳成绩。谁也不会想到，竟是这样一位看上去有些娇柔的杭州女子，一扫中国泳坛多年的阴霾，并使中国泳坛得以在世界泳坛独领风骚。因此就有人曾经这样说：罗雪娟是近年来中国女子游泳乃至世界泳坛的顶尖选手，她的蛙泳实力是中国游泳在世界上为数不多的高水平项目之一。甚至有人把她称作“可爱的女蛙王”。

如果不是罗雪娟的骨子里深藏了太多的坚忍，只有外在的美貌却没有内在的美貌的话，她是不可能会笑到最后并笑得灿烂的。还是来看看她的骨子里的坚忍或内在的风度好了：当她来到2004年雅典奥林匹克水上运动中心并被安排在第一道参加决赛时，她虽然满脸的轻松，内心里却在反反复复地播放着一句极为响亮的话："我要让对手流下失利的泪水！"尽管这时她身边站着美国名将比尔德，也尽管这时澳大利亚选手琼斯夺冠的呼声最高并且一浪高过一浪……她心里只恪守着一个打不垮的信念，那就是夺冠！当自信的她如愿以偿地以1分06秒64的好成绩夺得女子100米蛙泳决赛冠军并打破该项奥运纪录时，幽默地对记者这样说："我觉得自己就应该是第一名嘛。"当记者继续追问时，她就再也忍不住一直在眼眶中徘徊的泪水，对记者说出了一连串虽然朴素却极为真切的话："我只能说，我要感谢生我养我的父母，感谢我的教练，还要感谢那些关心我、爱护我和憎恨我的人！"

如果没有"感谢憎恨我的人"这句掷地有声的感言做提升，罗雪娟的几个感谢就成了所有人的感谢，彻底地进入了套板反应的感谢，被不断复制来复制去的感谢，不痛不痒的感谢，可有了这句"感谢憎恨我的人"，就不同了。因此，尽管多年过去了，但罗雪娟的那句"感谢憎恨我的人"，依然触目惊心！

一个人要想创造伟大的神话，获得巨大的成功，没有几个"憎恨我的人"，那是绝对不可能的，因为人性里掺杂了太多的复杂，比集成电路还要复杂不知多少万倍的复杂。也正是因为有了那些"憎恨我的人"，才有了咬着牙绝不妥协绝不让"憎恨我的人"看笑话的动力。大概，这就是物理学上所说的"反作用力"了。学会用好这个"反作用力"，是任何一个具有大抱负、大襟怀、大风度的生命所必需的。罗雪娟爱读书，爱沉思，当然懂得这个"反作用力"的强大力量。也正是这个看上去有些高傲的、非同一般的强力，把罗雪娟越举越高最终举到令人瞩目的冠军台上去。罗雪娟之所以笑得无比灿烂，也正是这个强力给反复擦亮的。

没有"憎恨我的人"，是绝对不真实的人，或者说是非常平庸的人，平庸的人是没人去妒忌的。不懂得像罗雪娟那样去"感谢憎恨我的人"，是还没完成彻悟、不懂得怎样去包容、不懂得怎样去使转乾坤的人。只可惜，许多人活了一辈子，却始终不懂得这种哲学的奥义，因此在人文奥运的各项竞技上就总是败下阵来。

和最好的去比

"比上不足，比下有余"，这个从汉人赵岐《三辅决录》中的"上比崔杜不足，下比罗赵有余”和晋人张华《鷦鷯赋》中的“将以上方不足而下比有余”化用过来的成语，显然是国人“中庸之道”和“安贫乐道”等处世哲学的翻版。如果把它用在奥运会的各类赛事上，肯定就会悖理悖道、不合时宜。不和最好的去比，哪来的最好的成绩？这是明摆着的道理。何况“取法乎上，仅得其中”的遗训早就摆在那里。如果一个教练对着他的队员这样说，“你只管去比赛就是了，反正‘比上不足，比下有余’，咱拿个中间名次就可以了”，能起到鼓舞士气的作用吗？如果一个奥运健儿怀着“比上不足，比下有余”的心理，抱守着“中庸之道”和“安贫乐道”的观念，想想看，又会是什么结果？

既然要比，就是要和最好的去比，尽可能地比出最好的成绩，这是连傻瓜都知道的道理。除非你不比，除非你放弃了一切的竞争和角逐。“枪打出头鸟”“出头的椽子先烂”“不为最先，不耻最后”“木秀于林，风必摧之”“长江后浪推前浪，前浪死在沙滩上”等，在奥运的各类赛事上是绝对找不到任何市场的。

人，有时候就是要斤斤计较，甚至锱铢必较，不计较，就会对自己要求很低，甚至没有什么要求，即使表现得很糟糕也一味地原谅自己，给自己留最多的余地。而要做成一件漂亮的事，留有余地显然是不行的。因为实践早就已经证明了，任何伟大的成功和惊人的奇迹都是给那些不给自己留任何余地的人准备的。大概这就是“分秒必争”“寸步不让”“锐意进取”的坚硬的理由了。要不，你比别人慢个 0.01 秒，你就只能位居第二，或第三，或第四……第一和第二等，带来的心情可是截然不同的啊。即使你发扬了阿 Q 精神，觉得它很相同，它也很不相同。事实明摆着。

是的，就是要和最好的去比！和最好的去比，是一种有能力的表现，是所有动力的源泉，是奥运哲学的中心内涵！不和最好的去比，就不足以平心志！所有光芒，都是这一个“比”字放射出来的！

既然要比，就要抛却一切的陈腐观念和陈规陋俗，比个究竟，比个彻底，比个痛快！在赛场上，是绝对容不得你发扬“风格”，让来让去的。让，就只能让出个“不堪回首”的结局，这才叫没风格。如果你只是抱了个“参与意识”去比赛，那最好也别去了，反正去了也是白去，角逐场上是最容不得你这样的“平常心”的。

道理很简单，什么事情都有个打不破的铁规则，这个铁规则不能丢。一旦丢了，很可能就会全盘皆输，甚至输得落花流水，不可收拾。这就好比，如果你是一只有志气的齿轮，不和有志气的齿轮去咬合，你就会失去在一部大机器上运转的高能价值。除非你不去参与这样的“运转”。话又说回来，即使你不去和别人一起运转，你也必须和你自己一起运转——这个运转，说到底，就是和自己比赛，或者叫“一个人的角逐”。

奥运会上，奥运会下，都是这样：要比，就要比出最好的成绩来！如果比不出最好的成绩来，连对自己都没个交代！人这一辈子，还不就是图个“交代”吗——对世界或者对自己有个圆满的交代吗！来了一遭，什么交代也没有，转眼就消失了，查无此人了，那肯定就是白来了。白来了一趟，多遗憾。即使你自己觉得不遗憾，别人也会觉得很遗憾，怒其不争的人肯定会觉得你很遗憾。遗憾，自然还是少一些的好，减少到负数当然最好。这和奥运哲学和奥运精神显然是一脉相承的。

当赛事和信仰发生冲突时

第二届奥运会离现在已经逾百年了，可我总是忘不了当时的一个细节：获 400 米决赛资格的六名运动员中，美国就占去了五名，决赛按原计划在星期天隆重举行，可是，其中的三名美国运动员是虔诚的基督徒，事到临头了，他们没有丝毫的犹豫，毅然决然地放弃了来之不易的决赛资格，奔向了自己的坚定的信仰，履行自己的礼拜去了。在他们看来，赛事充其量也只是完善信仰的一种形式，形式和内容相比，显然是内容更重要。结果，最后就只有两名美国选手和一名德国选手参加了这次决赛。

这件事使我震惊，并想到了许多，最多的一点当然就是：当现实和梦想发生了激烈的矛盾和冲突时，究竟应该怎么办？是祈求梦想停住、等着自己（很显然这是不可能的），还是顺从于现实的一切安排（很显然这是下策）？梦想，代表着生命中的最最重要的部分，现实代表着利益，究竟应该放弃哪一方，何去何从？的确这是个十分严峻的问题。如果把这个问题作为一个象征，你就会发现，这个象征无处不在，就像万物的影子一样。

也许，在常人看来，那三名虔诚的基督徒是刻板的，不就是一次礼拜吗，有什么了不起？可他们内心的声音却在一再地告诉他们，不，不，这绝对不仅仅是一次礼拜，而是一次考验，来自于最高处的考验！如果仅仅是一次礼拜，放弃了自然也便放弃了，可这是一次考验，与坚定的信仰有关的一次重大的考验！考验之于一个坚定的生命来说，自然是应该经受得住的，信仰之于一个虔诚的生命来说自然应该压倒一切！于是，他们不假思索，就很平静地放弃了金牌或银牌或铜牌到手的一次机会——要等四年啊！何况四年以后充满了“变数”呢——义无反顾地选择了与信仰并肩携手！他们的选择，无疑是最高的选择，无可挑剔！

人生，总是面临着各种各样的选择，什么样的选择，决定着什么样的人生。这浅显得不能再浅显的道理，可就是有许多人做不到。明白是一回事，做到又是一回事，已经成为普遍的现象了。因此，哲学一直以来都在强调“选择”和“放弃”的重要关系。不懂得“选择”和“放弃”的人生，肯定是松动的人生，不懂得怎么去承担的人生。“松动”和“不懂得承担”，自然是一件很麻烦的事情，许多恶果都是这样造成的。

其实，就在那三名虔诚的基督徒放弃赛事的一刹那，另一枚奖牌已经稳稳地落在他们的手中了。很显然，这枚奖牌比任何奖牌都重要，因为，这枚奖牌的价值是无形的。

就不禁又在想我们身边的许多人，当激烈的冲突迅猛到来的时候，他们是宁愿让利益占上风的，因为在他们看来，利益才是最最重要的，这就是区别，或者是本质的区别。正是这个本质的区别，给我们提供了一种尺度，衡量一些价值的尺度。

至于美利坚后来是不是谴责了那三名虔诚的基督徒，我就不知道了。但我知道，他们的良心是绝对没有受到谴责的。这就够了。一个人活在这个纷繁的世界上，最大的，莫过于不让自己的良心受到巨大的谴责或重创了。人文奥运的含义，说到底，还不就是这些吗？

火中之火

奥运会场面是靠奥运圣火照亮的。奥运圣火总是和如火如荼联系在一起，奥运会场面总是和如海如潮联系在一起。它们，总是使我想起原始的热带雨林般的生机勃勃的生命力。我喜欢甚至迷恋这样的生命力，其直接原因，就是基于我多年来对“人类学”的研究，对人这种动物的多方面的考察和思悟。

文明的脚步越来越远，随着这越来越远，我们就进入了一种悖论，失去了很多不该失去的好东西，就比如强有力的生命力、与大自然共生存的实力等，这时候我们就不能不反思：我们人类的生命就像一棵棵大树一样，是任所谓的现代文明的巨斧把我们砍削得只剩下了“文明”，越来越萎缩，越来越了无生气，越来越甘愿做一个机器，还是拒绝不必要的砍削，完好地保存我们生命的鲜活和生动？我之所以让目光长久地盯住奥运会，心里萦绕着这些，完全是因为，我看到了越来越多的被所谓的文化和知识弄得不知所措、被所谓的现代文明弄得不成样子的人，他们完全地被驯化甚至异化了。从他们身上，我看不到一点激情，更不用说是豪情了。而烈火般的激情和狂风般的豪情，才是生命的牵挂，当然也是任何具有创造力的生命都离不开的。一旦离开了，实质意义上的成功也就越来越远了。

我丝毫没有质疑现代文明的意思，我的意思只是在说，我们在强调现代文明的同时，能不能不把生命的活力给淡化了或抹杀了，就像在强调经济大发展的同时能不能不让精神撤退或萎缩了。顾此失彼，带来的教训已经太多太多，我们不能再犯这样的错误。

文明当然是样好东西，可就在你说好我也说好的时候，它却悄无声息地偷走了我们的活力，让我们一天天地从自然人变成机器人再变成植物人最后变成矿物人。我心疼的，就是这个活力。

奥运圣火的蔓延，无疑让我们认识了我们人类丢三落四的坏毛病，重新找回了奔突、跳荡、燃烧的激情。说白了，这就是原始的生命力。笑得越来越僵滞，动作越来越僵硬，思想越来越僵化……并不是一件好事，我们人类原本是笑得很明亮、行动很敏捷、思想很尖锐的，就像奥运圣火一样明亮，像奥运健儿一样敏捷，像奥运精神一样尖锐。明亮得很彻底，敏捷得有声色，尖锐得不伤人，这才是生命的本原。从这层意义上来说，奥运圣火无疑是我们人类精神的一个放大镜，是使我们的生命还原为一团大火焰的火中之火。也难怪，它 100 多年来一直生生不息。

生命本如风，风的任务就是要吹送，在不断的吹送中吹走心中的云翳和沙子，送走心中的积习和积弊，只留下明净和蓬勃。如果停下了，僵死自然也便一点一点地挨近了。这样的结果，肯定是谁都不愿看到的。

喜欢奥运这个大象征的人越多，我们获得的生命的养料自然也就越多。因为生命除物质性和现实性外，还应该有精神性和超越性，这个精神性和超越性才是人类的心仪。很显然，所有的精神性和超越性都是生命的养料一点点喂大的。因此，我就不止一次地对我身边的朋友这样说：每一个人，都应该每天拿出至少一个小时来像风一样在旷野里跑来跑去，自由地跑，热情地跑，奔放地跑，沸腾地跑，跑出一番风光来。很显然，这只是我的一个理想。如果这个理想实现了，那么，地球的任何一个角落就都是奥运盛会了。

旨在于通过竞技完善人类的生命结构和精神氛围

今天的人们都知道和谐的重要了，上面在讲，下面也在讲，而且是大讲，特讲。其实，自古以来，人们都对“和谐”揪住不放，知道和谐是样好东西，视若黄金。苏格拉底时代就曾反复地强调：艺术使人的心灵处于和谐，体育使人的身体处于和谐。生命要和谐，当然就离不开艺术和体育。中国传统哲学也讲“天人合一”“神人以和”，就比如礼乐文化中所主张的万物和谐、阴阳协调、中和之美等便是美的最高境界。所谓“六艺”，即礼、乐、射、御、书、数，所强调的其实并非单纯的技艺的比量，其目的还是在于通过技艺的提高和修养来修理和完善人格，从而达到生命的大和谐，强化心灵与体格之间的和谐互动。

这与旨在推动人的身体与心灵的和谐发展的奥林匹克精神有着巨大的契合。正是因为这样，我们才说“四年一度的奥运会很好看，既提神又悦心”。新一届的奥运会眼看就要来了，很显然这是一个激动人心的时刻，人类的节日。之所以把它称作节日，完全是因为，它可以让全人类从一种高度上来认识“和谐”的大峡谷一样的内涵。因此，现代奥运之父顾拜旦曾在他的《体育颂》中这样赞美体育：体育是美丽、艺术、正义、勇敢、荣誉、乐趣、活力、进步与和平的化身。在顾拜旦看来，人类所有的失衡都是可以通过奥运的复兴来找回失去的均衡点的。并一再地强调：奥运会所组织的所有竞技，不仅仅是为了彰显体格和显示一种廉价的壮观场面，更是为了育人，根本宗旨在于通过竞技完善人类的生命结构和精神氛围。

你看，实质意义一下子就摆在这了。这个实质意义，说白了，就是呼唤人类少一些病态的、扭曲的、分裂的、萎缩的、阴暗的、人格不健全的生命个体。这样的生命个体越少，和谐的旋律就越多。多得像繁星和繁花一样，既繁茂又繁华，谁都希望这样。

那面1913年诞生的由蓝、黑、红、黄、绿五个彩色圆环缀成的洁白无边的奥运会旗，看上去是那样赏心悦目，它的象征含义，即“团结”的含义，其实也是和谐。不同的皮肤、不同的语言、不同的信仰、不同的习惯集中在一起，就更是一种和谐。这种和谐之所以生生不息，其深层原因还是因为人类渴望和谐。无论世界上所有的体育文化集中在一个怎样的狭小空间和时间里，也无论文化的差异有多少，和谐会照样发生。不可能不发生，因为这是全人类最大的梦想。梦想一旦止住了，一切也就戛然而止了。那戛然而止的声音，肯定比炮声还可怕。

人文奥运，正是在这样的基础上产生的。

无论是怎样的奥运，肯定的，我们都渴望看到生命的笑颜，和日月、星辰、花朵一样明亮的笑颜。这笑颜，说穿了，就是乐观。直到乐观精神全都发扬光大了，我们的生命才会和奥运一样成为一场狂欢。真正的狂欢节，正是这样来的，伴随着和谐。说到了这儿，也许你已经彻底明白了，和谐不仅仅是奥运的精魂，也是时间的奥运会上跑得最快、本事最多、拿奖最频的一名优秀运动员。我的掌声，就是给它留的。

围绕着美来展开

奥运会上，既有力的体现，也有美的展示。萎靡不振的人可以从奔突、爆发的生命里看到力，收获振奋；黯淡无光的人可以从跳荡、飞扬的身影里看到美，得到浸润。最能体现奔突和爆发的，无疑便是短跑、足球、举重和拳击之类的比赛了；最能展示跳荡和飞扬的，无疑便是体操、跳水、游泳和滑冰之类的比赛了。我们需要力，更需要美。当然了，力本身也是一种美，可不见得所有的力都渗透着美的内涵，就比如每每被打得鼻青脸肿甚至骨折血涌的拳击比赛，“有伤大雅”的女子柔道，等等。在这里，我所说的美，显然不是这些，是那些看上去并不残忍却饱含了力度的美。有力度的美，既可以欣赏，也可以感受，更可以回味，甚至回味无穷。“只要你还在，死亡就无法把我们打翻在地”，希腊诗人埃利蒂斯的这句话说的就是有力度的美。

总觉得那些拳击之类的比赛渗透着某些原始的暴力，女子举重之类的运动渗透着某些异化和扭曲……我所欣赏的运动形式，无疑是那些美的运动形式，既不压抑人性也不扭曲人性的运动形式，因为唯有这样的运动形式，才可以让人产生愉悦，进入陶醉，并在愉悦和陶醉的海洋里感悟一些什么，梳理一些什么，铭记一些什么，促使人们进入久远的心灵运动。从这层意义上来说，无论是奥运会场上的运动还是随处可见的运动，都应该是美的运动。如果不是围绕着美来展开，一味地寻求刺激的话，那大家干脆都抄起棍棒、抡起大刀甚至端起机关枪算了。

美的运动，能够在释放生命、张扬个性的同时，进行美的教育。这个美的教育，才是一切运动的宗旨之所在。抛却了这个宗旨，也就抛却了奥林匹斯神的喜悦，这是肯定的。

我们人类之所以能够走到今天，就是因为美的召唤、美的普照、美的感化、美的搀扶，如果没有了各种各样的美，我们人类不越活越疲惫、越活越沮丧、越活越无望才怪。欣赏美，享受美，还要创造美，这就成了人类义不容辞的责任。

奥运会上，那么多的人都在体现美、创造美，也许，我们应该从中悟出许多。当我们的世界成为一部美的大辞典的时候，随便翻到哪一页，就都能找到我们的骄傲。那个时候，奥运盛会就可以在每一个人的心里随时举行而不只是四年一度在每个国家举行了。那个时候，我们每个人就都成了美的神、美的使者，风会为我们欢呼，时间会为我们欢呼，一切都会为我们欢呼。

世界上离我最近的作曲家

物理空间里，金彪是离我最近的作曲家；心理空间里，金彪也是，也是离我最近的作曲家。总之，世界上离我最近的作曲家，是扬州出产继之销往北京然后转销南宁的作曲家金彪。

音乐创作，确实是一样荣美的事业。音乐创作所形成的某个特定的磁场和气场，往往的，会自觉或不自觉地把音乐这个艺术家族里的部分组成人员召唤在一起，并且不断地锤炼他们。就是在这样的一种神秘而奇特的力量的牵引之下，我和金彪成了同一座城市同一个中央公园里的居民的：我住八栋，他住九栋，进进出出的，都是同一个叫作楼王的门——世界那么大，国土那么大，想想看吧，这是多么的奇妙——于是，就感觉，而且是强烈地感觉，我们所在的中央公园里的本来就多的树，就又多了一棵。同样挺拔，同样茂盛，叫作音乐之树。毕竟，绿树掩映、曲径通幽的环境里，住着两位广西壮族自治区委员会宣传部的签约音乐家。

我在泉城济南时，有一帮经常在一起谈音乐创作的朋友；来了绿城南宁之后，也是，来了绿城南宁不久我便认识了刚刚从北京来到南宁的作曲家金彪了。于是，我们就经常在一起就音乐创作打开我的意兴，展开我们的话题……说到高兴处，金彪就眉飞色舞，或吟上一段，或唱上一首，吟的唱的，自然大都是他新创作的音乐作品……那时候，他的率真的大孩子的一面，便会暴露无遗。除了在一起谈音乐创作，我们还曾一起去过很多地方，比如西安、延安、桂林、柳州、北海、钦州、防城港、梧州、贵港、融水、大化等许多地方，进行音乐采风。因此，在整个广西，能和我坐在一起具体地谈音乐创作而且是谈得最多的，无疑便是金彪了。

何况，我们还在一起做过一年多的同事：金彪是杂志社社长，我是杂志社主编。如此说来，金彪的音乐世界，我就是非常熟悉的了。正因为非常熟悉，我才在我的《一城浪漫》一书里自然而然地写到了金彪。写到金彪时，我的笔自然是欣悦的。

特别是，跟金彪一边畅饮一边畅谈的时候，就感觉，连空气里也是弥漫着一股独特的音乐的芬芳。每每，他兴高采烈地讲完了一段之后，便会“来来来”，以招呼大家共同举杯。意思是说，你看，你看哪，我们只顾说话了，说得也实在是太、太、太投入了，都忘了喝酒了……每当他的诙谐的“来来来”脱口而出的时候，我的脑子里便会马上浮现出《草原之夜》和《小白杨》等歌曲里的副歌部分“来来来”……时间久了，本是金彪的专利的“来来来”，朋友们也便模仿得惟妙惟肖，成了一个趣话。

但，“金彪牌”的曲子是没法模仿的。在金彪的安排之下，一些音符，按照或上行或下行或平行或交织或回旋等的方式往那儿一放，态和韵就全出来了。呈现的，或是民族风的欢颜，或是流行风的和颜，或是民通风的美颜……总之，每一首，都是“金彪风”，都有着金彪的内在的容颜。这样的有着自己的模样和气质的歌曲，自然是很容易辨认的。

金彪不仅作曲，也作词。《寻人启事》《凤凰飞来》等，便是由他自己作词并作曲的。金彪的歌词就像金彪的曲子一样，从来都是拒绝模式化、定式化、套版化、惰性化的。不是有不拘一格、不落窠臼、别出机杼等说法吗，用在金彪的词曲创作上，肯定是恰如其分。

当然了，作为一位曾经的教即兴伴奏的钢琴教授，他也是经常在钢琴上做文章的。钢琴里所发出的叮叮咚咚的声音，常常地，让我想起他的性格。他的性格，不沉闷，但也绝不张扬。自始至终，都是有他的开合有度的把握的，而且，把握得很好。

我是把创作当作我的命的，金彪也是。因此，有次我们一起去涠洲岛采风时，谈着谈着，便谈到了组曲的事儿，便决定，共同创作那么十来首歌曲，作为“我们的组曲”。为此，我们每天都逸兴遄飞，并且每天都谈到凌晨……在涠洲岛采风的两三天里，四首歌的词曲就已经创作完成了。收在《金彪专辑》里的《幸福海》和《山的女儿》，便是在涠洲岛采风期间创作完成的。还用说吗，这正是我所期待的艺术效果。艺术家在一起，相互促使着出艺术品，是首要的，也是必需的。

凡是了解金彪的人，都知道，金彪这个人，一旦认真了起来，那是绝对对得起认真的具体的内涵的。往往的，就是在这样一个时候，他不依不饶的一面便会马上表现得淋漓尽致。当然了，这也是金彪的颇有意思的一面。他从来都没有让任何一位朋友难堪的爱好，可是，他的不依不饶，也确实是折射了他的鲜明的生命性格和音乐性格的。艺术家，没点性格，还算是什么艺术家呢。因此，金彪的爱憎分明的性格，在我看来，也就只能为他的艺术世界增辉，增益，增收。金彪做人也好，作曲也好，从来都是不混沌不苟且的。这，是多么的好，做一位“有自己”的作曲家。

有情怀，有理念，有性格，金彪做到了。因此，金彪在辽阔的音乐世界里进行不停顿不妥协的跋涉和探索的时候，他的每一个足印，自然都是他的情怀、理念和性格的具体的阐释。只不过是，都形象化、艺术化、个性化了罢了。到金彪的音乐世界里去找金彪，他准在。他的人，他的心，他的梦，他的歌……实实在在地，就在那，都在那。在那，我们可以充分地感受到金彪的生命中的杰出的力量。

为苏小小正名

站在你的墓前，我思绪翻滚……你生前从来没有肿起过那么大的一个包，尽管风雨在你身上打了又打。一千五百多年过去了，这个醒目的包却依然没有消退，尽管阳光敷过，月光敷过，西湖上的美歌敷过，众人的目光也一遍一遍地敷过……此刻，我的心，也如一剂疼惜，敷了上去……

只因你生得娇小，父母就图省事儿，给你取了个“小小”的名字。苏门之下，自然就叫“苏小小”了。其实，你并不小，要不，你的生命也不会装下南齐人的几百万吨梦和现代人的几千万吨怀念。怀念你，不仅仅是因为你拥有外在的美，更因为你拥有内在的美：既有德的馨香也有才的馥郁，且把他人的德才奉若碧玺。要说不俗的女子，显然你就是了。相比之下，如今的太多的女子，包括写诗的女子、唱歌的女子，都在你之下，无论她们的虚名有多么昭彰。

你——那是怎样的情景啊：你十五岁便住进了松柏林中的青楼……只因你六岁时父亲便不幸病逝，十五岁时母亲又驾鹤西去。命运的重锤之下，你便变卖了所有的家产，带着乳母贾姨，来到了城西的西泠桥畔，把目光一再地撒出去，网住了一个又一个文人雅士——你只欣赏文人雅士——据说你的油壁香车总是车来车往，车后也总有风流倜傥的少年或青年。你以诗会友，以歌会友，从此也便成了钱塘一带最有名的诗妓和歌妓。车子灵巧，人儿娇美，你穿行于烟云之间，恍如神女下凡。沿路行人议论纷纷，啧啧称奇，猜不出你是何等人物。你旁若无人，一路行，一路吟："燕引莺招柳夹途，章台直接到西湖。春花秋月如相访，家住西泠妾姓苏……"小小年纪，你便看穿了诸多事，可你的香艳之花只为你欣赏的人儿开，不为物质所役。你的先世曾为东晋官，也算是家底殷实了，且父母就你这么一个女儿，优越自是。你貌绝青楼，才技超群，众人莫不称丽，可你的绝色风情和非常气韵，始终都只在诗和歌里恣意流淌，流成华云，流成黄金缕。

也不是没有物质丰裕的人把注意力焊接在你身上，可是，物质总也撼动不了你的心。自你芳名盛传之后，就总有豪华公子、科甲乡绅慕名而来，你一看便知，他们大多都是绣花枕头烂稻草、衣冠楚楚之蠢材，十有八九都被你奚落出了门。钱塘城内有一个名叫钱万才的巨贾，曾数次登门，愿以千金娶你为侍妾，被你冷面拒绝。钱万才感觉丢了面子，便咬牙切齿："你有才貌，我有财势，惹恼了我你可是要吃不了兜着走的！"这等俗话，不仅不会让你低下高昂的心灵的头颅，且让你拿出了积存了太多的生命中的倔强。贾姨见势，怕于你不利，就苦口婆心地劝你："寻个富贵人家，终身也就有了依靠，还是依了他吧？"你说："人之相知，贵乎知心，岂在财貌？更何况我爱的是西湖山水，假如身入金屋，岂不从此坐井观天？"贾姨担心你的父母留下的积蓄用完之后生计再无着落，便又劝你，劝得委婉，也劝得直接。你说："宁以歌妓谋生，身自由，心干净，也不愿闷死在侯门内。"贾姨叹息："姑娘以青楼为净土，倒也把人情世故看得透彻。"如是又过了几年，父母的积蓄终于还是用完了。你二话不说，便操琴为生，从此成了钱塘一带有名的歌妓。歌为媒，诗为妁，你结交的文人雅士也便越来越多。众星捧月，自然，你是明月。说你是明月，仅你那句"岂在财貌"就够了，就足以证明一切了。如今多少俗女子，既重财也重貌啊，且不说"身入金屋"是她们不约而同的朝思暮想了。

一天，你乘着油壁车去游春，断桥拐弯处，迎面来了一骑马少年郎——因青骢马受惊，少年郎当即被颠下。自然，你也吃了一惊，正待下车探视，那少年郎已起身施礼。你过意不去，便报以歉然一笑。这少年郎便是你一见倾心的阮郁，他是当朝宰相阮道的儿子，这次是奉命到浙东办事，顺路游历西湖。阮郁见你端坐香车之中，宛如仙子，一时看呆了。直到你驱车而去，他才回过神来，赶紧向路人打听你的住处。当他得知你是一名歌妓时，不禁叹惋。阮郁回到住处后，心里总也挥不去你的身影，茶饭无味，辗转难眠。他想，既是歌妓，与你相识实也无妨。于是，翌日一早，便骑上青骢马，叫人挑着厚礼，径直来到西泠桥畔。恰好贾姨出来，阮郁便道："晚辈昨日惊了小小姑娘，容我当面谢罪。"贾姨见他不似一般公子王孙气盛无理，便进堂通报。你本因游湖劳累，这日一概谢客的，可不知怎么，你倚在床边，总也忘不了昨日遇见的少年郎。今忽听此人来到，似真似幻，心中不禁暗喜，便吐出了一个芬芳四溢的"请"字。阮郁斜穿竹径，曲绕松柳，转入堂内。你从绣帘中婷婷而出，四目相视，均暗含情意。阮郁俊雅，举止颇有君子之风，言谈中对西湖山水赞不绝口，这正应了你的乐山乐水之心，便说："既爱湖山，就请楼上镜阁眺望吧。"镜阁墙壁贴满了你写的诗，阮郁脱口念道："水痕不动秋容净，花影斜垂春色拖……"不禁叫好，对你更添几分爱慕。随即，阮郁依韵和了一首。你才知，阮郁不仅俊逸，也是有才之士，便叫侍女摆了酒肴，与他对饮起来。席间，阮郁意兴湍飞，随口吟出不少佳句。你喜爱之余，停杯抚琴，曲调悠扬缠绵……此后，一连数日，你都和阮郁在断桥相会。一个驱车前往，一个骑马相随，沿湖堤，傍山路，迤逦而行……贾姨见你和阮郁情意甚笃，甚是高兴，夸你们是天造地设一对。你却说："他是相国公子，我是青楼歌妓，知人知面不知心啊！"等阮郁又来，心直口快的贾姨当着你的面，问阮郁会不会移情别恋。此时阮郁紧执你的手，指着门前的松柏道："青松做证，阮郁愿与小小同生死。"说着，你便与阮郁来到了西泠桥头，正值夕阳西下，飞鸟归巢，你的吟咏划破了大片的静谧："妾乘油壁车，郎骑青骢马。何处结同心，西泠松柏下……"贾姨一看时机成熟了，便当即做主，促使你和阮郁定了终身。只待选个吉日，备筵设席，办了婚事。可是，当阮郁成婚的书信送至阮家时，阮郁的父亲阮道差点气昏：若是堂堂宰相之子娶了一个歌妓，岂不被天下人耻笑？山高水远，一时又奈何不了，老谋深算的阮道便强按怒火，写了一封书信，连同一份厚礼，派人送至钱塘，交给阮郁。信中表达了这样一个意思：小小是品貌双全的才女，我并不反对你们的这门婚事……且提醒阮郁不可贪欢于男女之情而荒废了学业……你和阮郁见阮道说得在情在理，便放下心来。过了些时日，阮郁又接到家书：阮道因受风寒卧床不起……你急忙打点行装，催阮郁回去探亲。阮郁赶回家中时，见父亲安然无恙，心生纳闷。还没等回过神来，阮道的怒骂便像鞭子一样抽得阮郁心痛了：“混账东西，你被贱女迷了心窍！我不略施法计，你如何能回来?”不由阮郁分辩，家人便把他关进了书房。接下来，便开始为阮郁另择名门闺秀……

晴天霹雳。

从此，就只剩下了你的病，以迅猛之势，爬满了全身，爬满了整个钱塘，甚至爬满了你的诗句：“夜夜常留明月照，朝朝消受白云磨……”幸好，那个豪爽仗义、文武双全的鲍仁及时出现……你给了他盘缠，也给了他心。鲍仁金榜题名、出任滑州刺史时，你已咯血而逝，只留下了十九岁的芳魂，和鲍仁的号哭……

一副副楹联从眼前泪一样滑过，“桃花流水窅然去，油壁香车不再逢”；“金粉六朝香车何处，才华一代青冢犹存”；“灯火疏帘尽有佳人居北里，笙歌画舫独教芳冢占西泠”；“几辈英雄拜倒石榴裙下，六朝金粉尚留抔土垄中”；“千载芳名留古迹，六朝韵事着西泠”；“湖山此地曾埋玉，风月其人可铸金”；“花须柳眼浑无赖，落絮游丝亦友情”；“亭前瞻柳色风情已矣，户上寄萍踪雪印依然”；“且看青冢留千古，漫道红颜本暂时”；“烟雨锁西泠剩孤冢残碑浙水呜咽千古憾，琴樽依白社看明湖翠屿樱花犹似六朝春”；“花光月影宜相照，玉骨冰肌未始寒”；“十载青衫频吊古，一抔黄土永埋香”……突然觉得，西湖的水竟是这样的清凉。突然看到，群鸟没多少劲儿地在飞，飞……可我不知，鸟儿们的名字，究竟是喜鹊还是乌鸦，我看不清楚。“交际似浮云，欢情如流水”，你的感慨，没有随你一起埋进那个西泠之坞的慕才亭……没有。此刻，你的感慨，正随着西湖水一起，在我的眼前漾开，接二连三地漾开，如我的思绪。

“幽兰露，如啼眼。无物结同心，烟花不堪剪。草如茵，松如盖。风为裳，水为佩。油壁车，久相待。冷翠烛，劳光彩。西陵下，风吹雨。”李贺吟道。

风也在吟，雨也在吟，从过去，到现在。

为你正名，这是我由来已久的一个想法。你不是很多人曲解了的苏小小，不是——如果再有人说是，那就太不公道了——而是诗人苏小小、歌手苏小小，真正的诗人、真正的歌手。当今的女诗人，有你那样心灵的，可以说并不多见；当今的女歌手，有你那样的情怀的，就更是少见。如果再有人固执己见，轻蔑地说，你是妓女，我们就不妨这样对她说，可惜你连妓女都不如，一你没苏小小的心灵功夫，无论是苏小小的既重德也重才，还是苏小小的既重情也重义；二你没苏小小的艺术功夫，无论是苏小小的诗歌功夫，还是苏小小的歌唱功夫，还是苏小小的演奏功夫……

你柔软擦拭，擦拭着许多现代女子的心。那是一些生锈的心、蒙尘的心、混沌的心、扭曲的心、异化的心、迷失的心。

禅房建在喜马拉雅山上

早就搬进了时间的禅房……我的禅房在时间的喜马拉雅山上……画外音：因为性格的原因，我这人一向不愿求人，从来没有求人的兴趣和爱好，唯恐给别人平添了哪怕是一丝一毫的麻烦，扰乱了别人一直正常运转着的生活轮辐；厚着脸皮、死乞白赖地央求别人来施恩、垂爱，就更是我的拒绝和厌恶——不干，绝对不干这样的事！过去不干现在不干将来就更不干！哪怕是饿死，饿死也绝不吃嗟来之食；哪怕是冻死，冻死也绝不受乞来之衣！这也便注定了，我的机会比别人少了许多，好处比别人少了许多。眼看着，越来越多的人乘着他人的长风，借着他人的风力，扶摇直上，越升越高，一副洋洋自得、不可一世的样子，而自己付出了是他们至少几十倍甚至上百倍的血汗，洒下了一场又一场盛大的血雨，换来的却依然是一场干旱，就再次警醒，我彻底警醒了："快跑的未必能赢，力战的未必能胜，智慧的未必得粮食，明智的未必得资财，灵巧的未必得喜悦……"《新旧约全书》里的这些话，原来都是对的，它们都是对的。我说"它们都是对的"这一刹那，已经不知道上帝究竟是英明还是不英明了，甚至根本就怀疑上帝的存在了——他在哪儿？在弥天大谎里面？

于是，我就更加咬紧了牙关，像凡·高那样咬得锤击不开——不是要诅咒，而是继续给自己输送丰富的养分，供应强大的力量。每个人都是需要养分和力量的，特别是在重创之下、凄寒之中。我从别人那里得不到现成的养分和力量，就只有从自己的生命里开采养分、锻造力量了。一切，都得靠自己，靠自己好不容易得来的日光和月光。我是不会像有些人那样吝啬光的，不会，从来都是把一半留给自己一半送给别人。与别人来分享我的光，这是我的习惯和喜乐。我知道，有些人活得比我还要潮湿，和我一样需要明亮和温暖。“我心仍以智慧引导我”，我一直记着这话。

“听说在阿拉伯，有些地方，水已经是宝贝，为了喝水，要用血去换。”是鲁迅先生在他的《不知肉味和不知水味》里说的。我相信这是真的。如果我所深深热爱的艺术是水的话，拿血去换水，又有什么不可以？水，阿拉伯人看来是宝贝，中国人看来是不值钱的东西，管它是宝贝还是非宝贝，管它是值钱还是不值钱，乐意去换，谁又管得着？这就和敬神一样，只要是由衷的，就是不讲条件的。我从来就不讲条件，我不会讲条件。

是的，艺术就像水一样，在许多人的眼中已经是越来越不值钱了，尽管谁也离不开水，尽管水养育了我们苦难的人类。看着艺术之水被有的人搅得越来越浑，污染得越来越严重，我除了心痛，还是心痛。我唯一能做的，就是管理好自己身边的这片水域，就像日月星辰管理好自己的天空一样。一切的甜蜜与苦涩，一切的自我审视与自我逼问，也正是这样来的。

我？

我！

我在这儿！我不在别处就在这儿！

我倾听着……英国诺丁汉大学的校长在一次学术报告上说：英国的研究生，每周的学习时间在一百四十个小时左右，也就是说，他们每天的学习时间平均在二十小时左右，吃饭、睡觉的时间加起来也只有四个小时左右。我的一位在美国读博士后的朋友进一步证实，他在凌晨四点之前从来没有睡过一次觉，实在是累得不行了，才倒头睡下，往往在七点左右便又起床了……我喜欢他们那样的顽劲儿。这种顽劲儿，其实就和春秋时期越王勾践的“卧薪尝胆”，战国时期苏秦的“读书欲睡，引锥自刺其股”，东汉孙敬的“晨夕不休，及至眠睡疲寝，以绳系头，悬屋梁”，西汉董仲舒的“三年目不窥园”，等等，是惊人的一致的。人没有顽劲儿哪里行？好钢从来都是炼出来的啊。古今中外，莫不如是。就是一个人活到了再了不起的份上，这样的顽劲儿也还是必要的。生来就坐享其成的人，是有的，但如果只是一味地坐享其成，最后不坐吃山空那才叫怪呢。我是从来都瞧不起那些坐享其成的人的，一般来说，他们不是花花公子，就是浪荡女子。这等人，和混子其实差不多。他们穷其一生都不可能会知道创造的乐趣。

看不惯，也便在我和他们之间画了一条抹不去的沟堑一样的线。没有关系，我早就习惯了特立独行、天马行空、汪洋恣肆了，早就习惯了摸着石头打着狼了，早就习惯了一个人摸着黑闯来闯去了……闯来，闯去，我也便更加知道了世道、人性的丑恶和活着的艰辛。是的，我知道了，比谁都知道，我知道，深深地知道。我是我自己的导游，自己的方向，从来都是这样。就是有一天，我不小心栽了跟头，也只会栽在我自己的路上，不会栽在别人的路上。

“为了家庭忘却自己，为了村庄忘却家庭，为了国家忘却村庄，为了觉悟忘却一切！”《增一阿含经》里的声音又传过来了，啊传过来了……我静静地聆听着……聆听的过程中，我又一次看见了他，喜马拉雅山上的那位真正的修行人——

为了让自己的心灵与佛法同在，除了修正道，他一无所求。神为他的境界所感动，便扮成一个厉鬼来到山上，躲在离他不远的地方，以便试探他是否真的就像别人所说的那样舍恚行道、守摄其心。神悠然吟道：“万物皆无常，生而复灭亡。”他听了之后，如饮甘醴，如获至宝，便四处寻找这声音的源泉。最后，他发现，这声音的源泉竟在一个厉鬼身上。他半信半疑地走近了那厉鬼，问：“刚才那诗可是你吟的？如果是，就把后面的也吟给我听吧！”厉鬼说：“当然是我，不过，我现在饥肠辘辘，不吃些东西肯定是不行的。”他说：“你看，我实在是一无所有，就恳求你，把后面的吟给我听好了！它对于我来说，比什么都重要，甚至比生命还要重要，我实在是太需要它了！”厉鬼听了，哈哈大笑，然后说：“当然不行，我已经饿得支撑不住了，不吃点尚有热气的人肉，喝点尚有热气的人血，哪来的力气吟给你听？”他说：“那好吧，只要你把剩余的吟给我，我的身体……听完之后我的身体就是你的了！”于是，厉鬼就吟了后面的两句：“超脱生与死，平静又安详。”他把全诗刻在了一块巨石上，然后就爬上了一棵大树，准备纵身跳下，履行自己的诺言……就在这时，厉鬼变成了真神，一下子把他接在了自己宽厚的怀抱里……

哦，世界上有一个怀抱，叫作“神的怀抱”……

不求别的，只求，那位喜马拉雅山上的修行人，就是我。长年地平均每天只有三个小时左右睡眠的我，早就喂给了我的越来越结实的艺术……喂壮了我的艺术之后的我，最终被神稳稳地接在了他的温暖的怀抱里……我的神，我的敬爱的神，不是艺术又是什么？

识别真伪评论

盲目和盲从，一向就是中国人的幼稚病。这种根深蒂固的幼稚病，最终导致的结果便是“集体犯罪”：盲目迷信和盲目崇拜。……也难怪河北师范大学文学院教授陈超先生十多年前就曾发出了这样的感慨：北京那么大，集中了那么多的评论家，能有两三个说几句要紧的话的就已经算是很不错了。可谓一语中的。中国就是一个大北京的缩写，因此换一句话说就是：整个中国，能有几个像样的评论家就已经算是很不错了。我并没有言过其实，真正心明眼亮看清了内里和实质的人肯定都会同意我的这个说法。

有的“评论家”是熬出来的，有的“评论家”是捧出来的，有的“评论家”是混出来的……凭真本事在吃饭的真正的评论家，实在是屈指可数。即使是真正的评论家，也难有出头之日。这就是我们眼前的事实，铁打的事实。放眼一看，这评论家那评论家好像都差不多，而实质上，差得实在是太远，太远太远，品行差得太多，禀赋差得太远，眼光差得太远，学养差得太远，思想差得太多，境界差得太远，学力就更是差得太远。这样，也便出现了鱼龙混杂、鱼目混珠、枯枝败叶、污泥浊水、令苍天一哭等现象或局面。这时候，学会识别真伪评论，也便势在必行了。

真评论都有高度，有理念，有思想，有智慧，有判断，有个性，有风格，有生命，有价值，有广阔的精神背景、文化背景和艺术背景，这自不必说。而伪评论，乍一看，有的好像也像那么一回事儿，既有评论的样子也有评论的动作，可仔细一看，就不是那么一回事儿了，里面空空荡荡的，什么也没有，说了半天就等于什么也没说。其实就是不用仔细去看，大多伪评论也逃不过X光一样的眼睛，也能在锐利的目光中显形，让人一眼就能看到他们骨头里的苍白、孱弱、贫穷、破败和狼藉。

一般来说，伪评论都有以下这样几个昭著的特点：

一、搬弄或挪用概念，用概念来唬人。最常见的，便是搬弄或挪用西方文学批评中的一些常用或生僻的概念，动辄霍拉勃、本雅明、德里达、维特根斯坦、特雷·伊格尔顿、米歇尔·福柯、拉尔夫·科恩、希利斯·米勒、弗朗索瓦·埃瓦尔德……乍一听，似是很有学问，可这些“学问”是死的，甚至是腐烂的，隔得老远就能让人闻到腐烂的气息。搬弄就搬弄，挪用就挪用吧，有一点“自己”也行，可就是没有“自己”，让人找到黑也找不出他自己的半点影子，这就要命了啊，太要命了。我猜想，过去他们一定是习惯了拿着一个小本子，小本子上记满了这概念那概念，全是概念。他们挖空心思在做的，就是让别人登场、概念登场，给别人搭台让别人唱戏，而且一唱到底，也不管是唱什么戏。要是看概念大表演或大展示，到他们的评论里去做什么？他们也不想想，谁积累个一年半载，不能积累个大把的用之不竭的概念啊？卖弄的主，说的就是他们。他们的评论是硬邦邦的、冰冷的、僵死的、毫无表情的，就像水泥制件和木乃伊那样，没有一点人气，更没有一点人味，可以说是毫无价值。一向无知的人们看着假花美艳，不计较它究竟有没有芬芳，那就没有办法了。

二、一味地在“解读”和“诠释”，凭自己的臆想在“解读”，靠自己的低能在“诠释”，陷入“自言自语”和“自说自话”状态。就仿佛，他们天生是些“解读家”和“诠释家”似的。而具体的感知、细微的发现、深入的体察和体味，他们从来都没有。解读完了，诠释结束了，他们也不知道自己究竟都说了些什么。反正是，不黑不白、不软不硬、不痛不痒的话说了一大堆。这类的评论，很有点类似小学生的读后感，甚至连小学生的读后感都比不上，小学生的读后感尚且鲜活、真率，他们的却只有矫情和造作。如何去捕捉文本的精神、气质、气象、韵味、特性，把握文本的结构、脉络、穴位、魂魄等，他们压根儿就不知道。文本更多的靠感知靠引出，他们就更是不知道。经他们那样一“解读”一“诠释”，好端端的一个文本马上就死掉了，至少是被框住了，上了枷锁，意义再也挣脱不了了，怎么也出不来了。要“解读”，要“诠释”，也不是不可以，但是要有解读和诠释的能力才行啊，也就是说要有重新命名的大慧才行啊，他们哪里懂？只是凭意气和干劲在行事了。若是这也缺乏那也缺乏，特别是缺乏理论的高度和思想的高度，很可能就会犯用一个通用的框子去框一个光辉的文本的错误，直到把光辉的文本彻底钳死、掐死或者闷死。好多好文本就是这样悄无声息地窒息的，死得不明不白。好文本遇到这样的评论算是完蛋了，倒了血霉了。因为世人读评论总是习惯了先入为主，总是有这样一个无法根治的坏毛病。

三、套用别人的评论构架或只是做点改头换面的工作。反正纸质读物和电子读物已经越来越普及了，方便得很，他们一旦发现了好的、能为自己所用的，别人的就也是他们的了，他们只不过是把其中的关于原作者的字句的引用或某些文本的零件切割一下调换一下转换一下而已。这样的“拿来主义”，也实在是太可鄙。说白了，他们就和小偷差不多。最可鄙的，是他们坚决否认自己就是小偷，还梗着脖子呢。

四、意识出了严重问题，总是借这“名人”那“名人”来抬高自己。今天是这个市面上的“名人”明天是那个市面上的“名人”……反正总是有写不完的“名人”。从根本意义上来说，这也是极没出息的一种。要是他们真的有问题的发现和认知，带着问题去研究去探讨，这样做也未尝不可，也不是没有可行的理由，可是他们却毫无发现和认知，更不用说是独到的发现和深刻的认知了，彻头彻尾是人云亦云的东西。伪评论，自然这也是一种，而且是一大种，数量相当地多。也不知道他们究竟是怎么想的，有这等工夫，多去关注一些有实质意义的文本该有多好，可是他们却拗着，坚决不。结果，就制造出了一大些势利评论、没骨气的评论、媚态评论，等等。也真是为难了他们。

五、给个红包就开始飘飘然，飘向地球的任何一个角落。自己的评论最终究竟飘向了哪里就连他们自己也不知道。既偏离了艺术良知，也偏离了评论根本。贪婪在茁壮成长的同时，他们的乱语也在茁壮成长。从红包里长出的评论，也就难免“谎花”一片，无论有多么灿烂。

六、写作的本事没有，只有当官的本事、拉关系的本事、上蹿下跳的本事，和文字套近乎只是为了附庸风雅。那你也来吧，反正来者不拒，反正他们看重的不是你的文字功夫而是你的权力大小，权力可是好东西啊，说不定哪天就会用上。有你的权力在，就有苍蝇一样的评论在，反正大家利益均摊，谁也不吃亏。

……

总之，不入流的评论、半吊子评论、小儿科评论、假冒伪劣的评论已经是越来越泛滥，泛滥成灾。这类的所谓的评论尽管招摇过市，可就是骗不了内行人。中国有很多人都患了眼疾甚至患了心癌，可并不等于所有的人都患了眼疾和心癌。扫盲，一起来，实在是颇有必要，要不新一代的文盲就会越来越多，识字的文盲就会骗天骗地骗人也骗鬼。

热爱枝繁叶茂的诗歌

我一直以来的诗歌观点就是，枝繁叶茂才是美。因为枝繁叶茂才是生命力旺盛和蓬勃的象征，艺术是应该具有生机勃勃的热带雨林一样的生命力的。做到了枝繁叶茂，自然也就血肉饱满、飒飒作响。骨骼即使再坚硬，如果血肉不饱满，也是一个大问题，要么形象受损，要么病灶丛生，人是这样，诗也是这样。反正我是从来都不喜欢那些骨瘦如柴或骨肉离散的诗歌的，这样的诗歌既没有美好的形象也没有超强的力度，更不用说是汪洋辟阖、仪态万方、魅力无限了。摇摇欲坠、不堪一击的诗歌，说的就是它们。

有人提倡诗歌用减法，而我则提倡诗歌用加法，就看是如何个来做诗歌这道非凡的奇妙的加法算式了。最初，连一个文字都没有，你如何个减法？难道减成负数不成？只能用加法，加字，也加意，更加蕴，才能形成一首诗。诗歌近禅，但毕竟不是禅，如果把诗学当成禅学，便是彻头彻尾的误区和失败。小盆景、小摆设、小点缀似的诗歌越少就越好，如果都成了小盆景、小摆设和小点缀，诗歌的世界就没有多少丰富性和魅力性可言了，惊异感和震撼感就更是谈不到了。但我们需要惊异和震撼，不需要那些不痛不痒、半死不活的东西。无论是意象的叠加，还是意境的累加，还是意蕴的添加，还是意味的增加，只要是做到了不臃肿不累赘不笨重不呆滞就行。如今流行减肥，又是减肥药，又是减肥茶……其实这是一种集体无意识的病态，而且是严重的病态，如果把这种病态强加给诗歌，最终就会导致诗歌苍白无力、软弱无能。这样的诗歌，不要也罢，因为它根本就没有葳蕤一片的阔朗气质和大乘气象。

诗人不是不可以做“剪枝工人”，但面对诗歌的这棵参天大树，要会剪，懂得怎样去剪才行，绝对不能剪草除根，把诗歌的气韵和气息也给剪没了，让自己的诗歌变成了奄奄一息的诗歌或行尸走肉的诗歌。只剪枯枝败叶也就够了，如果存在着枯枝败叶的话。再说了，一棵诗歌的大树，即使夹杂着些许枯枝败叶，也影响不了大局。因为对于一首诗歌来说，最最重要的是精神，也即诗歌精神或艺术精神，别的都是次要的。这样的例子非常多，比如莎士比亚、歌德、席勒、拜伦、雪莱、济慈、海涅、普希金、叶赛宁、斯宾塞、勃洛克、朗费罗等的诗歌，论技巧，如今的很多诗人都已经超越了，可是精神，他们的宽广深邃的诗歌精神，你若不下苦功是没法超越的，只能终生难以望其项背而已。尽管有很多人都在说他们老旧，但精神是不可能会老旧的。一度，我也曾经觉得他们的诗歌很老旧，但后来我才知道，不是他们的诗歌老旧而是翻译得老旧。中国缺乏伟大的诗歌翻译家，这是一个事实，有些“诗歌翻译家”其实都是一些“诗歌破坏者”和“艺术糟蹋者”，诗歌的身体和心灵的维护他们从来就不会懂。

简单即美，简洁即美，我当然也承认，但必须还要再补充的是，复杂也是一种美，因为宇宙本身就是极其复杂的，而诗歌又是整个宇宙的折射或投影。没有比天地人更复杂的了，而诗歌又恰恰离不开天地人。甚至完全可以这样说，所有的诗歌都必须直接或间接地来写天地人，涉及天地人的关系，便是复杂的关系，甚至是复杂而又复杂的关系。

有很多人都知道写诗的时候尽量少用形容词或修饰语以及数量词、连词、虚词等这个道理，但这并不是说就绝对不能用，而是要看如何去用，如果用得好，同样会出现意想不到的艺术效果，就比如“巨大数额的海浪声”“陈年的悲伤”“芬芳的童年”“绸缎一样的目光”“水晶般的钟声”“天鹅绒般的梦境”“昂贵的春天”“陡峭的时辰”“深不见底的孤独”“如花似玉的夏日”“裸露的骨头一般苍白的走廊”“心情翻了一万个跟头”“床轻轻地叹了一口气”

“手的表情有一万种”等，如果砍削之后，只剩下了“海浪声”“悲伤”“童年”“目光”“钟声”“梦境”“春天”“时辰”“孤独”“夏日”“走廊”等会是什么结果？至少，语言的色彩大大削弱了，文本的意味大大减少了吧？

我所欣赏的奥地利诗人里尔克的《杜伊诺哀歌》、希腊诗人埃利蒂斯的《英雄挽歌》、美国诗人布罗茨基的《悼罗翰·邓恩》、法国诗人瓦雷里的《海滨墓园》、美国诗人庞德的《比萨诗章》、英国诗人艾略特的《四个四重奏》、墨西哥诗人奥克塔维奥·帕斯的《太阳石》、英国诗人特德·休斯的《生日信札》……无不是一些枝繁叶茂的不朽的诗篇。这样的诗篇，才值得一读再读，绝对不是那种快餐式的诗歌或一次性消费式的诗歌。

不知道从什么时候开始，我们的汉语诗歌就陷入了严重的巧言令句和小打小闹，越来越丧失了将大材料铸造成型的综合能力，这是一种不小的遗憾，甚至是一种可悲。拯救这种可悲的局面，前提只有一个，那就是还原诗歌的自然的原始的扑不灭的生命风姿和生命气息，从而让诗歌这棵大树呈现出枝繁叶茂的大局面和大气象。

写诗犹如悟道，如果永远都缺乏悟道的心，就终生都不会有超越，充其量也只不过是量的累加而已，不断地在原地打转而已。做一个这样的诗人，是没有多少意义的，因为这样的诗人终生都像小炉匠，尽管每天都在叮当作响，却毫无大动作和大动静，大作为这种事是不可能会发生在他们的身上的。

一位帝王作家的沉思

皇帝的视野，哲学家的思想，文学家的心灵，缔造了《沉思录》这本书。这位皇帝兼哲学家、文学家的名字，叫作马可·奥勒留。奥勒留生活在久远的古罗马帝国，离现在差不多两千年了。是希腊文学、拉丁文学、修辞、哲学、法律、绘画等共同夯实了奥勒留的知识结构，使他一举成为斯多葛学派的重要代表人物之一的。虽然奥勒留倾尽了所有心力，却始终没能挽救他的古罗马帝国，但这并不影响他是一个比他的古罗马帝国更为完美的生命个体。完美的佐证之一，就是他给人类留下了一部彪炳千古、启人心志的《沉思录》。正是这部《沉思录》，给斯多葛派哲学竖起了一个醒目的里程碑。

奥勒留做了近二十年的古罗马帝国皇帝，其间，战乱不断，灾难频繁，洪水、地震、瘟疫，和东方安息人的战争，再加上北方的马尔克马奈人在多瑙河流域的紧密进攻，以及内部的叛乱等，因此他的大部分时间都在军营里度过。《沉思录》的大部分内容显然都是奥勒留在戎马倥偬的时候写下的。《沉思录》是奥勒留自己与自己的对话，共十二卷。奥勒留对身在宫廷的自己和自己所处的战乱年代的点滴感受和思悟，被这本书一一承接。这便让我们看到了一颗摆脱了欲望之后的冷静且达观的饱满心灵。个人的修行和超越，生命的责任和义务，必需的自省和宁静，正直的思考和完善，内心的自在和真性情的释放，宇宙与个体的关系，灵魂与死亡的关系，等等，在书中均有阐述和解析。它在反反复复地告诉我们，拥有一个独特的内心世界是多么的重要；学会沉思，胸怀浩大，视万物为自己的朋友，做一个比一般意义上的人更像一个人的人，是多么的重要。这就涉及“生命质量”和“生活质量”并举的双重问题，如何去寻找精神的故乡的突出问题，如何在精神上出生的重要问题……要解决好这一系列的问题、堆积如山的问题、不断涌来的问题，自然需要知识，但光有知识却不会思考，知识就等于零。要思考、思考再思考，让思考陪伴我们的一生。从这层意义上来说，奥勒留就不仅是一位罗马帝王，也是一位精神帝王。

这位双重的帝王对我们是这样说的：“一方面能足够强健地承受，另一方面又能保持清醒的品质，正是一个拥有一颗完善的、不可战胜的灵魂的人的标志”；“生活的艺术更像角斗士的艺术而不是舞蹈家的艺术，即应当坚定地站立，随时准备应对突如其来的进攻”；“按照你恰当的结构来推动你自己”；“一个人退到任何一个地方都不如退到自己的心灵里更为宁静和更少地苦恼”；“这是一种羞愧：当你的身体还没有衰老的时候，你的心灵就先在生活中衰老”；“爱好属于灵魂；原则属于理智……”；“只有一件事苦恼着我，就是唯恐自己做出人格结构不允许的事情，或者是以它不允许的方式做出，或者是在它不允许做的时候做出”；“痛苦和不安是来自内心的意见，可以用心灵来做加减乘除”；“不管任何人做什么或说什么，我必须还是善，正像黄金、绿宝石或紫袍总是这样说：无论一个人做什么或说什么，我一定还是绿宝石，保持着我的色彩一样”；“每一个灵魂都在不由自主地偏离真理，因而也同样不由自主地偏离正义、节制、仁爱和诸如此类的品质。总是把这牢记在心是很有必要的，因为可以保持警觉”；“灵魂是由思想来染色的”；“不寻求外在的帮助也不要别人施舍的安宁，这样，一个人就必然笔直地站立，而不是让别人搀扶着直立”；“从宽广的大地飞向奥林匹斯山……”；“很快，你就将化为灰尘，或者一具骷髅，一个名称，甚至连名称也没有，而名称只是声音和回声”；“那从地里生长的东西必将回到地里，而那从神圣的种子诞生的，也必将回到天国”……

吉光片羽，不乏睿智。似娓娓絮语，又似谆谆叮咛。

无疑，《沉思录》是一些从灵魂深处流淌出来的文字，自然朴实却直抵人心，是一本让人活得有素质、有境界和有品位的书。面对这样的一本书，文字在发光，我们的骨头也在发光。

奥勒留的仁爱、谦逊、旷达、果敢等卓越的生命品质，及不为物役、恪守内心的高贵的生命精神，折射在了书中。书又把这些品质和精神一滴不漏地捧给了我们。接住它们，我们无疑是幸运的；接住它们，我们便懂得了“因为本真，所以简单；因为简单，所以快乐”的生命妙理。我们的内心自会像奥勒留的内心一样，形成一股势不可正的激流。

《沉思录》的伦理学意义和哲学意义，和老子所提倡的“寡欲”和“守柔”、孔子所提倡的“正名”和“三畏”、墨子所提倡的“兼爱”和“非攻”、董仲舒所提倡的“尽心”和“知性”等有着许多的相似之处，但奥勒留的学说显然比老子等东方哲人的学说更具普遍性，即人类关怀和终极关切，因为奥勒留的伦理学和宇宙论是密不可分的。奥勒留坚定地认为，人是整个宇宙体系的一个组成部分，是神圣的火焰中的一个火花。每个人的内心都是一个小宇宙，人的本性和万有的本性是统一的。遵从自然而生活，大宇宙有多和谐小宇宙就有多和谐，这才是最为完美的人生。

美国作家费迪曼读了《沉思录》之后激动万分，这样评价《沉思录》：“《沉思录》有一种不可思议的魔力，它是甜美、忧郁和高贵的。”这甜美，自然来自奥勒留的纯正的灵魂；这忧郁，自然来自奥勒留的悲悯的情怀；这高贵，自然来自奥勒留的庄重的思想。

温家宝总理也很喜爱《沉思录》这本书，曾经这样说过：“这本书天天放在我的床头，我可能读了有一百遍，天天都在读。”“1992 年，我曾经问过克林顿，除了《圣经》之外，对你影响最大的是哪本书？克林顿略微沉思了一下，说：马可·奥勒留的《沉思录》。”

不要把自己的生活搞得那么复杂，不要让自己的生命变得支离破碎。不要只注重身体的游历，应该注重心灵的游历，即让自己的心灵壮行天下，呈现出波澜壮阔的局面……这是奥勒留的《沉思录》所留给我们的久远的思索。

像瓦尔登湖一样澄澈

东方有个太极图，西方有个十字架，都隐含了平静和智慧这两样生命的根本要义。无论是东方哲学还是西方哲学，从来都是把宁静和智慧看得无比重要的。因为成大事者，必有一颗宁静且智慧的心。美国作家梭罗的散文集《瓦尔登湖》，便是一本让心灵守住宁静、呈现智慧的书。它的清新、静雅、恬淡、安详、睿智，在如今这样一个外部环境越来越浮华的氛围中，意义就像雕塑一样凸出，价值就像幸福一样昂贵。它是在给全人类上自然课、生命课、哲学课、美学课和艺术课，教人怎样安守内心的本分。而这个本分，又是生命的根本。一旦失去了这个根本，什么事情都做不了，更不用说是成就一番丰功伟业了。

《瓦尔登湖》，又名《湖滨散记》，详细地记述了1845年春天梭罗来到离他的家乡康科德城不远的瓦尔登湖畔两年零两个月的隐居生活。“大多数人都在绝望中生活着，当他们进入坟墓时，他们的歌还没有唱出来。”梭罗正是基于想要把自己的歌完完整整地唱出来，才选择了离群索居的生活的。作为哈佛大学毕业的一名高材生，梭罗没有去选择浮华的生活，而是选择了让人彻底宁静的瓦尔登湖，选择了心灵的自由和自足，可以想象，这需要多大的勇气。他的骨子里所固有的非凡的撒克逊人的血统从此开始淋漓尽致地展现出来。梭罗在瓦尔登湖畔搭起了自己的木屋，开垦了一块又一块荒地，自耕自食，静心读书，潜心写作，过起了非常原始、极其简朴的生活，内心却越来越趋于高贵、优雅和丰富。《瓦尔登湖》便是梭罗和大自然和睦相处的结果。在梭罗的笔下，自然、生命及超验主义理想交汇融合，浑然一体。每一件具体的小事，比如造屋，比如散步，比如和他的老师兼朋友爱默生交谈，都写得栩栩如生，如诗如画，赋予了非同一般的自然、鲜活、灵动以及最为深刻的内涵。在瓦尔登湖畔的生活其实是非常单调的，而梭罗却挖掘出了隐含在这段时光背后的极其丰富的内涵。米开朗琪罗式的穿透的眼力和萨尔瓦多·达利式的立体的表现力，被梭罗推向了极致。内在的现实，也即心灵的现实，被梭罗强调了再强调。这就使得，梭罗牢牢地抓住了他“一个人的历史”。这“一个人的历史”曾是梭罗的一个研究课题，他曾不断地给康科德城的市民们讲，并受到了极大的欢迎。因此，严格意义上说，《瓦尔登湖》是梭罗将自己的课题提纲和讲座内容加以整理而成的。瓦尔登湖为梭罗提供了一个安静的栖身之所，梭罗却给全人类提供了一种独特的精神氛围。这种精神氛围，正是契合了全人类的美好心愿，当然也赢得了越来越多的心灵的共鸣。世界文学史上影响最深远的传世经典，《瓦尔登湖》无疑是其中之一。它既是梭罗的思想的集大成之作，也是“美国文化发展史上的一个里程碑”。

梭罗的瓦尔登湖情结和中国古代文人的山林情结，可谓有着异曲同工之处。梭罗认为，一张床、一张桌子、三张凳子、一面镜子、一只水壶、一个平底锅、一个煎锅、一个洗脸盆、一盏马灯再加上一些简单的日用品，就可以过一个自然人的生活了。就可见，梭罗的观点和诺贝尔和平奖得主特蕾莎修女的观点是何等相似。可是，梭罗显然比特蕾莎修女要早了半个多世纪。

《瓦尔登湖》的更为深远的意义在于——从内容上来说，我们应该及时地调和人与自然、人与社会的紧张关系，并在种种困境中保护好生命的植被和心灵的花草，从而让自己的微观宇宙越来越和谐，越来越美好。种种美好和意义，只有到自然当中去寻找。而要找到这一切，就必须忠于自己，遵从自己的良知。从艺术上来说，它是一部高度个人化的作品，与他同时代的文学巨匠们的众多巨著相比，《瓦尔登湖》的独特性显然比霍桑、梅尔维尔和爱默生这些天才作家更富有 20 世纪散文的气息。这一特点具体体现在《瓦尔登湖》的自然、质朴、简洁而又高贵、优雅和浪漫上。它完全地抛弃了维多利亚中期散文的散漫、刻意和矫情，也驱散了在他之前的许多散文的朦胧和抽象的气息。

梭罗喜欢把一刹那放大再放大。哪怕是一个细小的物件或事件，在他的眼中也能显示出一切自然界的定律，引证出宇宙的规则。因此在他看来，任何事物根本无所谓大小，池塘是一个小海洋，大西洋也是一个大的华尔敦池塘。应该说，这就是哲学家的洞察力和思考力。从这层意义上来说，梭罗显得更像是一个哲学家和思想家。

打开《瓦尔登湖》，我们就仿佛看到了一个内心安详的人在瓦尔登湖畔像在皇宫里一样，生活得是那样地自尊、自爱、自信、自如和自足。如何来崇尚心灵的自由与闲适，看看这本书自然也就知道了。

还是从书中拣选一些如钻石一样晶亮的句子来帮助我们更好地理解《瓦尔登湖》这本书好了，“如果我真的对云说话，你千万不要见怪”；“城市是一个几百万人一起孤独地生活的地方”；“充满自信地去追求你的梦想，过你梦想中的生活吧。当你让自己的生活变得越来越简单的时候，宇宙的法则也便变得越来越简单”；“我们的生活都耗费在许多的细节上……简单，再简单”；“活出你的信念，你就能转动世界”；“当我们从容不迫而睿智时，我们就会知道，只有大事和有价值的事才是永久的绝对的存在”；“我本来只有耳朵，现在却有了听觉；以前只有眼睛，现在却有了视觉；我过去枉活了若干年，而现在每一刹那都在生活；以前只知道学问，现在却能辨别真理……也只有现在才是我的壮年”；“天堂在我们的头上，也在我们的脚下”……

不能不提的是《瓦尔登湖》的批判意识，正是这些批判意识使得这部作品在优美之中又平添许多的壮美。它的美是多元的、丰富的。正是这种多元而且丰富的美，影响了托尔斯泰、圣雄甘地和马丁·路德·金等人。

《瓦尔登湖》自问世以来，一直好评如潮。美国著名作家、思想家爱默生是这样说的：“梭罗是一位天才人物，性格迥异。对农民们来说，他是一位最娴熟的勘测者，甚至比他们更了解他们的森林、草地和树木，但是他更是一位了不起的作家，写出了美国最好的书。”英国著名女作家乔治·艾略特是这样说的：“《瓦尔登湖》是一本超凡入圣的好书。严重的污染使人们丧失了田园的宁静，所以梭罗的著作便被整个世界阅读和怀念了。”英国著名作家毛姆是这样说的：“《瓦尔登湖》文体非常清晰，不拘形式，平易而优雅；作家具有活泼的性格、奇妙的经验以及种种特殊的知识……”美国作家约瑟夫·伍德·克鲁是这样说的："《瓦尔登湖》是美国文学中无可争议的六本或八本传世之作之一。"美国作家伊拉·布鲁克是这样说的："在过去一百年里，《瓦尔登湖》已经成为美国文化中纯洁天堂的同义词。"《瓦尔登湖》的最早翻译者、中国著名诗人徐迟是这样说的："《瓦尔登湖》语语惊人，字字闪光，沁人心肺，动我衷肠。到了夜深人静、万籁无声之时，此书毫不晦涩，清澄见底，吟诵之下，不禁为神往了。"美国国会图书馆把《瓦尔登湖》称作"塑造读者人生的二十五本经典之一"。

的确，《瓦尔登湖》是一本让人重新认识生命的书，是一本喜欢心静的人或者渴望寻找灵魂出口的人必看的书。看了这本书之后，心中自会留下一个"精神的瓦尔登湖"。

梭罗在他四十四岁短暂的生涯中，给人类留下了《瓦尔登湖》《种子的信念》等二十多部卓越的散文集，每一部都在教人类怎样亲近自然、学习自然、热爱自然，做一个自然人而不是机器人、植物人或矿物人，从而去追求"简单些，再简单些"的质朴生活，让生命因自然和思想而丰盈，而臻于完美。

海伦对我们说美

据希腊神话记载，著名的特洛伊战争是以争夺风姿超群、风华绝代的海伦为起因，并因此引发了以阿伽门农和阿喀琉斯为首的希腊军进攻以帕里斯及赫克托尔为首的特洛伊城的长达十年的攻城战。海伦是希腊神话中天神宙斯和勒达的女儿，是当时希腊最美的女神。当她还是一个小女孩的时候，便被神的儿子忒修斯劫去，不久之后又被她的两位哥哥夺回。在继父斯巴达国王廷达瑞俄斯的宫中，她长成了亭亭玉立、风姿绰约的少女，之后嫁给了亚各斯国王墨涅拉俄斯，并生了一个女儿。一天，墨涅拉俄斯外出，海伦一个人在宫殿里很是孤寂，偶然的机会，便在阿尔忒弥斯神庙里遇见了帕里斯王子，两人一见倾心，不久就相爱了。于是，王子就把海伦劫到了自己的国度。爱妻被抢走，爱情遭背叛的刻骨之痛，使墨涅拉俄斯最终忍不住发动了著名的特洛伊战争，发誓要火烧特洛伊城以雪洗他人生中的奇耻大辱……《荷马史诗》也重彩渲染了这一神话传说，说海伦是特洛伊之战的导火索……总之，海伦是以她的征服性的美、掠夺性的美、侵略性的美、不可抗拒的美、不可战胜的美、不可剥夺的美而被载入希腊神话并光耀千秋、深入人心的。其实，海伦不仅仅具有外在的美貌，更具有心灵的美貌，因为她让人更加深刻地认识到了善良、温和、明净、智慧、纯洁和美好等的含义。永恒的生命之神、爱之神和希望之神，自然是非海伦莫属。征服了特洛伊人也影响了全世界，自然在情理之中。

美的化身和美的形象，一向是希腊诗人埃利蒂斯穷极一生所神往的最高境界。这种境界，最终便凝成了埃利蒂斯的传世之作——《海伦》。很多诗人都写过海伦，但埃利蒂斯的这首《海伦》却最为经典。

《海伦》的经典性在于，它继承了希腊历史文化中的珍贵遗产，又汲取了现代人类生活的丰富养料，同时把民族传统与现代精神非常好地结合了起来，从而让我们看到了源远流长的希腊文明和闪耀的地中海精神，让我们的心灵产生了强烈的震撼。在《海伦》这首诗中，绝望和希望的对垒与冲突是如此的鲜明，视觉和听觉的转换是如此的明快而又不失深沉，情绪饱满，神采飞扬，内涵浑厚，色彩斑斓，感染力极强，有着太多的耐人咀嚼之处。

当一种美美到极致的时候，我们就会产生绝望的情绪，因为这样的美对于我们每一个人来说都是那样遥不可及，但绝望和希望从来都是并存的，它们并不矛盾。正因为绝望，我们才更要怀着希望，甚至热望。

来一起倾听一下埃利蒂斯的《海伦》好了——

第一滴雨淹死了夏季
那些诞生过星光的言语全被淋湿
所有那些以你为唯一对象的言语
我们的手还伸向哪里，既然气候已不再对我们重视？
我们的眼睛还看向哪里，既然阴云已遮蔽遥远的天际？
既然你已经闭上了眼睛不看我们的风景
而且——仿佛迷雾浸透了我们——
我们被遗弃了，完全遗弃了，为你那死寂的意象所围困？

我们把额头贴在窗玻璃上，提防着新的杀机
只要你还在，死亡就无法把我们打翻在地
只要别处还有风在充分欣赏你
从身边将你掩护，有如我们的希望在远方当你的风衣

只要别处还存在一片绿野
越过你的笑声直到太阳身边
悄悄地告诉太阳我们要再次相逢在一起
不，我们要面对的不是死亡
而是秋天最小的雨滴
一种模糊的感觉
在更远处我们的灵魂中继续生长的泥土气息

而且如果你的手不是握在我们的手中
如果我们的血液不是在你梦的脉管中流动
那洁净无瑕的碧空中的光辉
我们内心的从未见过的音乐
依然维系着我们，悲伤的旅行者，向世界靠拢
那是潮湿的风，秋天的时刻，隔离
肘部搁在记忆上的酸痛的支撑
它在黑夜开始把我们从光明割开时苏醒
在面对悲伤的方窗的背后
什么也不泄露，因为它已经变成
看不见的音乐，壁炉里的火苗，墙上巨钟的嘀嗒声
因为它已经变成了一首诗
一行接一行合拍地应和着雨滴、泪珠和言语——
不是别的而是像这样的言语，也有一个单一的目标：你

这首诗并没有正面去写海伦，而是侧写，完全把海伦当成一个文化象征和精神符号。它的美就像海伦本身的美一样，让人感到不可思议。这正应了法国超现实主义创始人和诗人布勒东在他的《第一次超现实主义宣言》中所说的“不可思议的东西总是美的，一切不可思议的东西都是美的，只有不可思议的东西才是美的”这个创作理念。超现实主义诗人们大都有这样一个认知：梦幻是万能的，也只有梦幻才能够显示生命的永恒和彼岸的意义，也只有梦幻才能够纠正现实，改变现实。因此在《海伦》这首诗里，海伦只不过是作为埃利蒂斯的一个美好的梦幻出现的。埃利蒂斯对海伦这个美好梦幻的热爱和迷恋，闪烁其中，荡漾其间。诗中的“只要你还在，死亡就无法把我

们打翻在地”，震撼人心。这个“你”，显然是指希望。我们什么都可以丢掉，唯独不能丢掉的就是这希望。希望是我们人类最初的也是最后的灯盏。它让人怀着信心，不奢望，不绝望，但永远怀着热望。它所营造出来的氛围，显然是浓郁而独特的。在这浓郁而独特的氛围中，我们被一种力量推动着，被一种情绪浸染着，被一种声音感动着……它的画面一个接着一个，它的激情一浪连着一浪……隐喻、象征及联想纷至沓来，肢解、重构、意象组合不断涌现，从而洋溢出了一种饱满的热情，拧成了一股神奇的力量，唯美而动人，给人耳目一新的感觉。

埃利蒂斯的《海伦》，总体上呈现的是明亮和奔放的色彩，涌动的是生生不息的地中海精神，散发的是生机勃勃的生命气息，最大的秘密存在于光明之中，永远都为光明和清澈发言，埃利蒂斯的艺术理念和独特诗风由此可窥一斑。“饮日诗人”“爱琴海歌手”称号便是这样诞生的。为此，1979 年的诺贝尔文学奖被授给了埃利蒂斯。

埃利蒂斯是希腊包括塞菲里斯和卡瓦菲斯在内的诗坛三大巨匠之一，他以双手捧着太阳的姿势和纯熟的超现实主义手法，最终赢得了“新希腊诗派之父”的美誉。

每一个时代都有每一个时代的海伦，每一个人也都有每一个人心中的海伦，只要“海伦”还在，也就是美和希望还在，秋风就无法把我们打翻在地，厄运就无法把我们打翻在地。

青鸟衔来幸福的秘诀

幸福亮亮的、暖暖的、甜甜的，是一种人人都喜欢的东西，因为它太诱惑，太让人神往。谁也不是为了受苦、受罪、受难才来到这个世界上的，尽管各种各样的承受和承担是通向幸福的必经之路。很多人义无反顾、舍生忘死，就是为了追求幸福。可幸福究竟是什么，怎样才能获得真正的幸福，却很少有人静下心来好好地彻底地思索过。比利时作家梅特林克的《青鸟》，便是一本思索幸福的书。

有人说《青鸟》是一部典型的象征主义戏剧，有人说《青鸟》是一个晶莹剔透的童话，有人说《青鸟》是一则现代精神寓言，有人说《青鸟》是一首华彩曼妙的奏鸣曲……都没有错，但我更乐意把《青鸟》称作一首意味深长的梦幻诗。它实在是太诗情画意了。

让我们来走近《青鸟》，具体看看——

远古的时候，樵夫的儿子蒂蒂尔和女儿米蒂尔，在圣诞节前夕做了一个奇异的梦，先是梦见趴在窗户上看见了邻居家的富贵子弟正在进行幸福的晚宴，便非常羡慕；然后，又梦见一位名叫贝丽吕娜的仙女对他们说，那边并不比这边好，世人没有眼力。意思是说，那边的人们拥有的只是生活的幸福，却不是生命的幸福，生命的幸福才是真正的幸福。最后，仙女贝丽吕娜送给了他们兄妹俩一顶装着金刚钻石的魔帽，只要一转动钻石，所有物的灵魂就会立马显现。他们兄妹俩十分好奇，便认真地转动起来，随着钻石的转动，火、水、牛奶、面包、糖、猫、狗等全都变成了人……仙女把这顶魔帽送给他们的目的，是要委托他们去寻找一只青鸟，因为仙女的小女儿病得正厉害，只有青鸟这样的神鸟才会使她的小女儿痊愈并且获得幸福。于是，善良的兄妹俩便在猫、狗和糖、面包、水火等东西的陪伴下进入了另一个世界，在光神的指引下去寻找传说中的青鸟。兄妹俩在记忆之乡、夜宫、墓地和未来天国里，在光神的庙宇中，历尽了千辛万苦，但青鸟却总是得到了又失去，最终没能如愿。兄妹俩只好先回家，因为他们太想家了。早晨醒来，邻居柏林格太太来给她的女儿讨圣诞礼物，蒂蒂尔只好把自己心爱的鸽子送给了她。料想不到的是，这时鸽子立即变青了，变成了一只青鸟。至此，仙女的小女儿的病便好了。不幸的是，青鸟又飞走了……这时候，蒂蒂尔便站在时间的大舞台上对着全世界的人说：你们当中若是有谁看见了那只美丽的青鸟，就把它还给那个焦急地渴望着幸福的孩子吧，因为这是那个孩子的幸福所必需的……

情节大体上就是这样的。除这些有趣的情节外，里面还投放了太多的有趣的细节，就比如，蒂蒂尔和米蒂尔兄妹俩来到了记忆之土，看见一只黑色的鸟忽然变成了青色的鸟，以为这就是他们正在寻找的青鸟，就恳求祖父、祖母送给他们。可是，那只鸟儿一离开祖父、祖母家，便马上又变成了黑鸟。祖父就对深感诧异的兄妹俩说：只要活人想念它，它就会立即醒来，并与活着的亲人见面，这是他们的唯一的快乐。祖母也说：你们每次惦记我们，我们总会醒过来看见你们的……兄妹俩听了之后更加诧异了。这时候，祖母就对祖父说：他们那里可真是奇怪，怎么连这点事情都不晓得……难道他们什么都不学的吗？再比如，罪恶的精灵挡住了兄妹俩的去路，都来诱惑他们。光就警告他们不要受诱惑，否则就会忘掉自己的使命。但富贵、奢侈、虚荣心等吃喝玩乐的精灵硬是把兄妹俩抱到了宴席上，连最忠心的狗也由于贪吃而不再听主人的话，光就命令蒂蒂尔赶快转动金刚宝石，这时候罪恶的精灵才不得不隐去，真正的神宫才终于显现，一群幸福的精灵也随之雀跃而来，他们是——儿童的幸福，蓝天的幸福，树林的幸福，阳光下的幸福，春天的幸福，日落、星夜、雨雪、冬光的幸福，“纯洁思想的幸福”是他们当中最为漂亮的。蒂蒂尔说从来没有见过他们，众幸福就笑他，竟不知他家中有幸福在……

的确，这是一本很有趣的书。故事优美，诗意迭出，令人陶醉。

在《青鸟》这本书中，青鸟的形体、色彩等都是不确定的，很难具体地把握。它类似诗歌当中的“客观对应物”，或“符号美学”中的“符号”。很显然，“青鸟”这个“客观对应物”或“符号”只是一种象征，它所象征的，是真正的幸福、心灵的幸福，而不是尘世中的肤浅的欢乐。梅特林克用青鸟这样具体的存在物来表达抽象的观念，要呈现给人类的至理是：很多人活了一辈子，却始终不知道近在眼前的幸福究竟是什么。真正的幸福，是必须经过千难万险才能最终找到的；即使得而复失，也能再次找到。真正的幸福从来都是与博大的情怀和宽广的境界相伴而生的。

书中有两个关键性的句子，不容放过：“我们给人以幸福，自己才会更加接近幸福。”“我们每一个人都在寻求着自己的幸福，其实幸福并不是这样难得的，如果我们经常怀着无私、良好的意愿，那幸福就会近在咫尺之间。”这是点穴的句子，点中的自然是人类的精神要穴。无疑，《青鸟》是在探索人类幸福的真谛，教人区分生命的幸福和生活的幸福，从而把幸福的秘诀紧紧地攥在自己的手中。它是一个充满了人文关怀和人类关切的精神寓言。

《青鸟》是梅特林克根据比利时的一个民间传说创作而成的。其实，“青鸟”在中国神话中也有所记载，传说中它是西王母取食传信的神鸟……只不过，这只神鸟当年还没有飞进汉语文学的大世界里就是了。

梅特林克的诗人的才情、散文家的睿智和剧作家的思想集体登场，使得《青鸟》这本书完全地摆脱了在他之前的现实主义和自然主义戏剧的影响，直接从莎士比亚、王尔德等的戏剧理念切入了象征主义、浪漫主义和超现实主义的理念，它使梅特林克笔扫千军，走出了自己与众不同的艺术道路，最终成了象征主义戏剧的鼻祖。“比利时的莎士比亚”，这个荣誉就是给梅特林克一个人准备的。

1911 年，梅特林克因《青鸟》而成为诺贝尔文学奖的得主。授奖词里是这么写的：“他的著作具有丰富的想象和诗意的幻想。”

硬汉精神贯穿了海明威的一生

20 世纪的最后一位文化英雄，是美国作家海明威。海明威在他短短的 62 年的生涯中，给我们留下了《太阳照常升起》《永别了，武器》《丧钟为谁而鸣》《乞力马扎罗的雪》《老人与海》等太多硬朗的作品。这些作品的主题，大都是对于“硬汉性格”和“硬汉精神”的张扬。其中的《老人与海》，便是这种“硬汉气度”的集中展现，它使海明威一举成了 1954 年诺贝尔文学奖的得主。

《老人与海》是一部融信念、意志、顽强、勇气和力量于一体的书，它让人彻底懂得了打不垮的坚不可摧的精神力量究竟是个什么样的。

《老人与海》具体讲述的是：古巴渔民桑提亚哥去大海打鱼，84 天过去了，却没有任何收获。但他并不沮丧，依然怀着热忱，天天出发。起初，有一个叫曼诺林的男孩跟他一道出海，可是 40 天眨眼就过去了，却没有攥住一个希望，曼诺林就被他的父母安排到另一条船上去了，因为他们认为孩子跟着桑提亚哥不会交到好运。85 天一到，桑提亚哥一清早就把船划出了很远，这天他出乎意料地打到了一条比船还要大的马林鱼。桑提亚哥和这条鱼周旋了两天，终于捕获了它。但受伤的鱼在海上留下了一道血腥的踪迹，引来了无数鲨鱼的争抢，于是，桑提亚哥和鲨鱼展开了殊死的搏斗，最后战胜了鲨鱼……回到海港时，马林鱼就只剩下了一副巨大的骨架，老人也精疲力竭地一头栽倒在陆地上……桑提亚哥之所以没有被鲨鱼打败，更没有被命运征服，完全是因为他的硬汉性格："一个人并不是生来要给人打败的，你尽可以消灭他，可是就是打不败他!"

桑提亚哥这个人物是海明威所崇尚的完美生命的象征：宽厚，仁慈，充满爱心，坚定不移，义无反顾……

桑提亚哥尽管有一个具体的生活原型，但说穿了，它也是海明威自己真实的生命的投影。我们还是来看看这个具体的清晰可见的投影好了——

海明威曾尝试过吃蚯蚓、蜥蜴等当时很多人不敢吃的东西。在墨西哥斗牛场上亮过相。闯荡过非洲的原始大森林。两次世界大战都上了战场。

第一次世界大战期间，有一次，19 岁的海明威见一名意大利士兵负了重伤，便冒着奥军的炮火跑上去抢救，结果自己也被炸伤了腿，但他仍然背着伤员顽强地前进……突然间，炮击熄灭，探照灯大亮，海明威终于回到了阵地。原来是他的英勇行为感动了奥军将领，下令放他过去。

作为作家的海明威，曾雄心勃勃地表示要超过莎士比亚，把屠格涅夫、莫泊桑、司汤达等打倒在地，说了很多的"胡话"。决心下定，他便沉潜下来，像地火一样在燃烧。1949 年，他的朋友福克纳捧回了诺贝尔文学奖的奖杯，海明威很不服气，匆匆写了一部小说要超过福克纳，结果却遭失败。倔强的海明威爬起来继续写，终于写出了小说《老人与海》，成了 1954 年诺贝尔文学奖的得主。

海明威每天早上 6 点半起床的第一件事就是，开始写作。他写作，和一般的作家有着根本的不同，他是站着写的。他说："我站着写，而且是一条腿站着。我采取这种姿势，使我处于一种紧张状态，迫使我尽可能简短地表达我的思想。"就是这样，他每天写到中午 12 点半。他喜欢用铅笔写作，说这样便于修改。传说他写作时一天曾经用光了 20 支铅笔，他听了之后很认真地纠正说，没有那么多，写得最顺利的时候一天也就用了 7 支铅笔。

海明威的《老人与海》也好，还是别的作品也好，之所以情景互渗、浓淡相宜、简洁清亮、独具一格，自然与他喜欢莎士比亚的剧作，精心研究过德国作曲家巴赫、奥地利作曲家莫扎特、西班牙油画家戈雅、法国现代派画家谢赞勒的作品有关。他说，他向画家学到的东西跟向文学家学到的东西一样多。因此绘画作品的线条的清晰和色彩的搭配，音乐作品的基调的和谐和旋律的对比，在他的小说中分明可见。

海明威一向尊奉美国建筑师罗德维希的一句名言："越少，就越多。"这就使得他的作品越来越趋于精练，从而缩短了作品和读者之间的距离。海明威之所以提出了一个著名的"冰山理论"，即冰山在大海里运动，只有八分之一露在外面才是美的，也就是在作品中只表现事物的八分之一，从而使作品更充实、更含蓄、更耐人寻味，与"越少，就越多"这句一直伴随着海明威且挥之不去的名言不无关系。

海明威的所有作品都是"运动型"的，饱含了非常强的力度，这与海明威终生喜爱户外运动不无关系。这运动的喜好，自然是遗传自他的父亲。他的父亲虽然是一位医生，却终生喜欢运动，尤其喜欢打猎，因此海明威也喜欢打猎，并在打猎的过程中体现出了运动员所特有的一些品质，比如敏捷，比如勇敢，并且这种品质在他的生命中从来没有减退过。海明威的作品既是"运动型"的当然也是"艺术型"的，饱含了独特的美学，这与海明威一直热爱音乐不无关系。这艺术的天赋，自然是遗传了他的母亲，他的母亲是一位作家，喜欢很多的艺术形式。关于音乐的滋养，海明威是这样说的，我从研究和声学与对位法之中学到了很多的写作方法。正是因为这样，海明威的作品才彰显出了典型的"重压下的优美风度"。这种"重压下的优美风度"，其实也是桑提亚哥那样的在失败面前所表现出来的优胜者的风度的另一种表现形式。

海明威一向十分重视作品的修改，他每天开始写作之前，总是要先把前一天写的重新读一遍，读到哪里就改到哪里。全书写完后再从头到尾改一遍，草稿请人打印后又改一遍，最后清样出来再改一遍。他认为这样至少三四次大改是写好一本书的必要条件。他的长篇小说《永别了，武器》初稿写了 6 个月，修改竟花了 5 个月，清样出来后还在改，最后一页竟改了 39 次才满意，一直改到出版前的最后一分钟。就可见，他是如何苛刻地要求自己了。自然，这也是"硬汉精神"的一种具体表现。

海明威在他的《流动的盛宴》结束部分写到巴黎时曾说过这样一句话："巴黎总是值得一去，你带去什么东西，总会有所报偿。"很显然，这是意味深长的一句话，海明威带去的东西无疑便是他的"硬汉精神"。这种"硬汉精神"具有侵略性的美、掠夺性的美、征服性的美和不可抗拒的美。

至少海明威的自杀……从深层心理来分析，固然与海明威的血液里燃烧着从父亲那里继承来的自杀欲望有关——他的父亲和他一样，也是开枪自杀的。猎人的最后一个猎物竟是自己，这留给了我们太多的思考。但无论怎么说，倒在海明威自己的枪口之下的都是一头狮子，而不是别的。这头狮子征服了一个又一个高度之后，疲倦了，便只想着早点睡去了。自杀这种行为本身自然也体现了海明威的决然，海明威一生都是一个时间的战场上最为勇敢的战士，勇敢的战士最应该去体现的当然就是硬汉精神。就这样，硬汉精神贯穿了海明威的一生。

从大洋彼岸传来的谐美的对唱

把四个醒目的?一一拉直了，也即把四个经过拣选的代表性问题一一解决了，也便有了这首只有八行共百来字的玲珑的小诗。体积小，意义却并不小。很显然，它是采用了我们的日常生活中的很常见的一问一答的形式一层一层地展开的。吟诵着它，我便不由自主地想起了歌曲中的“对唱”，即对答式演唱。很自然，很纯朴，很亲切，很活泼，很简洁，此起彼落，就像浪花在自由自在地弹跳一样。

“纱门”“面包”“一天”“这个肺腑和那个肺腑”之间有什么内在的联系吗？答曰：自然是没有。既然没有什么内在的联系，它们却紧密地团结在了这首诗里。这，便是我的诗歌美学中所提到的“风马牛相及法”了：彼此之间，看似毫不相干的，其实，都是有着一定的或秘密的联系的。只要是把它们召唤在了一起，它们也便在诗歌的魔棒的点化之下，唇齿相依、息息相关、和睦相处了。因此，我就说，我们的世界上，根本就没有一点也不相关的事物。任何看似独立地存在着的事物和事物之间，从来都是由一些隐形的线在牵着的。在诗歌的一向具有独特性和超越性的世界里，就更是这样。

前面四行，很显然只是铺垫。铺垫了两次之后，“得看你怎样去度过这一天”“得看你准备了多少无私付出了多少真心”这两个黄金般的含义，也便和我们正式见面了。这样的“见面礼”，我们也就只有用心收下，并且用心收藏了。诗歌，主要是用来托举意味、意蕴和意境的，因此，它的更多的意旨或喻指，我们自然是可以往后放，甚至干脆不提。一只苹果的味道不错，吃完了苹果之后，我们是没有必要正儿八经地坐在某个地方，思索刚才我们为什么吃了那只苹果以及吃了那只苹果之后的重大意义的，没有这个必要。艺术不是科学，在诗歌的天地里或语境之下，就更是没有这个必要了。若是一定要去追寻它的意旨，很显然，后面四行已经是一网打尽了。概括一下，无非是这样的：得到多少，与付出多少有关。

是的，它是从生活中来的，有十足的人间烟火的味儿。“纱门”啊，“面包”啊，这些意象，都是司空见惯的、相当生活化的。因此，也就和我们的心，不仅丝毫也不隔着，而且还押着韵。它是那么的随意，却又很节制；它是那么的从容，而且也很大方；它是那么的简单，却又很有韵味。一首诗，有韵味，其实就已经成功了一多半。剩下的，就是语感的问题了。不用问了，这首诗的语感，自然是相当不错的。写这样的诗，危险性在于，一不小心，就会写得呆板了。可是，它却并不呆板。虽然，如果继续再写下去，它就有可能会变得呆板。适可而止，恰到好处，它确实是做到了。否则的话，就会沿着一条直线一味地走下去。一味地走直线，自然就会难免撞到南墙上，留下许多的遗憾。

美国诗人西尔沃斯坦的诗大多都是写给孩子看的，因此，他自然是考虑到了孩子的阅读特点的。既没有故作高深的坏习惯，也没有故弄玄虚的坏毛病。它的质朴、纯净和真切，就像从院子里突然吹来的一阵清风，或从某个住户里突然传来的一首美歌，让我们忍不住要驻足，要感受，要倾听，要咀嚼……

作为一首写给孩子看的诗，它自然是难得的；但从诗歌的普遍意义上来考查，它的缺点，就是过于“坦白”了，留给人们的想象的空间不像我们想象的那么大。

附：

多　少

（美）西尔沃斯坦

谭延桐　译

破旧的纱门究竟能发出多少次声响？
得看你怎样使劲地关它。
一块面包究竟能分成多少份？
得看你怎样用心去切它。
一天里究竟能有多少欢乐和喜悦？
得看你怎样去度过这一天。
这个肺腑和那个肺腑究竟能装下多少深厚的情谊？
得看你准备了多少无私付出了多少真心。

跟上风的步伐

坐下来，和自己说说话，好好说说话，用风的语气……米尔恩的《矮山上的风》所给我们的整体感觉，就是这样的。像是一颗晶莹、透明、好奇的心爱上了絮语，爱上了说给自己听也说给万物听这件事。很显然，它，既是关于风和风筝的絮语，好像，又不是。“风”和“风筝”，只不过是诗里的两个孪生意象、孪生符号、孪生象征、孪生隐喻、孪生对应物……而已。

一个孩子，在放风筝，一边放一边想……于是，一种意境也便被越放越高了……我们的思绪在随着一种意境越升越高的时候，也便一下子看到了一个孩子的纯净的脸——是的，是笑脸——正在阳光里水晶一样闪闪烁烁……

好似，那个孩子，既是在放他的风筝，也是在放他的梦想；既是在放他的梦想，也是在放他的现实……

诗里的主角是风，配角是风筝。诗歌的探寻，很显然，自始至终都是围绕着“风”来展开的。风，是宇宙里的神仙。永永远远，它都是一副无拘无束、自由自在的样子。想睡的时候就睡，想醒的时候就醒，想跑的时候就跑，想飞的时候就飞……也正是因为宇宙里有了风这个神仙，我们的世界才有了越来越多的活力，我们的生命才有了越来越多的生机。很显然，诗里的风，是不确指的，它是一种自由、奔放、美好的象征。为了留住我们所热爱的自由、奔放和美好，做出一些这样或那样的牺牲，自然是很有必要的。因此，才有了诗中的“如果我放弃了我手中的/那根系在风筝上的线/那么没有线管着的风筝就会随着风/飘上一天一夜也说不定”的纯真的假设。

“我将去寻找风筝的归宿”，这句之后的所有诗句，也都是在假设的前提下逐渐展开的。就像想象中的一幅画卷一样，从从容容地展开了。同时，展开的自然还有在小山上放风筝的那个孩子的心。

想想看，我们的生命，又何尝不是一些被隐形的线拴着的象征意义上的风筝呢？我们这些特殊意义上的风筝，要想跟上风的步伐，和风一起云游四方，和风一起载歌载舞，舍弃那些该舍弃的，也便成了我们不得不思索的一个问题。否则的话，我们这一生，无论怎么飞，也是飞不高的，缺乏“高空探索”的伟大的体验的。也就只能，一辈子，在忙忙碌碌地进行着自己的不得不的“低空探索”。最多，也只能是“中空探索”。

风，哪里没有去过啊？我们的心，又去过哪里呢？我们的心中，有“远方”吗？有“远方的远方”吗？大概，也只有像风一样壮行天下，横扫一切，我们的生命才会展现出越来越多的风一样的仪态万方的风采吧。

虽然，我们永远都不知道风究竟是从什么地方来的，正如不知道我们究竟是从哪里来的一样，可是，我们的去处，我们是应该知道的啊。我们，是应该有一个光辉的“去处”的啊。

《矮山上的风》的作者艾伦·亚历山大·米尔恩是英国诗人、小说家和剧作家，一生中曾写过很多有童趣的书，如《菩角小屋》《小熊维尼》《当我们还很小的时候》《我们已经六岁了》等。其大体风格，这首《矮山上的风》，可窥一斑。

《矮山上的风》既然被纳入了我的翻译和赏析之列，自然是有它的可取之处的。但，说实在话，它还是写得过于“实在”了。说话可以实在，但写诗，毕竟不是说话。这也便，让我们在这样的诗里，和现代性、惊异感、陌生化等不是相交，而是相错。

附：

矮山上的风

（英）艾伦·亚历山大·米尔恩

谭延桐　译

没有一个人知道，
没有一个人能告诉我：
风从什么样的地方来，
风到什么样的地方去。

它从某个地方扇动着翅膀飞来了，
以它最快最快的速度。
我总是没法儿留住它，
我拼命地跑也追不上它的身影！
如果我放弃了我手中的
那根系在风筝上的线，
那么没有线管着的风筝就会跟随着风
飘上一天一夜也说不定。

我将去寻找风筝的归宿，
看它最终栖息在了哪一个山坡上；
我知道，那就是风
在那里留下了它最后的脚步。

因此我就能告诉大家了：
风到过什么地方。
但风究竟是从什么地方来的，
还是没有谁能够一下子说得清……

不要在你怨恨的时候让太阳下山

“在天国排队”“另一个世界”“像鸟一样飞”“玻璃缸里的金鱼”“曾经的大衣钩”“有时候，树就像人”“电影院里的幽灵”“大理石头像”“阿尔特纳蒂姆”“原谅我，雅丹”……一章一章地读过，最后，就见到了“天蓝色的彼岸”。

“天蓝色的彼岸”，可以简单地理解为“天堂”或“天国”。把“天蓝色的彼岸”具体化一些，自然便是这样的：纯净的，令人向往的乐土或境界。按照佛教的意思来理解，此岸，指的是生灭；彼岸，指的是不生不灭，即脱离了尘世烦恼的一个安静的所在。

如此说来，大体上，我们也便明白了：英国作家艾利克斯·希尔的《天蓝色的彼岸》是一本关于生灭的书，即探寻、思考生死的书。“决不要在你怨恨的时候让太阳下山”，希尔的这个极为重要的意思很显然是十分明确的：在你睡觉之前，千万不要生气或敌视任何人，因为，你有可能今天晚上躺下了，明天早晨就再也起不来了。也就是说，不要在你怨恨的时候让生命结束。否则的话，就后悔也来不及了。

再也起不来了，自己的生命突然就画上了句号，书中的小男孩哈里就是这样的，让人无比痛心无比惋惜的。

哈里，是因为生姐姐的气而愤愤地出了家门，骑着自行车恍惚之间在路上被卡车撞死的。在等待去天蓝色的彼岸的过程中，他自然是挂念着他的爸爸、妈妈、姐姐、老师和最好的朋友彼得等人，然而，却不知如何把他的心声传出去。终于，一个叫阿瑟的、模样有些奇怪滑稽的幽灵出现了，善意的阿瑟带着哈里的灵魂偷偷地回到了人间，去向哈里的亲人和朋友做最后的告别，并且向他们表示了深深的歉意和深深的爱意……这一幕，自然是让人无比动容的：教室的后面，整整一面墙上都是纪念哈里的文字。所有的同学都在上面留了言。那篇长长的怀念文章，很显然，是哈里的生前好友彼得噙着泪水写下的。哈里生前的死对头也在文章里说，其实他一直很喜欢哈里。不仅如此，哈里生前的死对头还发动大家在校园里为哈里种了一棵橡树。看到这些之后，哈里是多么的心酸啊。更令哈里心酸的，自然是他家里无处不在的悲情：爸爸、妈妈正沉浸在失去了儿子的巨大的悲痛中，无论做什么也都是一副失魂落魄的样子；而他的姐姐雅丹，则在房间里呆呆地望着他的照片发呆，泪如雨下。他不禁再次想起了他在生前对他姐姐所说的那句气话："我们走着瞧，我们走着瞧！我这次可算是恨上你了！恨上你们了！我再也不会回来了！"他的灵魂一遍遍地大声喊着他们的名字，一遍遍地说我爱你们我爱你们……可惜，他们，是再也听不到了。他唯一能做的，就是把所有的意识都集中在一起，竭尽全力地让圆珠笔动起来，以此向他的姐姐等人道歉。在离开人间，融入"天蓝色的彼岸"之前，他几近喋喋不休、万分动情地说着："再见，妈妈。再见，爸爸。再见，雅丹。我想你们，我爱你们大家。我爱你们所有的人。我非常、非常、非常爱你们。比我能说出来的还要爱。那我去了。我去了。天蓝色的彼岸线就在我下面。我去了。我现在就去了，我这次真的去了。"那一刻，哈里的灵魂，确确实实，是被爱填满了。

生命的真相、生命的真义以及对于生命的认知，一点一点地，都在哈里的生命中显现了。留恋、珍惜、谅解和宽恕等，也便紧密地贯穿在了单纯、明净、温暖、细密、从容的文字里，从而唤醒了我们的内心深处的最为柔软的部分，促使我们重新打量并且思索我们的人生。都知道，人生是无常的。《圣经·约伯记》里曾经这样说过："海水中的水绝尽，江河消散干涸。人也是如此，躺下不再起来，等到天没有了，仍不得复醒，也不得从睡中唤醒。"死亡，说穿了，就是永远地睡着了，它是我们的另一种形式的睡眠，就是这样。用“阿尔特纳蒂姆”一章里的那句意味深长的话来说，“事情就是这样”。既然，“事情就是这样”，那么，最好的策略，也许就是应该像印度诗人泰戈尔在他的《飞鸟集》里所说的那样——“生如夏花之绚烂，死如秋叶之静美”了。

是的，《天蓝色的彼岸》不是跑来告诉我们生的困惑和死的恐惧的。它的弦外之音，很显然就是：活着时，我们应该无忧；死去时，我们应该无憾。

《天蓝色的彼岸》既是童话，也是寓言。既然是童话，那么，它肯定是提炼的结果；既然是寓言，那么，它肯定有深长的寓意。要认认真真地看一次日出，从而让自己的生命像日出一样蓬蓬勃勃；正直、善良和诚实是美德，要去珍爱身边的每一个人，多说“谢”和“请”；生气时不要采取任何行动，任何时候都不要低估了宽恕的力量；学会倾听，但不要期待生活像你想象的那样公平，事实上那是根本不可能的；要懂得顽强地前行，要勇敢，有错误就承认，不要怕说对不起；走好人生的每一步，不要给自己留下这样或那样的遗憾……无论《天蓝色的彼岸》里究竟融进了多少寓意，这些寓意都是不容遗忘的。我们可以遗忘自己，但从一扇宽敞的门里走出去，走进自己所创造的阳光里，或诗意里，是不可以遗忘的。我们可以遗忘昨天，但不可以遗忘今天。什么都遗忘了，最终的结果，就是被世界彻底地遗忘，忘得一干二净，不留一点痕迹。

人与人之间的最大的差别，也许，就体现在人们对待死亡的态度上。如何看待死亡这个大命题，往往决定了人们如何对待生命的态度。我们的态度，就应该是这样的：珍惜生，但不必畏惧死，因为死并非绝对的终结。想想看，自然也就明白了，我们读过的书，大多的，还不都是死去的人留给我们的文化遗产或精神礼物吗。他们的生命，确实是结束了，可是，他们的灵魂却依然在前行，借助文字的形式继续结结实实地存在着。

突然，我就想起了孔子反问他的弟子季路的那句“未知生，焉知死”……是的，如果，活着的事情我们都没有弄明白，我们又哪里会有耐心去探寻死的事情呢？

突然，我就想起了法国作家西蒙娜·德·波伏娃的代表作之一《人都是要死的》。这部曾经在我的心上踩下了一个深深的脚印的小说，所留给我们的启示和反思是永远也抹不去的：生命本身，包含了生和死两个阶段。人这一生，既要享受生的绚丽多彩，也要体验死的宁静安详。也只有这样的人生，才称得上是真正完整的人生。书中的主人公雷蒙·福斯卡用他的存在向我们一再地证明了：永生太可怕，不死是天罚。

突然，我就想起了我的一位叫作黄圣迪的学生，她悉心地读完了《天蓝色的彼岸》之后，便很天真很认真地对她的妈妈这样说，妈妈，我不想活了。她的妈妈一愣，用非常吃惊的语气这样问她，为什么？她说，天堂，那么美……在这儿，我禁不住想对无数的对“天蓝色的彼岸”心生向往的“黄圣迪”这样说：我们的生命，来之不易，是伴随着妈妈的阵痛好不容易才来到这个世界上的。对于我们的修了十个月才好不容易修来的生命，我们只有负责到底好好地去管理去完善的权力，没有轻易地去糟蹋更没有轻易地去放弃的权力。我们唯一能做的，便是让自己的生命世界变得像希尔笔下的天堂一样美轮美奂、美不胜收。

艾利克斯·希尔之所以写这样一本书，据说是郁积已久、终于爆发的结果。希尔从小就失去了父亲，从小就在命运的逼迫之下开始感悟死亡。这种感悟的代价，也实在是太大了。失去了自己最爱的人之后，他才彻底地懂得了，这个世界上，除了自己，任何人都不能依赖，一切，都只能靠自己。直到，有一天，他的母亲也去世了，他的内心世界里一直都在活动着的活火山才终于爆发，多年来一直积压在心里的许多沉重的东西才终于得以释放。我们究竟应该重视些什么，当死亡悄然走近我们的时候我们又该如何去面对……他说，他写这本书的目的，就是这么简单。他之所以选用了哈里的视觉，完全是因为，孩子的视觉、感受和大人的视觉、感受是有所不同的。孩子的眼睛更清澈，孩子的心灵更明净，孩子的生命更单纯。光辉的生命寓言，伟大的人性启示，说的，无疑便是《天蓝色的彼岸》这样的书了。

事情就是这样，相信你，肯定已经明白了。

布鲁克林的树究竟是怎样的一棵树

估计，你和我一样，在正式走近布鲁克林的那棵树之前，也是一直在想，一个劲儿地在纳闷：布鲁克林的树，究竟是怎样的一棵树？

布鲁克林，是美国纽约州纽约市五大区中人口最多的一个区。据说，仅这个区的居民，就有二百五十万之多。那么，在布鲁克林的威廉斯堡长大的德裔美籍女作家贝蒂·史密斯为什么不写“布鲁克林有个人”或“布鲁克林有个弗兰西”——弗兰西·诺兰，是书中的主人公——而是写“布鲁克林有棵树”呢？

原来，布鲁克林的树，是一棵天堂树。这棵盎然的树、懂事的树、会打前锋的树，就长在十一岁的小姑娘弗兰西家的院子里。“树上的绿色枝条从树干向四周发散，枝条上长满了尖尖的叶子，使得整棵树看起来如同无数把撑开的绿伞。有人称它为天堂树，因为不管它的种子落到什么地方，都会长出一棵树来，向着天空努力生长。这树或长在四周围满木篱的空地上，或从弃置的垃圾堆里钻出来；它也是唯一能在水泥地上生长的树。它长得高大茂盛，而且只长在住宅区。”很显然，这已经不仅仅是在写一棵树了，它简直就是——弗兰西的象征、弗兰西的隐喻。

是的，贝蒂·史密斯既是在写弗兰西家三楼的太平梯附近的天堂之树，也是在写弗兰西这棵鲜活、旺盛、自尊、坚韧、茁壮的生命之树。

弗兰西和她家院子里的那棵天堂树一样，貌不惊人，但她的骨子里却有着母亲凯蒂的善良和坚毅的基因。自始至终，她都像那棵天堂树一样，坚韧，且保持着非凡的信念和尊严。她的性格是明亮的、开阔的，既感性也理性的。她出生在布鲁克林的贫民区，因此，从小就懂得了，只有拼命地汲取知识的汁液，才能彻底地改变自己的命运，此外别无选择。因此，她每周都会去当地的小图书馆里借书，并且不止一次。图书馆又小又破，弗兰西却觉得它相当漂亮。弗兰西对图书馆的感觉，就像对教堂的感觉。很显然，她既是去借书，也是去朝圣。她给自己所定的目标是，把小图书馆里的书全部读完。似乎，她从小就彻悟了：一个不埋下头来全神贯注地读书的孩子，她的未来是黯淡的，甚至，是没有什么未来可言的。

热爱读书的弗兰西在她的日记里曾经这样写道："是的，等我长大了，有了自己的房子，我不要豪华的椅子，不要蕾丝窗帘，而且绝对不要假盆栽。我只要有这样一张书桌放在客厅里，周围是白色的墙壁；每个星期六晚上都有一本干净的绿色记事本，一排闪亮的黄色铅笔，削好放在那里等着随时派上用场。还要有个金褐色的碗，里头总放着一朵花、一些叶子或是浆果，还有书……书……书……"看吧，弗兰西着重强调的，是书，以及读书的氛围！从小，她就已经在渴望——在知识的海洋里浸润自己了！

不仅如此，弗兰西在她十岁那年，便真真切切地爱上了写作。是写作让她找到了自己的灵魂的出口，是写作让她厘清了现实与想象。阅读，写作，她入佛以静思，入魔以痴痴。

这样的一个懂事、做正事的孩子，又有谁不欣赏呢？不把自己的欣赏的目光送给这样的人却傻乎乎地把自己欣赏的目光送给这泡沫那泡沫的人，简直就是一些怪物啊！我知道，怪物，确实是有很多的！

也幸好有阅读和写作在忠实地陪伴着弗兰西，要不……

本来，弗兰西的家庭条件就不好，弗兰西的父亲去世之后，弗兰西一家的情况自然也便变得更加糟糕了。这就逼着，当时已是三个孩子的弗兰西的母亲，必须做出一个残忍的抉择：有一个孩子，必须退学，以赚钱补贴家用。想来想去，母亲就这样对弗兰西说，还是你退下来吧，让尼雷去读书。尼雷本来就不喜欢读书，如果停他的学，他永远都不会再回去了，但你不同，你会拼，会斗，你还是会回去的，就如同太平梯里的那棵天堂树，你会想办法让自己生长。母亲知道，弗兰西像她，不会轻易服输，而是追着梦想，一直一直向前走。就这样，苦命的弗兰西，不得不辍学了，开始了她的另外一种比同龄人要艰难得多的人生。在儿童手套厂当车工、做读报员和电报打字员期间，弗兰西自始至终都没有忘记的，便是踏踏实实地自学。因此，在她十六岁那年，她便顺利地通过了一所知名大学的入学考试，并且提前自学完了大学一年级的大部分课程。更为激动人心的是，若干年后，这个曾经靠捡破烂换取零用钱的小女孩，竟然成了一名闻名世界的作家。

家庭教育跟上了，自我教育也跟上了，弗兰西不卓越，那是根本就不可能的。

关于弗兰西，小说中的令人难忘的细节自然是有很多的。比如，弗兰西喜欢屏着呼吸看着店主小心翼翼地往天平上倒咖啡——“那金色盘子最后终于平衡，一点都不晃动了，那是一个美丽而平和的时刻。在那个时刻，人会感觉到这个世界平衡了，大概不会出什么乱子了……”天平，自然是有寓意的。弗兰西一直一直都在寻找的，自然是内心的平衡。因为，也只有这样，生命的天平才不至于越来越倾斜。还比如，“下午的斜阳照在弗兰西·诺兰家爬满苔藓的院子里，把破旧的木篱笆晒得暖暖的。看着斜射下来的一缕缕阳光，弗兰西心头涌出一种美好的感觉来。这样的感觉，她回忆起一首诗歌时也有过，那是一首在学校里背诵过的诗：在这片原始森林，松树和铁杉阵阵低语，苔藓如须，翠绿满身黄昏中伫立，依稀朦胧如一个个督伊德僧侣……”很显然，弗兰西的内心里是有一个诗意的世界的。我们不仅要有一个现实的世界，还要有一个诗意的世界，估计，弗兰西是懂得的。

至此，你也该明白了，布鲁克林的树究竟是怎样的一棵树。无论多么高大的树，最初，也都是卑微的。所不同的是，弗兰西这棵卑微的树，有一颗向上的坚毅的心，以及与不公的命运抗争的勇气。

至此，你也该明白了，穷身泼命、穷愁潦倒并不可怕。可怕的是，没有穷则思变、神而化之的心愿，没有“穷且益坚，不坠青云之志”的精神，没有穷根究底、穷理尽性的性格，没有穷不失义、达不离道的风度。

是的，我们不应撇下另一棵树不说。弗兰西的妈妈凯蒂，和弗兰西一样，也是一棵隐忍的树。凯蒂这棵树的明显的特征便是，美丽、娇小、真实、坦率、尊严、节制、低调、有着钢铁般的意志……作为一名清洁工的她，一再地鼓励自己的孩子要读书，而她，也是活得相当不俗的。比如，在一次偶然的机会收获了一架钢琴之后，凯蒂便请了一位老师来教自己……泉水一般的琴声里，自然是融进了凯蒂的叮当作响的梦幻的。

凯蒂的根系和弗兰西的根系，自然是紧密相连的。她们的根系，都是求索的根系。

“严父慈母”的观念，在小说中，被解构了。至少，是没有这样的讲究的。因此，我们也便看到了，弗兰西的母亲凯蒂是一位岩石般的母亲，而弗兰西的父亲约翰尼则是一位阳光般的父亲，既温和也温暖，并且能歌善舞……约翰尼虽然嗜酒如命，但对于孩子们的爱，却从未减少一分一毫。

不能不提的是，弗兰西的外祖母。弗兰西的外祖母虽然没有文化，一个字都不识，却建议凯蒂给自己的孩子读《圣经》，读莎士比亚的作品，讲民间故事和各样童话，好让孩子处在困境当中也不致沉沦。这样的外祖母，比很多有文化的外祖母伟大多了。伟大之处在于，她有眼光，懂得知识的极端重要性。因此，当凯蒂问她的妈妈——妈妈，我们应该怎么做，才能改变弗兰西的命运呢？从哪里下手呢？弗兰西的外祖母是这样回答她的：“秘诀就是读书写字。你识字啊，你可以找本好书，每天给孩子读一页，一天不落，一直读到孩子自己能读书为止。到了那时候，就可以让孩子自己读了。我知道，这个就是秘诀。”为了让自己的孩子拥有一副高贵的灵魂，凯蒂自然是照做了，无论多忙多累，凯蒂都会坚持在孩子入睡之前给他们读上一段，好让孩子们的灵魂饱满着进入各自的梦乡。

“她们一个个身材苗条、瘦弱，眼睛充满好奇，嗓音柔和而急迫，可她们仿佛是用看不见的薄钢做的。”这句话，自然是弗兰西、弗兰西的妈妈凯蒂、弗兰西的外祖母等人的总概写。她们的身体瘦弱，精神却并不瘦弱。她们的每一个人的生命，在强大的命运面前都是不甘示弱的。

是的，《布鲁克林有棵树》是一本融进了生存哲学的书，它让更多的人更加明白了：家庭的力量是孩子的梦想的强有力的支撑，阅读能够让卑微的生命变得越来越高贵，知识可以改变人的修为和命运……还有，就是，无论如何，一个人都要活得有尊严，活得灿烂，活得充实而且有光辉。

掩卷，韵味和感动，就都在缭绕着……“如果错过了《布鲁克林有棵树》，你将失去一次重要的人生体验……这是一个深刻理解童年与家庭关系的动人故事。”当我与《纽约时报》上的这些文字相遇时，我自然是深切地认同的。

有人说，《布鲁克林有棵树》是“成长小说”“家小说”……我既不反对，也不赞成。我们只需要知道，它是一部自然、纯朴、诚实、干净、温暖的小说，也就行了。我们只需要知道，没有知识力做支撑的生命，即使自信，也是盲目自信。生命的欢欣、生命的庆典，永永远远，都是在具备了相当的知识的情况下建立或实现的，也就行了。

“教孩子的时候，别忘了苦难也是好事。苦难磨炼人哪，让人性格饱满起来”；“你看这些孩子，你们随便抓个回去，好生洗洗，穿得好好的，放进一所漂亮的宅子里，你就知道他有多漂亮了”；“她身上有她在图书馆里看的书。她是那褐色碗里的一朵花。她的生命也包括那颗在院子里茂密生长的树”；“让我生命中的每个小时、每一分钟都过得充充实实吧……让我的每一分钟都充实、蒙福。当我睡觉的时候，也让我一直做着梦”；“她决定将这一刻定格下来。或许这样，她就可以守着它，把它当作有生命的活物”；“弗兰西站到那巨大的窗户前，看着二十层楼下的东河。这是她最后一次从这窗户看东河了，任何‘最后’，都带着一种死亡般的忧伤。她在想，如今看到的这一切，日后无法再用同样方式重现了。最后一次看到的一切，犹如突受光照，被放大了一般。这时候，你会感到悲伤，你会后悔你没有好好把握平日的拥有”；“就这样，她拿着一本书，守着一碗零食，独自一人在家，看着树影摇曳，任下午时光溜走，这是一个小女孩所能达到的化境。她就这样看着书，与世界和谐共处着，心里头快乐着。阅读的乐趣，就在于字里行间不期而遇的惊喜与共鸣”；“孩子得有想象力。想象力是无价的。孩子得有一个隐秘的世界，里头住着从来不存在的东西”；“活着，奋斗着，爱着我们的生活，爱着生活馈赠的一切悲欢，那就是，一种实现。生活的充实常在，人人皆可获得。也许生活必不能事事公平，不能人人都有如意的生活。即使在清贫的岁月，也不能失去对幸福美好的向往，那些摆脱平庸的梦总能编制我们简单的生活，为我们简单的时光点缀希望。不能说我们总要多热爱生活，但总要有一颗懂得欣赏和珍惜的心”……此刻，《布鲁克林有棵树》里的珠玑，再次活蹦乱跳地滚了出来……一种意味，也随之汩汩而出。

《布鲁克林有棵树》的质地，自然是丝绸的质地；《布鲁克林有棵树》的叙述语气，自然是轻风的语气；《布鲁克林有棵树》的意味，自然是哲学的意味……《布鲁克林有棵树》的每一个文字，自始至终，都在撞击着我们的心。我们的心上有了响声，有了音乐，自然是要感谢贝蒂·史密斯和她的《布鲁克林有棵树》的。

我的脑子里有一只总也赶不走的『黑羊』

世界上有很多的寓言，然而，危地马拉作家奥古斯托·蒙特罗索的寓言却是与众不同的。收在《黑羊》一书里的四十个寓言，足以证明它的与众不同。它是那么的简劲，简劲的气度就像西班牙左手短剑的气度；它是那么的诙谐，诙谐的风格就像德国作曲家巴赫的《谐谑曲》的风格；它是那么的对得起非凡的甚至超凡的想象力，它的想象力一再地让我想起了英国作家伊恩·班克斯的小说《捕蜂器》《乌鸦公路》《走在玻璃上》等。是的，它，独擅胜场，独树一帜。

大凡寓言都离不开动物，《黑羊》也不例外：兔子、狮子、猴子、苍蝇、黑羊、猫头鹰、乌龟、变色龙、长颈鹿、蟑螂、青蛙、蟋蟀、猪、马、狗、驴、鸡、乌鸦、狐狸等，很显然，都是动物。可是，这些动物，被蒙特罗索收养之后，便马上变得非同一般了。说它们非同一般，理由很简单：猴子是想当讽刺作家的猴子，苍蝇是梦见了自己是鹰的苍蝇，猫头鹰是想要拯救人类的猫头鹰，变色龙是最后不知道自己该变成什么颜色的变色龙，长颈鹿是顿悟了一切互为因果的长颈鹿，蟑螂是爱做梦的蟑螂，青蛙是世界上最爱漂亮的青蛙，狗是想当人的狗，鸡是会下金蛋的鸡，乌鸦是被惯坏了的乌鸦……

反讽、隐喻、暗示、象征、哲理，都是显而易见的。读这样的书，心灵的耳朵是要竖起来的，否则的话，就很可能会缩小了它的开放性的叙事空间，就很可能会错过了其中的弦外之音。它的整体上的弦外之音，很显然是这样的：人类，自诩为很智慧，而实际上，并不见得有多智慧。也许，人类曾经是智慧的，可是，当文明的火焰无处不在的时候，大多的智慧，都莫名其妙地蒸发了。蒸发得太可惜，因此，蒙特罗索才一个劲儿地惋惜。

慢慢地打开——读《黑羊》这样的书，一定要慢——先看开篇《兔子与狮子》：心理学家竟然置事实于不顾，“理由充分”地把狮子说成是怯懦者，把侥幸逃脱的兔子说成是勇敢者。心理学家有知识却没判断，有知识却没判断也就只能颠倒是非。

“许多年前，在一个遥远的国家里，有只黑羊被枪决了。过了一个世纪，一群懊悔的羊在公园里为这只黑羊立了一座宏伟的马姿雕像。从此以后，只要黑羊一出现，就将它们快快处决，以便让那些平庸的后代羊群也能够借此练习雕塑。”

是的，我们已经正式走进《黑羊》了。《黑羊》的空间是巨大的，张力是非凡的，你想吧，使劲地想吧。你的想象力有多少，它的暗示就有多少。无疑，这才是多义性的诠释，这才是富有智慧的写法。聪明的作家是从来都不会轻易地去低估阅读者的智慧的。

可是，你必须带上你的智慧。带上你的智慧之后，其中的隐喻自然也便迎刃而解了：时间和地点都是不确指的，它既发生在过去，也发生在现在；它既发生在某个遥远的国度里，也发生在我们眼前的这个世界上。黑羊的命运，无疑便是我们人类的命运，因为，我们无时无刻不在做出牺牲。“过了一个世纪”，你看吧，人类的认知从来都是慢的，或者是慢三拍，或者是慢四拍……总之是很慢很慢的。慢，倒也罢了，可是，终于醒过来的人类的纪念方式往往都是有问题的，因此，才出现了这样的荒诞：本该为黑羊立一座宏伟的羊姿雕像，最终却稀里糊涂地为黑羊立了一座宏伟的马姿雕像。世界的阴差阳错，可窥一斑。因而，悲剧、闹剧、荒诞剧等也便接连发生：只要黑羊一出现，就将它们快快处决，以便让那些平庸的后代羊群也能够借此练习雕塑。重估一切价值，也便成了一句带血的呼喊。

可是，古往今来，又有几个真正地做到了重估一切价值呢？

人类的伪装，由来已久。《最后不知道该变成什么颜色的变色龙》，嘲讽的自然是人类的装模作样。最后一句，是点睛之笔："从那时候开始流传一句话：所有变色龙的颜色，都是根据它所照的玻璃的颜色而决定的。"也就是说，外在已经取代了内在。内在的颜色，即本色，即世界上最美的颜色，世人已经集体商量好了似的不怎么看重了。

《爱做梦的蟑螂》嘲讽的是有些人的不知天高地厚："有一回，一只名叫格里高利·萨姆沙的蟑螂，梦见自己变成一只叫作弗兰兹·卡夫卡的蟑螂，梦见自己是个作家，写关于一位叫作格里高利·萨姆沙的职员，梦见自己变成一只蟑螂。"文末，附有一注："谨提供另一根据原文循环式句法结构的译法供参考——有一回一只名叫格里高利·萨姆沙的蟑螂梦见自己变成一只叫作弗兰兹·卡夫卡的蟑螂梦见自己是一位作家写有关于一位叫作格里高利·萨姆沙的职员梦见自己变成一只蟑螂。"暗示着，不知天高地厚的行为，一直都在循环往复。这是一种多么悲凉的循环往复啊。很显然，蒙特罗索是在借此向想象奇诡、经常采用寓言体写作的伟大的弗兰兹·卡夫卡致意。

塑造了众多雕像的诗人皮格马利翁在赋予众多雕像以生命并给予其启蒙之后，竟因没能满足雕像们更大的欲求而险些被雕像们挖掉眼睛。于是，皮格马利翁一脚就把雕像们踹倒了。《皮格马利翁》想告诉我们的无疑便是，有病的公众是可怕的，要多可怕就有多可怕。

读《梦见自己是鹰的苍蝇》这篇时，不知怎么，我突然就想起了民国时期小学语文课本里的《苍蝇给蚊子的信》——

蚊子弟弟：

昨天一阵雷雨，把我们分散了，很是想念。

我回想起昨天同你坐在窗前，欣赏那脏孩子的搔痒，我佩服你做的把戏，实在有趣。

后来，脏孩子的姊姊要捉住我，我就躲进厨房吃糕，并且移动我的脚，让脚上的微生虫下来散步，不久，脏孩子吃了那块糕，我也就飞开了。

晚上，脏孩子喊肚痛，接连泻了三回，弟弟，我做的把戏，你觉得怎样？

你的哥哥苍蝇

八月十日

苍蝇哥哥：

你的信收到了，你做的把戏真好，我很佩服。

我前天同你分别以后，也有人要捉我。我就躲在脏孩子坐的凳子底下，预备遇到机会，用力咬他几口，让微生虫钻进他的血管里去玩耍。

后来被我实行了。我料到过了几天，脏孩子一定会发疟疾，等他冷得发抖，热得发昏的时候，请你来参观好不好？再会。

你的弟弟蚊子

八月十一日

你看，这时候的苍蝇，已经不是让人讨厌的苍蝇而是充满了童趣的苍蝇了。劝孩子不要做脏孩子，要讲卫生，却抛却了模式化、概念化、定式化、套版化、习惯化、口号化、僵硬化的写法，要多可爱就有多可爱。

《黑羊》所给我们的重大启示便是，人类，再也不能继续自作聪明了。聪明反被聪明误，古有遗训。一味地自作聪明，最终的结果，只能是作茧自缚。如此说来，蒙特罗索创作《黑羊》的真正用意，是引起人类的大面积的反思。

在蒙特罗索的《黑羊》里徜徉，突然，我就想到了南宋诗论家严羽《沧浪诗话·诗辨》中的“羚羊挂角，无迹可求。故其妙处，透彻玲珑，不可凑泊，如空中之音、相中之色、水中之月、镜中之象，言有尽而意无穷”。的确，它是令人品味不尽、回味无穷的。

因此，就说，蒙特罗索的《黑羊》，是深度寓言，或者说是寓言中的寓言。这样的寓言，换个说法，便是整个人类的启示录。也难怪哥伦比亚作家马尔克斯这样说：“蒙特罗索的作品必须用心捧读，因为作品的危险性在于作者慧黠的灵思，经常以轻盈的诙谐穿梭在字里行间，并在不经意之间散发出致命的美。”也难怪秘鲁作家略萨这样说：“这是个完美的故事，对不对？具有无法中止的说服力，简洁、有轰动效果、有色彩、有魅力，干净。”也难墨西哥作家卡洛斯·富恩特斯这样说：“蒙特罗索是最纯净、最睿智、最透明、最常保持笑容的西班牙语作家。”也难怪意大利作家伊塔洛·卡尔维诺这样说：“我想编一本只有一个句子，甚至只有一行文字的故事集。但是到目前为止，我还没有发现哪个作家可以和蒙特罗索相比拟：‘当他醒来时，恐龙依旧在那里。’”评价，自然都是很高的。再高的评价，蒙特罗索也是担得起的。只因，蒙特罗索确实是卓尔不群的。

蒙特罗索很幸运，遇到了那么多的伯乐。

喀伦坡大平原上的狼王

狼王，名叫洛波。狼王，既有着健壮的身体，也有着超群的智慧，更有着非凡的本领。仅凭这三点，向狼王致敬，便是非常有必要的了。更何况，它，还具备了勇敢的品质、领袖的风范和牺牲的精神，等等。一样一样，都是让人动容的。

完全可以这样来定位：狼王洛波，是狼世界——那个世界，才是真正的生机勃勃的世界——是的，是狼世界里的英雄。

都知道了，它是一只被加拿大作家欧内斯特·汤普森·西顿用他的文字精心地养大的名满天下、名垂后世的狼。

你听，西顿是怎么说的吧。“一只普通的狼，哪怕是在牧人的营地周围叫上半夜，最多也只能引起一点小小的注意：哦，这里，有狼啊！可是，当狼王深沉的嗥叫从山谷里传出来的时候，看守人就会胆战心惊，坐立不安……”是的，它是一只有着独特叫声的狼。它的独特的叫声，总能搅动着死寂的夜晚，同时也搅动着很多人的心。要想把自己的独特的声音发出来，从而让自己的独特的声音去撕破苍茫，恐怕，就要拜狼为师，向狼王学习了。

动物世界里，确实是充满了各种各样的谜。每一个谜，都是一个象征。《狼王洛波》再次默默地当然也是十分真切地对我们这样说——如果，我们只有羊的精神却没有狼的精神的话，那么，结果，就是十分悲惨的：任人愚弄，任人宰割，任人嘲笑。也只有像狼王洛波那样，才会拥有自己的浑厚、有力、足以推翻昏暗的生命的声音。

你看，说着说着，我们便已经正式走近了狼王洛波——

“美国西部，有一个叫作新墨西哥州的地方。在新墨西哥州的北部，有一片辽阔的大平原，一望无垠，它的名字叫作喀伦坡大平原。喀伦坡大平原是一个天然牧场，那里有丰茂的牧草，繁盛的牛羊，起伏不平的山地，还有几条可爱的河流。这几条河流穿越峡谷，最终全都汇入了一条大河——喀伦坡河。整个牧区的名字，就是由这条河得来的。很长时间以来，喀伦坡大平原上存在着一个威力无边的统治者……”是的，这个喀伦坡大平原上的威力无边的统治者，便是整个牧场上无人不晓的狼王洛波。

洛波，在它幼小的时候，便已经失去了它的父母和兄弟。于是，悲伤的它，就决定离开那个让它悲伤的地方——它所出生的小树林。离开之后，它先是碰到了狼王卡斯梅的狼群，并加入了那个大家庭。可是，因为年幼体弱，它就总是被大家所排挤。因此，它就又萌生了出走的念头。在它出走的途中，掉进过冰窟，遇上过雪崩，它都靠自己的努力奇迹般生还了。经历了一次又一次的生死考验之后，它便逐渐变成了一只具有狼王品质的意气昂扬的狼。于是，它就又回到了卡斯梅的狼群。卡斯梅见它长大了，长壮了，意识到了它对自己的狼王地位的威胁，便向它发起了挑战。可是，它并没有去应战，因为，隐忍的它，并不看重狼王的荣耀的地位。直到狼群里的公狼沙尼亚杀害了卡斯梅一家之后，它才忍无可忍，最终，打败了沙尼亚，做起了名副其实的狼王。做狼王，是被命运逼的。逼到了一定的份儿上之后，天地，自然也便开了，自然也便别有天地了。

为了救助自己的同伴，它敢于向比它大几倍的洞熊挑战，大无畏精神，自然便是大写的了。洞熊，在这里，自然是命运的象征。无论是怎样的命运，洛波都没有抱怨过，更没有畏惧过。它，不信邪，也不怕邪，它的骨头里所封存的是真正的狼王的品质以及风度。

很多人在不幸面前，都早已习惯了萎靡，洛波不是；很多人在强势面前，都早已习惯了低头，洛波不是；很多人在厄运面前，都早已习惯了顺从，洛波不是。洛波，肯定不是。洛波，是一只活得有尊严的意气风发的狼，它既有自己的隐忍的性格，也有自己的凌厉的气概。

还记得那安置在每一条通往山谷的小路上的130架扎实的钢质捕狼机吗？人类，就是这么恶毒！狼王洛波，正是死在了人类的恶毒上！“据说，一头狮子被弄得没了气力，一只老鹰被剥夺了自由，或是一只鸽子被抢走了伴侣，都会因为心碎而死去。”谁又能说，当洛波得知了它最最心爱的布兰卡惨遭不幸的消息之后，不悲恸欲绝呢？“显然，它的声音里充满着悲伤的音调。但那已经不再是毫无顾忌的响亮的嗥叫，而是一种冗长的、痛苦的哀号了，它好像是在喊：布兰卡！布兰卡！”洛波的震天的哀号并没有得到狼群的回应，最后，它在绝望中，悲壮地死去了。说到了这儿，西顿的声音便再次在我的耳畔响起了：“自由的野生动物有着高贵的自尊和伟大的情感，它们是我一生中见过的最富有人情味的生命。”

说到了这儿，我便不禁再次想起了华为技术有限公司一向所恪守的“狼性文化”……华为，之所以有为，肯定是因为他们悟透了由“敏锐的嗅觉”“稳健的风度”“凌厉的气势”“不屈不挠的精神”等所构成的“狼性文化”的丰赡内涵。凡是悟透了“狼性文化”的丰赡内涵的，在精神上，就都是英俊的，就像狼那样英俊。

同时，我也想起了那部叫作《狼图腾》的电影。狼，不仅是草原人的图腾，也是所有人的图腾，这，毫无疑问。

每个人都成为狼王，那是根本就不可能的。但每个人都像喀伦坡大平原上的狼王那样拥有自己的浑厚、深远的声音，却是完全有可能的。我们所能做的，便是尽可能地去多做些有可能的事儿，是这样的。

向狼王致敬，是没有商量的；感谢西顿，也是没有商量的。西顿，1860年出生在英国，六岁时才随父母移民去了加拿大。由于从小对大自然的割舍不掉的兴趣和情结，西顿一生中的绝大部分岁月都是在加拿大的大林莽和大草原上度过的。他的身体在跋涉，他的心也在奔走，目的只有一个：在和大自然和睦相处的同时，悉心地观察各种各样的飞禽走兽，以获得最为真实的资料。狼、麋鹿等动物的叫声，西顿模仿得惟妙惟肖。西顿从其他动物的身上，真真切切地看到了我们人类的一帧又一帧剪影。因此，我就总觉得，西顿既是在写狼那样的“低级动物”，也在写人这样的“高级动物”。并且，不断地在提醒着动不动就迷失的人类：所谓的“低级动物”不见得就是非常低级的，所谓的“高级动物”也不见得就是非常高级的。高级和低级，在乎内在，而不是在乎外在。

走成一首仪态万方的抒情诗

“有个天天向前走的孩子，他只要观看某一个东西，他就变成了那个东西，在当天或当天的某个时刻那个对象就会成为他的一部分，或者继续许多年或一个个世纪连绵不已……”吟诵着，吟诵着，我们的思想的波涛便涌起来了，情感的浪花便舞起来了！

“天天向前走”，自然是心灵在天天向前走，精神在天天向前走，境界在天天向前走。天天向前走的孩子，自然是不可阻挡的。风挡不住他，雨挡不住他，雷挡不住他，电挡不住他，云挡不住他，雾挡不住他……一切的一切，都挡不住他。每一个孩子都是人类的希望，人类的希望自然是挡也挡不住的。

美国诗人沃尔特·惠特曼的《有个天天向前走的孩子》，就像是茂盛地生长在某片大草原上的芳草，生机勃勃且散发着诱人的芳香。它是原始的，自然的，纯朴的，葳蕤的，自由的，奔放的，飞扬的。就像是一场欢畅的大风，突然就从旷野上刮来了，刮着刮着，就把我们的心刮到了九天之上……在九天之上，我们也依然能嗅到人间烟火的味道。既有生命，也有生活，可谓生生化化，生生不息。

丁香、青草、牵牛花、三叶草、鹟鸟的歌声、三月的羔羊、水生植物、田地里的幼苗……世界上所有具有生活气息的东西，都是那个天天向前走的孩子的生命的一部分。世界，本身就是一本五彩斑斓的书，走着走着，读着读着，一切的一切，也便化成了天天向前走的孩子的血液。他看到的越多，他的世界就越辽阔，他的生命就越鲜活，他的梦想就越生动。“丁香”等，只不过是诗里的一些意象，也正是这些富有象征意味的意象，把那个天天向前走的孩子的生命世界和人生轨迹打扮得五光十色的。

“成为他的一部分”，或“成了他的一部分”，这是一个关键句。这个关键句的前前后后，都仿佛是在“填空”，以说明，是什么什么，成了他的一部分。原来，诗歌也可以这样写，以做填空题或填空补缺的形式来写。只有几朵花，其他的都用叶子来补充，或点缀，就行了，就是一棵开花的树的模样了。这棵开花的树，就既是自然主义的诗歌之树，也是现实主义的诗歌之树，更是浪漫主义的诗歌之树了。

大排比所带来的艺术效果，很显然就是：汪洋恣肆，舒卷自如，具有无所不包的容量和一泻千里的气势。在这儿，请允许我透露这样一个秘密吧：包括《有个天天向前走的孩子》在内的惠特曼的所有的诗歌，之所以具备了“哗”一下、“哗”一下、“哗”一下的音响效果和艺术感染力，绝对是与惠特曼一生都热爱意大利的歌剧、大海的涛声和演讲的艺术有着千丝万缕的联系的。没发现，惠特曼的诗歌的音律非常像意大利的歌剧、大海的涛声和演讲的艺术的语势和语气吗？

写诗，一定要用减法，不少人都有这样的主张。倔犟的惠特曼是不听那一套的，惠特曼只管用完全属于他自己的艺术的加减乘除。只用减法，在惠特曼看来，简直是太单调太枯燥太苍白太乏味了。

是的，《有个天天向前走的孩子》属于典型的“长呼吸式诗歌”。大多的诗歌，切割得都太零碎，给人以气短甚至呼吸不畅的感觉，《有个天天向前走的孩子》不是，《有个天天向前走的孩子》不怕有人说它太啰唆。

“那个天天向前走的孩子，他正在走，他将永远天天向前。”至此，戛然而止，惠特曼终于算是“啰唆”完了。可是，我们的心，却和那个天天向前走的孩子一起，在继续向前……于是，《有个天天向前走的孩子》，也便成了我们的生命的一部分。

“向前”，在这儿并没有显得很笨，更没有沦为一个僵硬、呆滞、空洞的符号或口号，这是多么的好。之于诗歌美学来说，最怕的就是，有些词，有些句，在诗人的强权和暴力之下，突然就向口号低头，妥协，最终变成了十足的口号。是的，向前，也只有向前，向前，不断向前，生命才会日趋丰饶、充盈和荣美。

读好的诗歌，没有联想，没有遐想，那是根本就不可能的。读完了惠特曼的《有个天天向前走的孩子》之后，我确实是联想到了法国哲学家弗里德里克·格鲁的《行走，一堂哲学课》……原来，那个“天天向前走的孩子”，是来给我们上哲学课的。于是，遐想，便一发不可收了。

附：

有个天天向前走的孩子

（美）沃尔特·惠特曼

有个天天向前走的孩子，
他只要观看某一个东西，他就变成了那个东西，
在当天或当天的某个时刻那个对象就会成为他的一部分，
或者继续许多年或一个个世纪连绵不已。

早开的丁香已成为这个孩子的一部分，
青草和红的白的牵牛花，红的白的三叶草，鹟鸟的歌声，
以及三月的羔羊和母猪的一窝淡红色的小崽，母马的小驹，母牛的黄犊，
还有仓前场地或者池边淤泥旁一窝啁啾的鸟雏，
还有那些巧妙地浮游在下面的鱼，和那美丽而奇怪的液体，
还有那些头部扁平而好看的水生植物——所有这些都变为他的一成分，在某个部位。

四五月间田地里的幼苗变成了他的一部分，
还有冬季谷类作物和浅黄色的玉米苗儿，以及园子里菜蔬的块根，
缀满花朵的苹果树和后来的果实，木浆果，以及路边最普通的野草，
从小旅馆外面厕所里很晚才起来的踉跄而归的醉老汉，

路过这里到学校去的女教师，途经这里的彼此要好的男孩子和争吵的男孩子，

整洁而脸颊红润的小姑娘，赤脚的黑人娃娃，以及他所到的城市和乡村的一切变化。

他自己的父母，那个做他父亲的男人和在爱的宫殿里孕育并生产了他的女人，

他们从自己身上给予这个孩子的还远远不止这些，

他们后来还每天都给，他们成了他的一部分。

母亲在家不声不响地把一盘盘的菜端到餐桌上，

母亲言语温和，穿戴整洁，走过时会从她身上和衣服上散发出健康的芬芳，

父亲强壮，自负，魁伟，吝啬，爱发脾气，不公正，

那种殴打，急促而响亮的言谈，苛刻的讨价还价，耍手腕的本领，

那些家庭习惯，语言，交往，家具，那渴望和兴奋的情绪，

那无法否认的慈爱，那种真实感，那种唯恐最后成为泡影的忧虑，

那些白天黑夜的怀疑，那些奇怪的猜测和设想，

猜测那现象是否属实，或者全是些斑点和光点，

那些大街上熙熙攘攘的男女，他们不是些斑点和光点又是什么？

那些大街本身和房子的门面，以及橱窗里的货样，

那些车辆和畜力车队，铺着厚木板的码头，规模宏大的渡口，

日落时远远看到的高地上的村庄，中间的河流，

阴影，光晕和雾霭，落在远处白色或棕色屋顶和山墙上的夕照，

近处那些懒懒地顺流而下的帆船，缓缓拖在后面的小舟，

纷纷翻滚的波涛，在激扬中立即碎裂的浪峰，

层层叠叠的彩云，孤单地待在一旁的紫酱色霞带，

它静静地躺在其中的那片澄净的苍冥，

地平线的边缘，飞绕的海鸥，盐沼和海岸泥土的馥郁，

这些都变成了那个孩子的一部分，

那个天天向前走的孩子，他正在走，他将永远天天向前。

延伸阅读：

一只沉默而耐心的蜘蛛

（美）沃尔特·惠特曼

谭延桐　译

一只沉默而耐心的蜘蛛，
我看见它孤单地站在小小的海岬上。
看见它在勘测四周的茫茫空虚，
它造出了丝，丝，丝，虽然它是那么的小，
却不断地造出了丝，不断地加快着速度。

而你——我的心啊，你站在何处，
被包围被孤立在无限的大海洋里，
不停地寻思、探险、投射、寻求着可以联结的地方，
直到架起了你需要的桥，直到抛下了你固执的锚，
直到你抛出的游丝抓住了某个地方，我的心啊！

文字里的瓦格纳味

你在杂志上读了我的一组散文，并来信说，这组散文有一种瓦格纳味……我很惊讶。瓦格纳味是个什么味，我说不清楚，但我清清楚楚地记得，我在写这组散文的时候，的的确确是听着德国作曲家瓦格纳的歌剧《漂泊的荷兰人》完成的，而且是反复地听。我像尼采和李斯特一样喜欢瓦格纳，由来已久。常常地，在我写作的时候，我就会自觉或不自觉地放上瓦格纳的音乐，好让我的思绪浸泡在一条动感的河流中，好让那些动感的水流和奇幻的浪花陪伴着我，敲打着我，刺激着我，推动着我……我从来没有对任何人说起过，也从来没有在我之前的作品里流露过，我喜欢瓦格纳的音乐，可是，你却……真的是惊讶于你的非同寻常的艺术嗅觉和艺术感知了。嗅一嗅，就能知道文字里都有些什么，这也实在是太奇妙了。因此，我就说，你完全可以去做评论家。我说的，自然是那种真正意义上的评论家。

我喜欢瓦格纳的歌剧和乐剧，是从二十多年前开始的。因为读了美国作家亨利·托马斯和黛娜·莉·托马斯夫妇写的《尼采传》，知道尼采曾经狂热地迷恋过瓦格纳，又因为那时候我像尼采狂热地迷恋瓦格纳一样迷恋尼采，爱屋及乌，也便开始喜欢瓦格纳了。先是买了瓦格纳的磁带，后来又买了瓦格纳的光盘，听来听去，不知道听了有多少遍。有的音乐可以听一生，瓦格纳的音乐便是这其中之一。

此刻，我又在DVD播放机里放上了瓦格纳的《漂泊的荷兰人》序曲，并把负责音量的“主控制”旋钮往“最大”的方向拧了一下，并按下了“重复”按钮——我又看到了暴风雨、大海洋、幽灵船、荷兰人、魔鬼的咒语以及水淋淋的光辉……

《漂泊的荷兰人》取材于德国诗人海涅的散文《史纳伯勒沃普斯基先生轶事》。瓦格纳早在里加担任乐队指挥的时候，就喜欢上了这篇散文所描绘出的奇特意境。但当时的他，认为自己还没有足够的能力用音乐的形式把这种奇特意境充分地表现出来。后来，瓦格纳为了到达欧洲的艺术中心巴黎，从里加偷越俄国国境，取道挪威和英国，经历了近一个月的海上苦旅……这便又唤起了他对海涅的那篇散文的回忆。到达巴黎之后，他便急不可耐地开始了《漂泊的荷兰人》的创作……终于在1841年9月竣稿。原稿上赫然写着“在黑夜和贫困中，从简陋到不朽”等带血的感言。

《漂泊的荷兰人》讲述了一个幽灵船的传奇。据说，这条幽灵船的船长是一个不屈不挠的荷兰人，曾发誓哪怕天翻地覆也要越过危机四伏的海角，即使是在大海洋上颠簸到世界末日也在所不辞，绝不回头。一向善于捉弄人的魔鬼听到这样一个消息后，便罚他终生在海上漂泊，只允许他七年靠岸一次，直到他觅到像他一样痴心不改的爱人为止，方可彻底解脱。有一次，幽灵船在挪威停靠时，漂泊的荷兰人果然赢得了挪威一位船长的女儿的芳心。但漂泊的荷兰人唯恐晦气的自己连累了这位名叫苏塔的女子，思虑再三，还是决计继续出海。就在幽灵船渐渐漂离海岸的时候，忠贞不贰的苏塔却纵身跳进了大海……幽灵船慢慢地沉入了海底……而从水中冉冉升起的，正是漂泊的荷兰人同苏塔紧紧拥抱的大形象。至此，魔鬼的诅咒彻底被瓦解了。

这个北欧传奇的影子，可能是折射在我的一些作品里了吧，因而让你一下子给抓住了。你抓住的，其实都是我心底的一些东西。

我迷恋传奇，这你是早就知道的。在我看来，时间里藏着的那些了不起的东西，简直是诱惑人类活下去的唯一的魔药。为了争夺这样一些魔药，因而有了战争——看得见的战争和看不见的战争，一个人的战争或两个人的战争或一群人的战争……常常，我写作，其实就是在试图品尝这样的魔药。活也好，死也好，乐也好，苦也好，只管品尝。品尝本身，不也是一种传奇——生命的传奇吗？

瓦格纳生下来才五个月，父亲便患病死去了。幸好，继父培养了他的对戏剧的兴趣。八岁的时候，他便能在钢琴上弹奏威柏的歌剧《自由射手》的片段；十五岁的时候，当他在莱比锡第一次听到贝多芬的交响乐时，便决计毕生献身于伟大的音乐事业。也可能是由于他的性格的原因吧，他处处遭到众人的非议和排挤；也正是由于他的性格的原因，他才成了一位不折不扣的歌剧人，并对当时的歌剧进行了重大改革，最终成了“未来音乐”的首创人、卓越的音乐家。尽管他刚去巴黎的三年中，过着挨冻受饿、潦倒不堪的生活，不得不靠为报刊撰稿和改编流行剧糊口……但他最终还是像那位漂泊的荷兰人那样，用自己的生命意志，感动了上帝……我从瓦格纳的这种性格中，看到了钢铁和岩石、高山和海洋、刀锋和火焰，找到了我的性格的最满意的座椅……

这种性格投影在我的作品中，显然就是“拒绝合唱”“不合时宜”“特立独行”。

除了瓦格纳的《漂泊的荷兰人》，他的《黎恩济》《汤豪塞》《罗恩格林》《森林的细语》《尼伯龙根的指环》《特里斯坦与伊索尔德》《女武神的飞驰》《纽伦堡的名歌手》《西格弗里的葬礼进行曲》《帕西法尔》等，也都一一告诉了我，他对庞大与细小、形象与抽象、现实与浪漫、现在与未来的一些深刻理解。而这些，也都一一化成了我的作品的血液。就像你所说的，我完成了一种把“不可能”变为“可能”的大融合。

匈牙利杰出的作曲家李斯特对他的这位先是朋友后是女婿的音乐天才喜爱有加，他说，我一向钟爱那种充满异常旋律与结构的音乐形式，我把这种音乐形式称为“未来音乐”。“未来音乐”的首创者，当然是非瓦格纳莫属。也的确是这样，不容分辩。如果再看看瓦格纳对约翰·施特劳斯、柏辽兹、尼采等著名作曲家及哲学家的重要影响，也就知道这种“不容分辩”的具体含义和真实分量了。还有，现代歌剧之所以能废弃毫无意义的声乐装饰，力求最最真实的表现，以及管弦乐伴奏的丰富化，等等，也无不是受了瓦格纳的影响。有人说过，除耶稣外，瓦格纳是历史上拥有传记最多的一位男性。这话不知是真是假，但有一点是确凿无疑的，那就是，瓦格纳所提倡的“未来音乐运动”，是和大地、天空、日月、空气一样不朽的。真正的艺术，就应该是“面向未来”的。

瓦格纳把我从一个只有窗户却没有门的房间里拉了出来，把囚禁在我的生命中的那些精灵也一并拉了出来，把我对另一个空间的凝望也一并拉了出来……我，就是在这样的一种时间中慢慢地复苏、还原，悄然地萌芽、生长的。我知道，我的还原和生长究竟意味着什么，因为这个时候的“我”已经成了一个象征。

瓦格纳是一个漂泊的瓦格纳——光他的流亡生涯就长达十二年之久，我也是一个漂泊的我，心灵一直在漂泊……漂泊，最终使我们成了精神上的密友，艺术上的同道。瓦格纳生活在瓦格纳的时代，我生活在我的时代，这并不影响我们的心灵的相遇，不影响我们的频频的会晤……我们经常地在一起，难免我的头发里、衣褶里、呼吸里、言词里有一种瓦格纳味了。

此刻，瓦格纳的音乐仍在继续……我知道，它在我的生命中，大概是不会停止的了。生命这台音响上的“停止”按钮，早已被我断然取消了。

茨维塔耶娃和她的小鬼们

俄国诗人茨维塔耶娃曾把她的诗歌比作“小鬼”，并祝福她的小鬼们，杀进正在做着美梦燃着神香的圣殿。圣殿，当然并非谁都可以杀进的了，然而，她的小鬼们却带着她的祝福一往无前地杀了进去。20岁左右的她，就已经出版了诗集《黄昏纪念册》《魔灯》《摘自两本书》，声名远播了。

之前，生于莫斯科一个高级知识分子家庭的她，6岁便开始写诗的她，对她的每一个可爱的小鬼，都是充满了非同寻常的怜惜和自信的。因此，她在她的一首诗里曾经这样写道——

我的诗歌像是昂贵的酒
被搁放在商店里积聚着灰尘
（过去和现在都没人买！）
但它们的时辰一定会到来——

这首诗曾经惹得许多的人很不高兴。许多的人都以为，茨维塔耶娃太不自量力、不知天有多高地有多厚了。她才不管。她的所有精力都用在喂养她的小鬼上面了，哪有工夫去听他们的那些闲言碎语。他们除了市侩，除了势利，什么都不懂。就让他们的那些闲言碎语自生自灭吧。这是再好不过的办法了。结果，它们真的就自生自灭了。有些东西来得快去得也快，就像黑黑的旋风一样。就看你给予它们怎样的态度了。茨维塔耶娃一贯的态度就是，自信。她没法不自信。她的咄咄逼人的才情使她真的是没法不自信。她曾经这样幻想过：有一天，她和她最崇拜的诗人普希金一起去登山。普希金对她说，把你的手递给我吧，我可以拉着你上去。她说，不，谁的手我也不要，我要自己的手，我要自己上去。直到下山时，她才答应普希金牵着她的手，一起奔跑，一起分享着胜利的喜悦。这就是茨维塔耶娃：才气加傲气。才傲并茂的茨维塔耶娃，在一首诗里曾这样表白过自己——

我知道，维纳斯是手的产品
作为匠师，我精通本行

她一向就蔑视那些匠气十足的诗歌，哪怕是了不起的“维纳斯”。在她看来，像未来派诗人的那些所谓的“创造”——热衷于新词的创造——是毫无价值的。因此，她的诗歌除了意味和意义的抓摄，除了结构和跨句的讲究，是很少顾及别的什么的。甚至很少使用隐喻、变形等。她拒绝加入任何诗歌团体，拒绝参加任何诗歌派别。为此，叶甫图申科曾形象地把茨维塔耶娃喻为“一只硬核桃”。

独来独往的茨维塔耶娃看重的当然不是现在了，而是远方。她一再地强调：“我写诗不是为了这里，而是为了那里。”并在《铁轨上的黎明》一诗中这样抒发自己——

没有低三下四，没有谎言！
远方——加上两条蓝色的铁轨……
喂，这就是她！——拿着吧！
沿着铁路线，沿着铁路线……

“远方”也便成了她最喜欢最常用的一个意象。

俄国十月革命后，她的丈夫艾伏隆走向了战场。战败后，不得不逃向了国外，在布拉格大学读书。她也便只好带着自己的儿子漂泊到了布拉格。几年后，他们又一起移居到了巴黎。17 年的流亡生涯，给了她太多的伤痛。她时有一种“沦落天涯”的感觉。她这才真正意识到，远方其实既是一个天使也是一个魔鬼，是一个永远背在身上的劫数。然而，这个劫数并不能使一向倔强的茨维塔耶娃就此低下头去，并不能。

她说——

你！我即使失去自己的这只手——
哪怕是两只手！我也一定要用嘴唇
在断头台上签署：使我心碎肠断的土地——
是我的骄傲，是我的祖国！

17 年后，也就是 1939 年，她终于回国了。回国后的当年，她的丈夫和儿子便因莫须有的罪名，被捕入狱了；她本人也被流放到了叶拉布加。她怎么也想不明白，他们所热爱的祖国，与爱情和艺术一起构成了她的诗歌的三大主题的祖国，而今竟变成了这样一副疯疯癫癫的模样。因不堪心灵的折磨与摧残，两年后，她自杀身亡。

就此，她的灵魂就真的去了远方。还有她的众多的可爱的小鬼，也一并被远方叫走了。

改造一个坏师傅

和《西游记》《青鸟》等经典著作一样，《水孩子》，也是“寻找”的主题。水孩子，即孤儿汤姆，他去遥远的地方寻找被罚去扫火山口的师傅……游历了许多的国度，经历了无数的艰辛之后，水孩子汤姆终于由一个很调皮的孩子，变成了一个正直、勇敢、吃苦耐劳、热爱真理的人。后来的人生，很显然，是水孩子自己找到的。自己不找，任何人都无能为力。因此，我才这样说过：人生，无非四字——寻找答案——满意的答案找到了，人这一生，自然也便无怨无悔了。

很多的小说都是既有明线也有暗线的，《水孩子》的明线是“寻找”，暗线却是“改造”。具体地说，便是汤姆在仙女的点化之下，完成了改造自己的使命之后，继续去完成改造自己的师傅的使命。尽管，汤姆的师傅是一个坏师傅，经常打骂他，对他非常不好。可是，后来，这个师傅也的确是够倒霉的，不仅不幸掉进了水里，还被仙女带到了乌有乡之彼端，被关了起来。直到他的母亲去世了，他才终于醒悟过来，被罚去扫火山口。很显然，改造一个坏师傅，是有“救赎”的含义在里边的。这样，《水孩子》所存在的意义，也便显得非凡了。

万事万物，都是有个开头的，还是从头说起吧——

汤姆，是一个扫烟囱的小男孩。自他失去了自己的双亲之后，便被他的师傅葛林雇用，整天在脏兮兮的烟囱里爬上爬下，清扫烟尘。他受尽了师傅的虐待，却仍然满怀着信心。一天，他和师傅去哈索沃庄园扫烟囱，一不小心，便在黑黑的烟囱里迷了路，结果，失足掉进了庄园主的小女儿艾莉小姐的卧室里。因为浑身漆黑，形象怪异，艾莉小姐便被吓得尖叫起来。汤姆在恐慌中跳下窗户，夺路而逃。庄园的仆人们以为他是盗贼，便纷纷都朝他追去，大有要打死他的架势。好在，在仙女的暗中保护下，他逃进了森林，越过了荒野，好不容易才爬下悬崖，甩掉了所有的追赶者，最终逃到了温德尔的一位老太太的家里。仁慈的老太太不仅没有嫌弃他，反而款待了他，又是给他端食物，又是催他赶快去睡……由于汤姆一口气逃了十里路，早已是疲惫不堪，便发起了高烧。迷迷糊糊中，他好像听到了教堂的钟声，于是，他就朝着一条清澈的河走去。走到河边，他脱下了衣裤，跳进了河里，不一会儿就在河里睡着了。尽管他的躯体已经完全被淹没了，但他并没有死——人生的"洗礼"，在这儿，不言自明——身上的污垢被洗干净了之后，从此，他便变成了一个身材小巧、水陆两栖的水孩子。

水中的生活与人间的生活形成了鲜明的对比：前者，温暖幸福；后者，残酷无情。水中的生活，使汤姆学会了同水中的各种动物打交道，并且增长了见识。一天，汤姆跟着鲑鱼群顺流而下，在途中帮助了一只大虾，因此看到了别的水孩子的生活。以往，汤姆之所以一直看不到别的水孩子的生活，是因为他一直克服不了人类所共有的自私自利的坏毛病。汤姆和其他的水孩子一起，来到了神奇的圣·布兰登岛。在这座海中的仙岛上，住着一位仙女和许多的水孩子。其中的一个水孩子，便是庄园主的小女儿艾莉小姐。原来，汤姆变成了水孩子后的一天，艾莉在海边看到了汤姆的身影，她想进一步看个究竟，不料，脚下一滑，头便撞在了礁石上，并且受了致命伤。没过多久，艾莉也来到了汤姆的海底世界，从此变成了一个水孩子。因为艾莉有文化，仙女便派艾莉做起了汤姆的老师，教汤姆读书……从此，汤姆便渐渐地改掉了过去的许许多多的坏毛病。变成了一个好孩子之后，仙女就对他说，如果你想成为一个真正的男子汉的话，就必须出去闯世界，并且找到葛林，想方设法把葛林改造成一个好人。

汤姆要去的地方，比世界的尽头还要遥远。要去，他就必须先到闪光墙那里，通过那道紧闭着的白色大门……就这样，为了找到正在受难的师傅，汤姆暗暗地下定了决心。艰难的游历中，汤姆见到了许许多多稀奇古怪的人，以及海洋生物的造物主——伟大的卡蕾母亲。最终，汤姆完成了自己的使命，帮助师傅改正了曾经的罪恶。同时，汤姆自己也变成了一个真正的男子汉，并且得到了一份奖赏：星期天，同艾莉一起“回家”，即去天堂。

寻找的过程，是那么的艰难；寻找的结果，却是那么的美好。

正在割草的花匠，正在挤牛奶的女佣人，正在洗马的马夫，刚刚打翻了煤灰袋的葛林，急急忙忙地去开庄园门的老管家，正在耕田的农夫，正是捉田鼠的管园子的，正在书房的窗口处朝外望的约翰爵爷，正在向一个大房子走来的爱尔兰女人……看到汤姆之后，都奋不顾身地追汤姆去了。都追汤姆去了，只有那位爵爷太太没有去追汤姆，“因为她才从窗子里探出头来，她的假发就落在了院子里”。这些描写，自然是极富象征意义的。它，象征着，我们每个人的一生，不知道要摆脱多少风雨的追逼甚至雷电的追杀，才能蝉蜕蝶化。很显然，这是在逼迫一个人经过一番痛苦的挣扎之后，最终完成生命的大觉醒，迈向生命的大圆满。

英国作家查尔斯·金斯利之所以创作《水孩子》这样一部集写实与幻想于一体的小说，自然是有他的内心的纷扰的。作为一位敬业乐群的牧师，当金斯利看到了达尔文的《物种起源》后，一时竟陷入了深深的思索……很显然，达尔文的生物进化论与基督教所宣扬的“上帝造人”是有着严重的冲突的。这种冲突，延伸到了金斯利的内心之后，他也便开始了长久的再打量和再思索。再打量和再思索的结果，便是创作出了充满了人文关怀的《水孩子》。很显然，金斯利是想借《水孩子》的创作，通过汤姆的灵魂洗涤之旅，来调试自我的生命程序，来调和人类的信仰系统。因此，从某种意义上来说，《水孩子》既是在写幻想中的汤姆，也是在写现实中的金斯利自己。

水孩子汤姆经过了长久的洗礼之后，变了。金斯利经过了创作的洗礼之后，也变了，变得没有纷扰了。创作，自然也是一种洗礼，是特殊的洗礼。洗礼过后，金斯利寄托了这样的一种情怀：无论怎样，我们都要爱清洁，爱劳动，行善事，勇敢正直，尽力追寻，最终，让自己成为一个博闻广识、心胸开阔的人。

是的，《水孩子》的性质，既是童话，也是寓言。它有晶莹剔透的一面，也有寓意深长的一面。想象、讽喻、劝诫、诙谐等，似乎都到齐了。它的轻风般的笔调，自始至终，都和我们的遐想押着韵。因为金斯利是一位自然主义者，因此，《水孩子》中的关于自然的描述，就都是倾注了金斯利的非凡的心血的。自然中的诗意，自然也是金斯利的生命中的诗意。

金斯利的小说，除了《水孩子》之外，还有《酵母》《阿尔顿·洛克》等，也都值得一读。作家，就应该像金斯利那样，富有同情心和正义感，并且针砭时弊、笔力雄健。

不妨把思绪扯得远一点：有时候，命运也是一个坏师傅，我们何不像水孩子汤姆那样，耐心地去改造他呢？

那声音紧紧地抓着休斯的颈背

西尔维娅·普拉斯 31 岁那年接到了来自天堂的邀请，在煤气的护送下独自去了。把爱和恨、两岁的女儿和 6 个月大的儿子以及巨大的阴影作为遗产，统统留给了她曾经深爱着的丈夫特德·休斯。从此，普拉斯便成了人们同情的对象、女权主义者的偶像，而休斯则成了被人千诅万咒的对象、极不光彩的形象。对于这样一件事，休斯本人自是苦在心里，悔恨自己没能从厄运的手中夺下他的一直被死神觊觎的生命的那一部分——自从《圣巴托尔夫评论》编辑部举行的酒会上，他俩的心灵初次会晤之后，她便成了他生命的一部分。那年，普拉斯 23 岁，休斯 25 岁——这至为重要的一部分，被死神夺走之后，休斯的生命便开始了无休无止的疼痛，只有休斯一个人的字典里才能查找得到的，一种怪兽一样的疼痛。是的，是疼，痛。

可是，别人绕过了他的疼痛，并不理会他的疼痛。因为在一种牢不可破的习惯中活着的人们看来，普拉斯的死无疑是与他有关的。不与他有关与谁有关呢？人们找来找去费尽心机总也找不到靶心的时候，自然就把他作为唯一的靶心了，谁让他是休斯来着？就似乎，休斯生来就该担负某种罪名似的。或者说，休斯生来就是某种罪名的代名词，人们以前由于种种原因没有来得及认清现在终于认清了似的。因此，西尔维娅·普拉斯·休斯，在普拉斯墓碑上的这几个字符，其中的“休斯”两个字，被一种不请自来的愤怒剔得一干二净，修补好之后，又被前仆后继的怒火舔了个精光……前前后后，竟达 6 次之多。每一次，无不在休斯的心上留下了惨烈得难以形容的伤口，似乎被剔除的并不是他的名字而是他的生命。他应邀去参加诗歌朗诵，被狂喊的女权主义者堵了个水泄不通。你一句“杀人犯”，我一句“杀人犯”，差点把他撕成了两半。他去澳大利亚，别人的谴责也一路相随热热闹闹跟到了澳大利亚，又是示威，又是声讨，甚至把他的手稿也烧了个只字不留……解释显然是没有用的。在一万张嘴制造的滚滚声浪面前，一张嘴发出的声音实在是太微不足道了。再说，习惯和流行的联盟势力也从来容不得任何分辨容不得任何解释。于是，休斯沉默了，用他 35 年的铁罐一样的沉默抗拒着世俗成见对他的凌辱。

抗拒着……他把自己的生活背景和写作背景全部搬到了乡间。在乡间，他寻找着自己生活的土壤，播种着自己的梦想，和风声雨声相依为命，和诗歌促膝而谈……累了，便去河畔垂钓——他的一位朋友在谈到他垂钓的神奇时曾这样描述：“他总能像中世纪传说中的预言家和魔法师梅林一样……”也许，这正是他和孤独长相厮守，感动了孤独，由孤独奉送给他的抚慰心灵的妙术绝招吧。他不奢望好名声能够咬住他的钓饵，给他一个意外的惊喜，更厌恶莫名其妙的噪音顺着他的钓绳偷偷地爬上来乘其不备咬伤他的生命中弥足珍贵的平静。一切一切，都是因为，他是休斯，真实的休斯。

我知道我的沉默似乎认可每一种谴责和胡思乱想。总的来说，我喜欢如此。让自己被拽到斗牛场，被撩拨，被刺捧刺，被逼吐出我与西尔维娅生活在一起的每一个细节，以供千百万个文学教授和研究生做更高级的消遣品，不是我所喜欢的。因为在这样一种情况下，他们除了怀有低级趣味的好奇心，什么也感觉不到，不管他们如何道貌岸然，假装专注于宗教信仰般的文学批评和对伦理的虔诚，他们的好奇心是属于土里土气性质的，大众喜爱的流血运动性质的。

真实的休斯在给安妮·史蒂文森的一封信中这样倾诉。他对捕风捉影、追腥逐臭的厌恶，由此可见。他是宁可痛在自己的利刃之中，也不愿倒在别人的枪口之下啊！

又有谁会知道，他的心在滴着怎样的血呢？又有谁会知道，他在以一颗怎样的心灵理解着普拉斯被她的家庭和社会完全扭曲了的内心呢？……有谁知道，除了大道不言的时间？

就是这样，休斯在黑暗中默默前行着……

于是，有了他寄往天堂的由88首诗作组成的《生日信札》。

我不时地写一两首这样的诗作，断断续续，长达20多年，没有想到发表。我的目的是寻找一种最简单、心理上天真而赤裸的语言。我与她在思想感情上的交流，可以说是直接的、无拘无束的、无自我意识的。在一定程度上，我的确找到了那种最亲近的波长。一首首诗作因而成了我生命的载体，我把它们保存下来了。这儿那儿明显的"诗意"也许较浓，在表达上较为省略，但凡诗的另外的品格——声音的亲切性不达到最高程度的篇章，我便不收进诗集。少数几首几乎并不直露的诗篇我并未去掉，多数诗篇以这样或那样的方式表现了高度的自卫性。我整个的着眼点是去除胸中的某些积郁——用亲密的方式对她直接倾诉。这是一种需要。这比我在25年之前一下子卸下背上的重负要好得多……我试图所做的一切就是脱光衣服，成为赤子，跋涉于其中。

休斯在告别世界的前夕写给安德烈和罗伯特这两位翻译家的信中，终于敞开了他沉重的心扉。

那声音紧紧地抓着我的颈背，
把我的头撤向
我们发现了的那个事物……

在那世俗的巨大声浪渐远渐弱之际，休斯终于抬起了他非同寻常的头颅。人们终于看清了，那是怎样的一颗头颅。

在休斯的追悼大会上，谢默斯·希尼满怀深情地这样说道——

他的去世使他的作品完全清澈，如同他曾经描写过的水，要保持鲜活的那种水……他最后的礼物是让经验漂在纯净的河上流传，这是向福音传道者揭示的生命之水的纯净之河。如同《圣经》上所说，是在“它的街中”，他被抬离我们，走过笔直的通道，进入他在诗篇《周年纪念》里所描写的“星光闪耀的露水”和披上他母亲灵魂上的“火焰之衣”。

书画家普希金

初识这个标题，许多的人都一定以为我是搞错了，或故弄玄虚了，或想要别出心裁了。其实不然。诗人普希金，普天下的人是都知道的；小说家、戏剧家、童话家普希金，知道的人就很少了；而书画家普希金，知道的人就更少了。不知道，并不能他说明他不是，就像我们不知道一个人的内心都有些什么秘密并不能说明他内心根本就没有秘密一样，就像我们不知道命运的手中都攥着些什么东西并不能说明命运手里根本就没有东西一样。想来，也可能是他的诗名覆盖了他的文名和画名的原因吧，也可能是200多年以来我国的译介工作一直没有跟上的缘故吧……以至于，多少年以来，我们对普希金的认识一直就是不全面的。全面地认识一个人，特别是一位伟大的诗人、作家和画家，其意义并非无足轻重，甚至从根本意义上来说是至关重要的。这就仿佛是突然从我们最熟悉的地方发现了一块金矿一样。

我当然是要感谢俄罗斯科学院俄罗斯文学研究所的整理、编纂以及浙江文艺出版社的执柯作伐了。是他们使我眼前的这本厚达400多页的《普希金书画卷》得以流芳于世的。

“人像画”“自画插图及扉页画”“临摹画及模仿画”“风景画及室内陈设画”“武器、军备部件及纹章画”“绘有动植物图形的画”“船舰、小舟画”“书法”共8个部分，是这本《普希金书画卷》的基本构成。从中我们可以清晰地看出，普希金对自我的认识，对熟悉的人物及历史人物的认识，对生活场景的认识，对大自然的认识，对雕塑等艺术形式的认识，对军事的认识，对梦想的认识，等等。可以这样说，这些书画作品，都是对他的文学作品的最好的补充、补正和补遗，是他的诗文的最好的符号化、意象化和抽象化。

普希金的诗文中，很少有正面来写自己的，而在他的画卷中，仅自画像就有35幅之多——有少年、青年和老年时候的自画像、诗人形象的自画像、黑人模样的自画像、骑士模样的自画像、僧侣模样的自画像、马面形的自画像、女性模样的自画像、持马刀的土耳其人模样的自画像、带有伏尔泰容貌特征的自画像、带有法国大革命时期特征的自画像、在涅瓦河畔和奥涅金在一起的自画像、和魔鬼在一起的自画像、头戴桂冠的自画像，等等。这些自画像，大多都是以他的诗稿为背景画下的，真可谓是图文并茂，诗中有我，我中有诗了。从另一种意义上来讲，这也是普希金自爱的一种真实的表现。他爱出身于贵族家庭的自己、8岁便开始写诗的自己，热爱自由的自己、富有民主精神的自己、个性独立的自己、丰富多彩的自己。当然了，他也喜欢黑人的内在、僧侣的内省、女性的温良、骑士的风度、马的精神等。如果仔细地去看，就会发现，他的自画像除了《持马刀的土耳其人模样的自画像》，其余全是面向一个方向——左方的，这从深层意义上来讲，他无疑是像礁石一样坚定，任凭时间的海浪无论怎么拍打也毫不动摇的。那幅唯一的面向右方的自画像，也可能是他不畏厄运的追捕，回过头来，抽出马刀，要和厄运决一死战吧？你看他头顶上的那些密密麻麻的诗句，多像是弥漫在天空中的硝烟和厄运射过来的毒箭啊。

没错，普希金是有一种解不开的“战士情结”的。这从他画下的手枪、步枪、马刀、匕首、剑、斧、决斗的场面、纹章等20余幅图画里就可以看出了。当然了，关于这一点，从他的《我性喜战斗》《战争》等诗里也可以一目了然。他在《我性喜战斗》一诗里这样写道——

我性喜战斗——我爱刀剑的振鸣，
从幼小的时候，我就向往战场的美名。
我爱战争的流血的嬉戏，而死亡
我是不怕的；我亲昵着死的冥想。
在花一般的年龄，谁要是为自由
做忠实的战士，而不预见死在前头，
那么，他就没有尝到充分的欢欣，
他就不值得美丽的女子去爱去吻。

实际上，就从他不止一次地画到、写到拿破仑，最后死于决斗这一点，也可以得到极好的明证。虽然，他死了，死于与丹特士的决斗，但他并没有像一块无知无觉的木桩那样訇然倒地，而是，在一刹那之间，“双重的花冠”落在了他的份上。除“战士的梦想”外，普希金当然还是有着许许多多的数不清的别的梦想的。因此，他就一再地画梦，写梦，试图在广阔的梦的世界里栽下他的生机勃勃的意愿。他的画作《临自希伯来文字母表》《临自阿拉伯文字母表》《狮子》《城堡边的马》《奔跑的野兽》《带有枯树的小树》等，实际上，无不是给他的梦所作的逼真的肖像，是给他的诗作《梦》《梦景》《致梦神》《给梦幻者》《我醒来——适才的梦》等所做的进一步的诠释。这种诠释，使我们更深地理解了莎士比亚的那句“我们与梦乃是同一材料所构成”，柯勒律治的那句“梦见什么并不重要，但要给梦一种解释”，以及博尔赫斯的那句“我们每个人在梦中都有一个小小的属于自己的永恒，这种永恒使我们可以看见最近的过去和临近的未来”……

在《梦》一诗里，他这样写道——

梦神，我的朋友啊，我长久的慰藉者，
精神之病痛的神妙的医生！
我愿意永远地向你顶礼祀奉，
你早就给你的信士带来了福泽。

梦带不来的福泽，他也就只好只身去大自然里寻找了。于是，《树桩，树》《森林》《两个鸟纹》《有山岭和灌木的风景》《格鲁吉亚的桥》《达里雅尔峡谷》《云和月》《有帆船的海上风光》等一系列的风景画，也就相继诞生了。

是大自然给他带来了母亲般的呵护和不求回报的最好的奖赏的。当然了，要承接大自然的涓涓恩惠，从来都是免不了要跟魔鬼打交道的。在跟魔鬼一次又一次的大交战中，他画下了《魔鬼》《鬼头》《冥府图》《堕入爱河的魔鬼》《吊在火上烤的鬼》《骑着尘掸子飞行的巫婆，泽姆菲拉》《绘有缢死者和骷髅架的〈冥府图〉》等。魔鬼给他带来了痛苦的深渊，也带来了欢乐的海洋。因为和魔鬼交战，这本身就是一种痛苦和欢乐。他的诗作《狡狯的魔鬼》《恶魔》等便是为这些画幅所作的画外音。他写道——

有那么一个狡狯的魔鬼
扰乱了我安适的愚昧，
它把我的生存永远地据为己有
和它自己的捏合在一起。
我开始用它的眼睛观看，
生命对于我一无所取；
我的心灵所发出的声音
和他不明爽的话语一起轰鸣……

和魔鬼交战，单靠一个人的力量显然是不够的。因此，普希金一向就看重来自他人的力量，或者神力。凡是读过《普希金诗歌全集》的人，我想都会知道，他的赠答诗可谓俯拾即是，不计其数，比如《给戴利亚》《致卡维林》《寄尤金书》《咏科洛索娃》《致奥加廖娃即兴诗》等。也可能是，他是想用这样的方式来答谢一些美好的心灵给他的照耀吧。诗不足以来表达一切，他就动用了他的被感动了的画笔，并嘱咐他的画笔要尽可能地热情洋溢……也便有了《勇士像》《骑士人像》《天使的身影》《玛芙鲁什卡》《单间居室中的修士》等近 200 幅生动有趣的人物肖像画。这其中，也有他给但丁、拜伦、席勒、歌德、伏尔泰、拿破仑等人所作的画像。画别人也好，画自己也好，说到底，其实他都是在画自己，画自己生命中的感动和渴望。好让这些感动和渴望顺着时光的隧道，越走越远。

如果普希金不是 38 岁就在决斗中身亡的话，他的书画作品是绝对不止这 400 余幅，一定还会有更多更多，就像他的梦想一样多，他的豪情一样多。他的诗文是未完成的诗文，书画也是未完成的书画，都是未完成的。是他自己这样说的，因为他的梦想一向就是宽广无边，豪情一向就是冲天而起的。

他在他的《未完成的画》一诗中这样写道——

谁的思想在激动中寻找，
而把美的秘密发现？
天啊，谁的彩笔意识到
这样天庭的容颜？

是你，天才！但爱的痛苦
摧毁了他。他以视线
默默盯着自己的画幅
跟着熄灭了心灵的火焰。

从他的未完成的书画中，我发现了像《猫》《行走的马》《给马备鞍》《画在文字中的四条小船》等一些意味无穷的画作。似乎，好像是这样的：善良的猫趴在叶甫盖尼·奥涅金的脸上对他说，我已经好久好久没有见你的朋友普希金了，他整天忙于梦想，忙于写作、绘画，因此我总是见不到他。他的影子比冬天的绿叶还难找。你能不能转告他，一定转告他，让他好好地活着，就说他的朋友们都希望他好好地活着，最好能活到一万岁，比他的诗文和绘画活得还要久……奥涅金就对猫说，你的意思，当然也是我的意思，好多人的意思。我已经不止一次地劝过他了呀，可他就是不听。他说，他要去战斗，他是注定为战斗而生也是为战斗而死的。听了他的这些话，就连那匹行走在他梦中的马儿也懒得理他了，马儿说，我才不带你去送死呢。可是，他还是执意给那匹马备好了马鞍，让那匹马带着他去见他的神……马儿无论如何就是不听，于是，他就在他的文字中画了四只神话一样的小船：一只给曾经帮助过他的朋友们送去祝福；一只给整个世界送去祝福；一只给人类的艺术送去祝福；最后一只，他就独自一人乘着去了，去了一个非常遥远的地方，离神最近的地方了……

世界将长久地，长久地
充满你的血写的记忆，
在荒凉的波涛中安息吧，
光辉的声名将笼罩着你……

这一天，为他送葬的人数以万计。他们一遍又一遍地在心里默念着他的诗歌，心中叠印着由他的诗歌中的精神所外化的会呼吸的画面，缓缓地，走向了一种光源，永在的光源……

用黑亮的声音去填补空白

托妮·莫里森双手举起了“黑人民俗”，“黑人民俗”也同时举起了她……

——题记

在诺贝尔文学奖获得者的名录中，有一个钻石般不可替代的名字，叫托妮·莫里森。这位1931年生于美国俄亥俄州克雷恩镇一个黑人家庭里的非洲裔黑人女作家，曾先后浸润于霍华德大学和康奈尔大学，专门研究福克纳和伍尔芙的小说，从他们的小说中吸取了大量的艺术维生素，并获得了硕士学位。毕业后，先后执教于得克萨斯南方大学和霍华德大学；之后，辞去教职，供职于兰德姆豪斯出版公司。长篇小说《最蓝的眼睛》《秀拉》《所罗门之歌》《柏油孩子》《宠儿》《爵士乐》，散文集《在黑暗中表演：亲眼所见和文学想象》，剧本《新奥尔良》《充满幻想的埃米特》等，是她的主要著作。

1993年，当诺贝尔文学奖授予莫里森的消息滚雷一样传来时，莫里森正在普林斯顿大学给她的学生们授课——此时，她已辞去出版公司的编辑工作，在纽约州立大学、耶鲁大学、普林斯顿大学等校任教——她说，改变一下语言，摒弃种族主义色彩的语言，用黑人女性自己的声音去填补当下的空白，是她一直的努力。

她的努力，终于力挑百磅、笔扫千军，赢得了星辰一样多一样亮的赞语："其艺术视野囊括了家族的以及民族的文化传统"；"确实非同一般……读过它就像经历了一场恋情一样地触动着我们的灵魂"；"《所罗门之歌》把托妮·莫里森安置在了美国小说行列的头排位置"……这些星辰一样的赞语，把莫里森的长篇代表作《所罗门之歌》从浩瀚的文学宇宙中一下子挖了出来。

《所罗门之歌》讲述的是——一个被别人称作"奶人"的黑人梅肯·戴德，因为与家人，尤其是自私的父亲背道而驰，便日益陷入矛盾与痛苦的旋涡；加上他与外甥女哈加尔终止情爱关系之后而招致疯狂的追杀……于是，他选择了出逃，踏上了自己的梦想之路：去寻找父辈流失的黄金。历尽风风雨雨，千辛万苦，他最终找来的却是黑人先辈们留下的无数传说、神话和歌谣。而在这时，一直躲在暗角里窥视着他的命运，又一次按住了他的头：他的亲密的朋友吉他，用魔鬼窟一样的枪口对准了他……

赋予《所罗门之歌》以特质的，不是它的扑朔迷离的情节，也不是它的诗情画意的语言，而是它的民族性——由民风、民俗、民情、民意、民心、民望等所组成的"歌中之歌"。单就它的民俗——黑人民俗——来说，就没有哪部小说是这样活灵活现、直指人心的。它是脆响，也是清唱。而这样的脆响或清唱，就像黑金属发出来的声音一样，又黑又亮。黑得深沉，亮得耀眼。

2004 年 5 月 30 日，我在答广东汕头人民广播电台新闻频道"把酒论诗"节目主持人问时曾经这样说过："民族性就是独特性，不可替代性。你看，少数民族的服饰也好，歌舞也好，习俗也好，多独特。比如蒙古族民歌、新疆民歌、藏族民歌、壮族山歌，还有英格兰民歌、苏格兰民歌，等等，你一听就会有感觉，甚至上瘾。这说明，是独特性起了作用。大一统了，也就抹杀了这种独特性了，也就没有了原质性、淳朴性、丰富性了。你穿西装，他也穿西装；你跳交际舞，他也跳交际舞……这就是独特性的丧失。中国有万里长城，美国也跟着来一个万里长城；埃及有金字塔，英国也跟着来一个金字塔……这就是不可替代性的消亡。独特性丧失了，不可替代性消亡了，又何谈世界性？你有的，人家早就已经有了，就永远谈不到世界性。世界性不是统一性，而是独特性、不可替代性。艺术一旦离开了独特性和不可替代性，它的寿命是绝对不会太长久的……"我在这里所说的民族性或独特性或不可替代性，其中当然包含着类似《所罗门之歌》中的“黑人民俗”——

“随着早晨的到来，一只小鸟会在这儿降生的。”

“哦?”做玫瑰花瓣的女人说，“明天早晨?”

“今天一过就是明天。”

“不会吧，”那做玫瑰花瓣的女人说，“时间不到。”

“不，正是时候。”

两个女人正在面面相觑，霎时围观的群众中发出了一片震耳的呼声——一种颤动的声“喔”声。史密特先生一时失去了身体的平衡，正在勇敢地扒住从圆屋顶上突出的一根三角形的棱木。那唱歌的女人马上又开始唱歌了：

啊甜大哥飞去了
啊甜大哥走掉了……

在城里的消防队员正在穿上他们的大衣。但当他们赶到慈善医院时，史密斯先生已看过玫瑰花瓣，听过那首歌，跳进茫茫的大气中去了。

这是一个黑人婴儿在慈善医院降生前的一幕。还有，当吉他遇到了麻烦，奶人在到处打听他的消息，想助他一臂之力时，莫里森融进了这样一些文字——

在他身后的孩子们在玩一种叫“围绕着玫瑰红的环”或者叫“小萨利·沃克”的游戏。奶人转过身来看着他们玩。有八九个男孩和女孩站成一个圈。一个男孩站在中间，伸平了两只手，像飞机似的在旋转，站圈的孩子们唱着没有什么意义的歌谣：

所罗门的唯一的儿子杰伊
来呀布巴呀里，来呀布巴汤比
旋转呀摸太阳
来呀布巴呀里，来呀布巴汤比……

他们继续唱了几首歌谣，中间的男孩一直在模仿飞机的样子。游戏的高潮是很快地喊着没有什么意义的词儿，伴随着更迅速的旋转：“所罗门燕麦巴拉里 shoo；雅拉巴·米迪那村落 foo”——到最后的一句是：“二十一个孩子中最后一个叫杰伊!”这时中间的男孩瘫倒在地，其他的孩子一起尖叫。

奶人似乎从孩子的游戏中，看见了他和吉他昔日的美好。

这样的“黑人民俗”，是直接参与了由莫里森所创造的“心灵现实”的。它像茅草一样丰茂，也像泉水一样鲜活，就仿佛刚刚摘下的樱桃，或山民胸腔里淌出来的山歌。场景好造，意蕴却难造。莫里森把场景和意蕴一并造好了。你可以说它是作品的一个部件，但一旦拿走了这样一个部件，作品这个大机器也许就会停转了；即使不会停转，也肯定会转得很慢，或十分吃力。在《所罗门之歌》中，更多的民俗却是像水一样融入其中，和它的文学精神一起荡漾，和它的文学价值一起闪光的。它是一种意趣，也是一种力量，更是一种昭示。它把“种族歧视”这座大山狠狠地踩在了脚下。

民俗是埋藏在一个民族文化土壤里的稀有金属。无论越过多少年，这样的稀有金属都是肯定不会变质的。变的，只是人们的眼光。如果连一位作家的眼光也变了，视这样的稀有金属如生铁了，那他的文字也就离黯淡和枯萎不远了。道理很简单，那些远离自己民族、民俗的作品，它们的生命力往往都是衰竭的；只有那些有着自己的民族特点、民风民俗的作品，它们的生命力才像汪洋大海一样不可低估，像时光一样涌动不息。

抽象美学的汤

总是有人喜欢打断我的思路，比如那位西班牙超现实主义画家萨尔瓦多·达利。我的脑子里刚刚出现“抽象”“精神”“哲学”“理性”“现代”等语的影子时，他就迫不及待地对我说——似乎是要显示他的造句的能力或随便把什么影子像变魔术一样变成另外一种物质的能力似的——“在自称为抽象艺术、抽象派创作、无形艺术等这些典型的精神营养缺乏症的快乐的开拓者中，公然地缺乏哲学文化和常识性知识倒是一件新鲜事。这完全来自于我们时代的理性荒芜和现代荒芜。”他的话，听起来真可谓是理直气壮，完全可以和真知灼见并为一谈，牢不可破了。

是的，由理性荒芜和现代荒芜所导致的精神贫血及艺术溃疡，也确实是随处可见。偏偏又有许多的色盲症患者一向视丹如绿，喜欢信口胡言，也便起了有力的推波助澜的作用，使得抽象派艺术更加“抽象”、无形艺术更加“无形”了。并不是说抽象不好、无形不好，而是说，在他们那里，抽象的本来面目和无形的丰富内涵都一下子遭到了彻底的歪曲和无情的糟蹋。说到底，其实是他们根本就不懂得抽象是什么，无形又是什么。折腾来折腾去，也便让人不能不失去了对“抽象”和“无形”的最起码的信任了。这时候，你再大谈什么“抽象”、狂侃什么“无形”，不平白无故地遭人反感遭人唾弃才怪呢。

这是一个让人不容忽视的事实。有这样一种事实，不足为怪；可是，当这样一种事实火一般地蔓延开来，并无端地焚烧了人们的正常艺术感觉，从而使越来越多的人失去了真正的艺术判断时，就不得不去注意、不能不去警惕了。艺术毕竟是有艺术的个性的，就是抽象艺术也是有抽象艺术的一些具体要求的，无视它的个性和要求，一味地去想当然，一味地随心所欲，一味地标榜自己、彰显自己，差不多就是“系统化的白痴”了。白痴一旦系统化了，又蛮不讲理地缠上了艺术，无论什么时候都不愿意放过艺术，无疑就是艺术的灾难了。

这时候，还是达利给了我们一个光明正大的态度：“在新乐观主义的刊物上从未停止过向我们提供这种抽象美学的汤。事实上，这种汤甚至比托马斯主义的极其肮脏的煮开过的面条汤还要糟糕，即使饿得全身抽搐的猫也不愿用脚爪去碰它一下。”就还是让那些新乐观主义的刊物去盲目地乐观、盲目地吹捧它们吧，也免得他们失去了饭碗，对一切都没有了信心。极其肮脏的面条汤也是有人愿意喝的啊，而且还喝得津津有味的啊。

他们没有情感、没有思想、没有品格、没有境界，甚至缺乏起码的绘画常识和艺术修养，更不用说“哲学文化”了，你不让他们用“抽象”和“无形”来掩盖一下内心的苍白又能怎么样呢？没错，他们的作品乍一看上去，也的确抽象，的确无形，问题是，除了所谓的“抽象”和“无形”，就再也找不到别的什么东西了啊。空空洞洞的抽象，也叫抽象吗？混混沌沌的无形也叫无形吗？如果这也叫抽象和无形的话，那这样的抽象和无形就是连傻瓜也会的了。怪不得有那么多的自欺欺人的怪物招摇过市呢。原来，这就像意大利文艺理论家帕皮尼所说的那样：他们的内部“始终在原则和队伍构成这两方面存在着混乱。最近一个时期以来，随着某些成员的退出和一些新人的加入，这种混乱也就愈发严重了”。真可谓一语中的。的确，这种混乱的形成，“完全来自于我们时代的理性荒芜和现代荒芜”，没有办法。不然的话，哪里还会有他们的市场呢？

任何艺术，靠投机取巧永远都是无济于事的。可能会收获一时的赞美，占据一时的风头，可是时间一久，自然也便会不攻自破了。花花绿绿毕竟是花花绿绿，欺世盗名毕竟是欺世盗名，要想瞒天过海，真的是难乎其难的。

这是艺术本身的性格和自律使然，艺术是不允许浅薄和庸俗的人插科打诨、搞鬼搞怪、作威作福的。

抽象主义的奠基人，首推俄国艺术家康定斯基。1910年，康定斯基在慕尼黑完成了一幅“画面上什么也看不出，什么也分辨不出”（法国艺术评论家C. 布吕语）的水彩画，便被称作人类历史上的第一幅抽象主义绘画了。“而抽象主义得以推广的基础，则是破坏艺术作品内容和形式与现实生活中物体和现象对应原则的立体派所提供的。由立体派和未来派开始的，破坏艺术作品的形式和内容的做法，到了抽象主义那里才变得更加彻底。如果说，立体派和未来派的绘画还保留着物体和人物的某些特征、细节和线条的话，那么，在抽象主义绘画和雕刻那里，这些特征已经荡然无存了。”这是苏联艺术评论家N. C. 库列科娃在她的《哲学与现代派艺术》一书中的观点。为了使她的观点更加明确，她还进一步地旁征博引，这样写道：“哲学家断言，靠才智只能认识现实生活的现象，而艺术家需要的显然不是这个。‘现实生活很少能使他们满足，因为它不能充实他们的意识。’叔本华认为，真正的艺术家‘渴望在每一事物中了解它的思想，而不是它同其他事物的关系’。他不仅应当置身于空间之外，而且应当置身于时间之外——他的艺术‘应能拖住时间的车轮，一切关系在他的面前都应消失，最后留下的仅是实质性的东西，思想——这才是他的对象’。”实在是精辟之至。库列科娃把抽象艺术放在《失去人性的艺术》一章里来讲述，也可见她对抽象艺术的态度了。这也便使我想起了何塞·奥尔特加·加塞特在他的《艺术的非人道化》一书里的这样一句话：“在探索新的创作方法的一般范畴的和独特的特点时，我发现了使艺术非人道主义化的倾向。”

自此，所谓的“抽象艺术”的凌空高蹈，我们也便看得十分清楚了。他们凌空高蹈的目的，大多都只是为了亮相，为了表演，为了引起更为广泛的注意，为了博得更为普遍的喝彩。难掩空虚，自然就是他们的最好的画像之一了。只可惜，就连这样的画像，也是很少有人分辨得清楚的。大多数人的“精神营养缺乏症”，也就很难治愈了。

“为什么只是因为‘这是新的’，就要像崇拜神灵一样地来崇拜它呢？那是荒谬的，绝对是荒谬的！……我不能认为表现派、未来派、立体派和其他‘各派’的作品是艺术天才的最高表现。我不懂它们，它们不能使我感到丝毫的愉悦！”列宁在他的《论文学与艺术》一书里这样愤愤地写道。他的激愤，显然是有其道理的。如果说，新的就是好的，那么，新染上的疾病就也是好的了。

落在地里的陀氏

“我实实在在地告诉你们：一粒麦子不落在地里死了，仍旧是一粒；若是落在地里，就结出许多籽粒来。”这是《圣经》里的一句话。心中有信的俄国作家陀思妥耶夫斯基喜爱这句话，因此郑重地把它放在了他的最后一部长篇小说《卡拉马佐夫兄弟》的卷首。后来，这句话也便刻在了他的墓碑的底座上。尝过死刑、流放、苦役和兵役等滋味的陀思妥耶夫斯基，何以喜爱这样一句话，无从深究。但它所折射出来的隐隐约约的影像，还是可以看到的。

此刻，我所看到的，便是这样一位不愿在现实中苟且偷安，保全自己，只想扎根在意愿的土壤里，在毁灭中再生的陀思妥耶夫斯基。《北齐书·元景安传》中的那句“宁为玉碎，不为瓦全”，便是他的最好的画像。他既爱自己的生命，又恨自己的生命。爱，是因为他的生命的天空里镶嵌着许许多多的星辰；恨，是因为他的生命的天空里装着的那许许多多的星辰总是被乌云所劫持。他为美好人性的不能顺利诞生而焦虑，而痛苦，而备受煎熬。如果不是他的好友为他多方面周旋的话，他连写作的自由都不可能会有，更不用说是发表作品的机会了。在他 43 岁的时候，生命的黄金时期，他的爱人和哥哥相继病逝了，留下了像他的悲愤一样多的债务。加之健康状况的不断恶化，他几乎濒临绝望的边缘。为了摆脱炼狱般的困境，他只有全力以赴地写作，拿自己的生命来炼丹。就这样，一颗又一颗的灵丹——《地下室手记》《罪与罚》《白痴》《群魔》《卡拉马佐夫兄弟》相继诞生了。诞生的，也只是他给世界的祝福，而不是他的快乐。他的快乐早就被命运莫名其妙地全部扣留了，判了无期徒刑……是安娜·斯涅特金娜最终解救了他，把本该属于他的快乐从虎口里夺了回来，亲手递到了他的手中的。

接过快乐之后，陀思妥耶夫斯基也便更深地理解了时间、造化和人，更深地把自己“落在地里”了，在文学这样一种宗教的地里，把根扎得更深，把籽粒结得更多、更饱满。他对人性中的病态心理、扭曲心理、分裂心理和犯罪心理的审视与分析，迄今为止，可谓无人能比。就连毫不留情地批判过他的哲学观点的高尔基，也不得不承认他是一位最伟大的天才。并进一步说，就表现力而言，世界上大概也只有莎士比亚才能与之媲美。就此，陀思妥耶夫斯基也便成了不折不扣的现代派作家的鼻祖。

如果，陀思妥耶夫斯基不是“落在地里”并把自己的生命撕裂给别人看的话，大概，他就永远都只是一个破落贵族的后裔，苦难的魔爪下一只无助、无奈、无望的羔羊。我们今天看到的，肯定就是一个再也寻常不过的冤魂。

《死屋手记》是根据陀思妥耶夫斯基的亲身经历铸就的一部长篇。从这部小说里，我们清晰地看到了陀思妥耶夫斯基在做苦役犯时的恐怖处境和精神状态。为了求得道德上的新生，他不得不忍耐、温顺，一再地压抑着自己，不得不把屈辱、愤懑和苦痛深深地埋在心底。就像麦子为了结出更多的籽粒，不得不落在地里，把自己深埋在最黑暗最潮湿的泥土里一样。他用自己的鲜血一遍又一遍地浇灌着自己，用自己的热望一遍又一遍地沐浴着自己……我们都看到了，看到了他的挣扎，看到了他的充血的眼睛……

按说，陀思妥耶夫斯基应该对昏聩的社会充满了无比的仇恨，进而对其进行无休无止的拷问才是。可是，他不，他拷问的是自己。在一次又一次的拷问中，他的“净化灵魂，顺从命运”的哲学诞生了。残酷的自审、血淋淋的拷问，使他一步一步走向了自己的世界——并不是人人都能走向自己的世界的——这个世界里，有他的信、他的望、他的爱。他就是在这样一个世界里，嗅着信望爱的芬芳，一直到生命的最后一刻。

种子不见了，并不真的就是死去了。他依然在以另外一种方式活着，发着胚芽，舒展着枝叶……是的，他死了，他的魂魄却落在地里了。大地承接的，又何止他的魂魄？

柏格森的灵魂所忍受的

亨利·柏格森在巴黎高等师范学校文学系读书时，曾做过班级的图书管理员。由于他爱书如命，也便常常地在书架前流连忘返，翻来翻去，以致常常地忘记了这类书和那类书的原来的位置，因而难免“鸠巢鹊占”。有一次，他所留下的“现场”被他的任课老师发现了，任课老师便忍不住用一种十分严厉的方式提醒他：柏格森，你那图书管理员的灵魂何以能忍受如此谬误？墙倒众人推，同学们也便一起起哄：柏格森没有灵魂！……

柏格森显然是不可能没有灵魂的。不仅不可能没有灵魂，事实上，他还比常人多了至少一倍的灵魂。一副灵魂负责管理着不疏不漏的审辨力，一副灵魂负责管理着天马行空的想象力……这也便使他在自然科学、自然历史、数学、文学、哲学等诸多方面都投放了自己的非同寻常的兴趣和热情，就像是下了极大的赌注一样。柏格森的灵魂使柏格森迅速地由一个唯物主义者转变为一个唯心主义者——心灵和物质相比，显然是心灵更重要的了——这位惊世骇俗的唯心主义者，一眨眼便抛出了一连串的质问：“原子的任意拥抱能够产生莎士比亚的伟大灵魂吗？字母的科学排列能够产生了不起的《圣经》吗？用生物学意义上的亨利·柏格森能够解释其幽默的活力的哲学意义上的亨利·柏格森吗？……”这些质问，很快就使他获得了一种崭新的审视力，从而开始用他心灵的眼睛去重新审视一切了。

这时候，直觉跑来帮了他的大忙。他不无感慨地说，“直觉，如果能够得以正确地运用，便是精神的一个合法而辉煌的领域了；实际上，直觉是把握事物本质的唯一手段……我将不再从我所处的外部来了解运动，而是从运动所在的地方，从内部，事实上就是从运动本身之中来了解运动”。在他看来，理性充其量只不过是一堆铁块，而只有直觉才称得上是稀有金属。灵与肉、精神与物质的并存，都是实在的；而记忆则是精神与物质的交叉点，直觉便是这种交叉的形式；直觉既是内在的又是外在的，外在成分是物质，内在成分是精神，二者一旦结合起来了，也便成为一种推不倒的真实。这种观点不但对后来的哲学产生了巨大的影响，而且成为许多现代派作家，譬如普鲁斯特小说的精魂所在。他还说，“哲学的职责一定是摆脱那种完全是理智的东西的形式和习惯，一定是充满热忱地去考察和研究活的东西，而不顾及实际的使用，它的特殊对象就是慎思明辨”。为了进一步贬低理性，抬高直觉，他接着又说，“在由上帝的恩典所产生的任何作品面前，大脑只不过是一个无用的、不能理解的外乡人。艺术、自然以及一切伟大的杰作绝非大脑所理解，只能由灵魂、自我——直觉的自我去领悟”。为了他生命里这颗冉冉升起的哲学的太阳不被乌云遮住，自此，柏格森也便把他全部的精力都放在了人类心灵的研究上了。顺理成章地，他也便成了生命哲学思潮中最有代表性、影响也最大的哲学家和思想家。

通过他的《时间与自由意志》《物质与记忆》《笑与形而上学》《创造进化论》《道德和宗教的两个来源》等著作，他频频向茫茫宇宙发出了旋风般的质问。这时候，31 岁的柏格森已经成为法兰西大学的哲学教授。这位教授，显然是一位不合时宜的教授。当别人在大谈肉体的时候，他却在大谈心灵；当别人在喋喋不休地谈论着物质的时候，他却在津津有味地谈论着精神……就是这样一位不合时宜的教授——一个纯金的哲学齿轮，带动起了生命哲学的快速转动的。至此，柏格森也便越来越坚信生命的力量了。他坚持认为，并特别强调，“生命冲动作为一种纯粹的活动性，倾向是不可能有任何相对的静止和稳定、不可能有任何间断性的。它只能是一种纯粹的流动”。柏格森的生命哲学课，受到了越来越多的学生的极大欢迎，让他的几乎是每一位学生都从内心里感到了“一种神秘的战栗”；让整个世界都感到了一场暴风雨的到来……尽管他不是狰狞的，而是优雅的；不是刻意的，而是随意的。而就在这种优雅和随意中，这位瘦小的哲学家竭力用大脑去理解着现在，用心灵去预示着未来。

这位一向憎恶陈旧的思维、更憎恶陈旧的言语的哲学家，用他一生的精力，同“陈旧”这样一个天敌做着不屈不挠的斗争。最终，他胜利了，他用时间的原材料雕塑出了一个崭新的属于整个人类的“柏格森”。有的人称他为柏格森博士，有的人称他为柏格森院士，有的人称他为哲学家柏格森，有的人称他为作家柏格森……都离不开三个字——柏格森！

“你们现在一定很疲倦了，失去了希望了，但不要害怕。我也曾经像你们一样疲倦和失望过，但就在某一时刻，我获得了生命的含义……”柏格森继续在对着全人类讲解着，用他的生命哲学，用他的文学创作。1927 年，他捧回了诺贝尔文学奖，理由是，“其生气勃勃的思想性及表达的卓越性”。

爱默生递给自己一只大烟斗

爱默生与波士顿第二教堂割断联系，不再继续担任牧师之后，也便很快地在生命哲学的教堂里找到了属于自己的座位，成了“快乐之学的教授”。他不无感慨地说，“我们每一个人都拥有巨大的精神资产来发展我们的庞大的产业——一种获取和交换美、快乐、自由、友谊与和平的产业”。然而，他的产业却很快地就遇到了麻烦：他的新婚不久的妻子去世了。这时候的他，8岁便失去了父亲的他，无依无靠，悲恸欲绝，感觉就像是“教堂的司事每天都在他的胸腔里唱着挽歌”。整整两年的时间，他每天都到爱人的墓地上去枯坐，祈祷，真心地希望自己也能够随风而去，去她的身边，为她分担一份孤独。最终，他当然是没有去成。因为上帝考验他的作业，他还没有彻底地完成。为了完成这份作业，从而减少许多的痛苦，他不得不踏上了去欧洲的旅途——其实，是踏上了去寻找答案的旅途。一种产业说破就破了，他是无论如何也想不通的——途中，他拜见了隐居的英国哲学家卡莱尔。卡莱尔只是默默地递给了他一只干净的大烟斗，自己也拿了同样的一只，两个人在不含任何杂质的静默中，从傍晚一直吸到了深夜。然后，就相互握了握手，分手了。卡莱尔的大烟斗并没有给爱默生冷彻的心灵以必要的温暖。在爱默生看来，卡莱尔简直就是不属于现在，不属于人间。他从不离开天上半步，从不放弃对伟人的瞩目，从不把目光投放在普通人的世界里。他的双脚始终跨在旧世界和新世界的门槛上，一心一意地专注于旧世界的凋零，而对新世界里的活生生的美却视而不见……这也简直是太可怕了。爱默生失望了。

一次又一次的失望之后，爱默生这才终于发现，别人的“大烟斗”，世界上任何人的“大烟斗”，无论它是怎样精致，怎样独特，其实也都是靠不住的。醒悟之后，爱默生也便从欧洲回到了美国，他自己的家中，开始创造自己的“大烟斗”。他试图用自己的“大烟斗”，来温暖自己，同时也敲打眼前的这个越来越僵硬的世界，借着“大烟斗”的微光去看清“人类的最高法则——人类的同一性——的朴实和活力”。即使是两位兄弟的病逝，爱子的夭亡，住宅的被焚，也没能影响到他的创造。似乎上帝派他来到这个世界上，就是为了一件事：创造。他先是建立了村庄学园，作为自己的创造基地；之后又到他的母校哈佛大学等地宣讲他的关于人与鼠、天使与上帝的独立思想。虽然他的思想受到了许多人的反对，甚至被轰下了讲台，他依然宣讲着，在心灵的讲台上，更加深入地宣讲着。只要一停下来，他就感觉像是一下子失去了内心的和平。他知道，只要宣讲一次，他的“大烟斗”就会加快成形。他说，上帝的王国，不是珍馐和美酒，而是公正与和平。为了这样一个目的，必须使人类变得更加善良和明智。它的体系应该像人的要求一样富有弹性。还说，我们永远都站在一切伟大事物的边缘。要相信我们自己，坚持我们分享生命之快乐的权利，维护我们与神明的关系，服从我们自身内部的力量——不是奴役的力量，而是自由、助人的力量，要敢于成为我们自身命运的统治者，并使所有的人都有勇气这样去做……他的声音，被称之为“美国人的福音书”，标志了美国道德独立宣言的诞生。

他的“大烟斗”终于算是做好了。他终于用这只精神的大烟斗，照见了别人心中的秘密，也驱逐了自己灵魂里的料峭。他大口大口地近乎贪婪地吮吸着，咀嚼着人间的百味。然后，把各种各样的滋味，一点一点地调制成诗歌、散文和哲学论稿。一位“和平的先驱者”“美国信仰的先知”，就此诞生了。

“如果可能的话，我将与整个世界进行自由贸易，没有海关，没有关税。我将邀请每个国家、种族，白人、黑人、棕色人和黄种人，盛情款待他们，为所有的人提供富饶的土地和平等的正义。”爱默生的胸怀越来越宽广了。他是恨不能把自己也作为正义的一部分的——事实上，他已经是正义的一部分了——他恨自己没有“两个自己”。如果还有另外一个自己的话，那他肯定也是会为正义去增添一个重重的惊叹号或着重号的，肯定是会这样的。

他的好友霍桑曾经这样说过，和爱默生这样一位平静、友好、直率、宽容、没有任何伪饰的哲人交往，使他懂得了什么叫快乐和智慧，并使他——其实不仅仅是他——呼吸到了来自爱默生那个世界里的最清新的空气。对爱默生满怀感激的，又何止是霍桑一个人呢？他的另一位好友康维是永远都不会忘记他手中的那颗果实究竟怎么来的——那天，年轻的康维陪同年迈的爱默生去花园里散步，走着走着，老爱默生便停了下来，他发现了一样东西，是李子。老爱默生像小孩子一样小心翼翼地把那只李子放在了康维的手中，说，拿着吧，不要嫌弃它。如果处在最佳状态下，它就是天堂的果实……老爱默生所说的，是一点都没有错的。最初，每一个人，不也都是一只普通得再也不能普通的李子吗？它之所以坠地，那是因为它已经成熟了。不珍惜成熟的果实，又能珍惜什么样的果实呢？